风荷忆旅

沈裕慎 著

天津出版传媒集团
天津人民出版社

图书在版编目（CIP）数据

风荷忆旅 / 沈裕慎著 . -- 天津 : 天津人民出版社 , 2017.10（2025.4 重印）

ISBN 978-7-201-12227-4

Ⅰ . ①风… Ⅱ . ①沈… Ⅲ . ①游记－作品集－中国－当代 Ⅳ . ① I267.4

中国版本图书馆 CIP 数据核字 (2017) 第 228105 号

风荷忆旅
FENGHE YILV

出　　版　天津人民出版社
出 版 人　黄　沛
地　　址　天津市和平区西康路 35 号康岳大厦
邮政编码　300051
网　　址　http://www.tjrmcbs.com
电子邮箱　tjrmcbs@126.com

责任编辑　张潇文
装帧设计　马晓琴

制版印刷　三河市天润建兴印务有限公司
经　　销　新华书店
开　　本　660 × 960 毫米　1/16
印　　张　16.75
字　　数　150 千字
版次印次　2017 年 10 月第 1 版　2025 年 4 月第 3 次印刷
定　　价　45.80 元

目录

走近承德话山庄

清代画家的著名山水长卷“避暑山庄全图”，在我的眼前展现出了翡翠的世界，那独具塞外特色的山庄七十二景，像颗颗明珠在绿海里闪闪发光。但是，当我身临其境时，就会感到那无限动人的富有活力的美，是艺术家所难以穷尽的。

避暑山庄，又称“承德离宫”或“热河行宫”，位于河北省东北部的承德市，距北京200多公里，是我国现存最大的古典皇家园林。《中华世纪坛青铜甬道铭文》上刻着：“公元1703年……清圣祖康熙四十二年始建承德避暑山庄，历五年初步建成。”真是不看不知道，一看吓一跳。避暑山庄之大，完全出于我的想象。避暑山庄占地8400多亩，相当于2个北京颐和园或8个北海公园那么大。它不仅规模宏大，而且在总体规划布局和园林建筑设计上，充分依傍了自然山水的景观特点和有利条件，吸取了唐、宋、明历代造园的优秀传统和江南园林的创作经验，加以综合、提高，把园林艺术与技术水准推向了空前的高度，成为中国古典园林的最高典范。

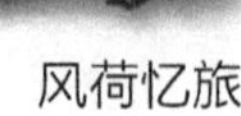

当年，康、雍、乾三代皇帝为何要建造如此庞大的皇家园林？原因很多，但初衷是“木兰秋狩”的需要。清朝皇帝每年秋天，都要到350公里外的“木兰围场”狩猎。承德处于京城与“木兰围场”的中途，为了方便大队人马休息，康熙决定在此建造避暑山庄，钦定七十二景。

（一）

令我惊异的是他怎么会选中了热河这块地方？此处活脱脱就是“中国地理形貌的缩影”，东南低，西北高，西北部多山峦，东南部平野上多河流湖泊，为此康熙定下的调子不是修什么宫、什么城，就是建个“山庄”。依山顺势，以朴拙的山村野趣为格调，保留自然原生态的精妙，然而再移天缩地，“招天下之美，藏古今之胜”。经康熙、雍正、乾隆三朝，历时89年，建成了一个中国占地最大的帝王宫苑，山中有园，园中有山，形貌如中华成一统，名胜集全国于一园，文化融华夏五千年。

避暑山庄的建筑布局，大体可分为宫殿区和苑景区两大部分，苑景区又可分为成湖区、平原区和山区三部分。我步入山庄南部被称为七十二景第一景的丽正门，只见高悬着一块康熙书的匾额，上书四个遒劲有力、体丰骨劲、浑厚敦实的大字：避暑山庄。这块匾额，系用满、蒙、汉、藏、维五种文字组成。院内，两旁列着八旗的营旗。这组所谓的“前宫”，是清朝皇帝在避暑时处理朝政的地方。穿过宫殿群，后面是峰峦叠翠的山区和景色秀丽的湖区。“山中有湖，湖中有山”。北部尚有一片宽阔的草原，建着十多个蘑菇形的蒙古包，简直是内蒙古大草原的缩影。山庄胜景，令我难忘。

碧波粼粼的塞湖有着迷人的魅力，尽管没有谁把这命名为山庄一景，可是，它是绿中之绿，好似镶嵌在翡翠画屏上的一颗晶莹的碧玉，光彩熠熠。

我沿着湖区散步，犹如置身于江南的西湖。山庄的上湖、下湖、澄湖、镜湖、如意湖组成的塞湖，紧相依聚，如银盘环抱十数岛屿，那是千翠竞秀、万景争艳的世界。从金山往北有一座木桥，原为“香远益清”的遗址，现有古松依然。

闻名的热河泉，就在澄湖的东北隅。泉自石隙流出，热气腾腾，清澈见底。这真让我大吃一惊，想不到如此著名的热河，竟然是比我家乡的草篓井大不了多少的泉眼，可它影响所及，却使几千平方米的湖面，经冬不冻，滋养出大片绿莹莹的荷叶，在九、十月间，依然鲜花盛开，争奇斗艳，香飘北国。

湖上的早晨是迷人的，轻纱笼罩的湖水温柔、清澈，朝霞似乎等不及水面上轻柔的白纱散尽，就把霞光倾注在湖中了。这时，水绿得像碧玉，霞红得像胭脂。碧玉般的绿和胭脂般的红，交融在一起。绿水，拥抱着红霞，胭脂尽情地在碧玉上流丹。当人们为这湖上的奇观陶醉时，太阳又把它的光芒射向湖面，微风乍起，细浪跳跃，搅起满湖碎金。当湖水恢复平静后，那乱真的倒影，把山庄的胜景摄进了湖中，于是，塞湖上出现了那奇妙的“水中天”了。

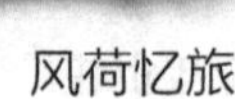

以正宫的正殿“澹泊敬诚”领衔的宫殿群，在湖中排列着。康熙三十六景中的“烟波致爽”和皇后寝宫“云山胜地”，挺拔高耸，自然成趣，清晰地在湖面上伫立。这时，我仿佛听到了细细的鼓乐声，眼前仿佛出现了清王朝的康熙和乾隆皇帝在“澹泊敬诚”殿，接见蒙、藏、维吾尔等少数民族王公代表及外国使节的场面……然而，历史不光有颂歌，也有悲剧。鼓乐声骤然强烈起来，变成了令人恐怖的枪炮轰响，眼前出现了英法联军侵入北京，咸丰和慈禧仓惶逃进避暑山庄的画面。就是在这“烟波致爽”殿内，丧权辱国的《天津条约》、《北京条约》，最后都是咸丰在这里点头同意的。被帝俄讹诈割去的乌苏里江以东44万平方公里的大好河山，正是在这里由咸丰批准，拱手相送的，不仅使国家蒙难，也让这位不走运的国君，羞耻难当，不久就命归黄泉。在“云山胜地”，慈禧密谋诛杀肃顺等八大臣，后来夺权成功，开始了历史上有名的“垂帘听政”。这水中静静的宫殿，好似一部活的历史，清清楚楚地记载着清王朝由盛而衰的历程。

（二）

如意湖是富有诗意的，那挺拔葱郁的古松，苍翠欲滴的山峦，千山万壑中闪光的明珠——“梨花伴月”、“南山积雪”、“锤峰落照”，都在这里留下了自己的剪影。

辽阔的澄湖似乎更为多情，她不光把湖畔的“金山亭”、“万树园”、“甫田丛樾”、“莺啭乔木”，都拢进了自己的怀抱，且把山庄外远山上的普乐寺、伊犁庙、磬锤峰、蛤蟆石，也邀进了镜中。

这里，洲岛错落，层峦叠翠，风光旖旎。沿湖，既有北方特色的亭台楼阁，又有仿建江南的著名园林。康、乾二帝曾多次察访江南，对江南的山水园林极为钟爱。避暑山庄里的湖区，就是江南山水园林的缩影。湖上的“芝径云堤”仿造于西湖的“苏堤”，“金山岛”仿造于镇江金山寺，“烟雨楼”仿造于嘉兴南湖鸳鸯岛上的“烟雨楼”，“六和塔”仿造于南京报恩寺琉璃塔和杭州六和塔。

最能体现江南风情的元素，我觉得还是苏州园林。建成于乾隆三十九年的“文园岛十六景”，就是仿照苏州狮子林而建，是山庄内最著名景点之一。1757年乾隆下江南时，见到狮子林里奇妙的假山叠石，非常喜爱，便绘制了苏州狮子林图，命在圆明园仿建。九年后，乾隆四巡江南时，又到狮子林游览，在仔细观察假山曲径和幽深洞壑后，认为圆明园的狮子林只是形似，却没有倪瓒苏州狮子林的神韵，于是决定在承德避暑山庄再造，既仿倪瓒《狮子林图卷》中的意境，又加进圆明园狮子林的若干景点。承德狮子林建成后，乾隆非常喜欢，除了亲题匾额外，还赋诗一首：“文园塞北此时开，移得江南粉本才，狮吼一声大千变，悟知无去亦无来。”

除了移植狮子林以外，康熙还把苏州的沧浪亭搬到了避暑山庄，不过将名称改为“沧浪屿”。“沧浪屿”在如意洲的西北部，是仿照苏州名园沧浪亭建造的一组小巧玲珑、静谧雅致的小园林。院内有若干亭台楼榭，布局紧凑。不过，从房屋建造风格看，“沧浪屿”采用了北方的红墙灰瓦，而不是照搬苏州的粉墙黛瓦。我觉得，这里很像我们伟大祖国的锦绣河山之缩影，西北峰峦挺拔高峻，东南波光洲岛相映，山水间也有一片开阔的草原，构成了一派南北风格熔于一炉的湖光山色。

若说到湖上的胜景，那就更可以让人领略湖水的魅力了。令我陶醉的还是红柱彩檐的“水心榭”。1709 年（康熙四十八年），在出水闸上建榭三座，以分割水面，也作观赏时小憩之所。水心榭旁，还有一组建筑，就是临湖的三间门殿，静奇山房、莹玉堂和冷香亭，素有月色湖声之意境。这夜，圆月慢慢地爬上了东山，皎洁的月光，映照着热河泉流来的湖水，山庄内万籁俱寂，只有湖水在轻轻地叩着堤岸，发出了富有节奏的沙沙声。我迈着很慢很慢的步伐，边走边观赏着这静谧而又凉爽的山庄湖色的月夜之美。

在这避暑山庄，处处使我感到水的活力，几乎无处没有它的踪迹，就是藏《四库全书》的文津阁前，水也汇聚成小巧玲珑的“月牙湖”。

（三）

更引我注目的，是建造在山庄宫墙外东北麓的 12 座藏式、汉式寺院，统称“外八庙”。它们的外形，金碧辉煌，雍容华贵，在阳光的照耀下射出炫目的光波。这些寺院，是把各民族的建筑艺术有机地统一起来的精心构造，也是我国园林建筑史上绝无仅有的奇迹。俗称小布达拉宫的普陀宗乘之庙，最为宏大，占地22万平方米，围着大红台的60余处建筑，依山就势，布局灵活，庄严肃穆。其他几座，也都有各自的来历，如弥福寿之庙，实为班禅行宫；普乐寺形同北京天坛祈年殿；普宁寺为平定噶尔丹叛乱而建，以示庆祝胜利。寺中供有世界上最大的木雕佛像，是一个千手千眼的观音菩萨，身高22.28米……这些寺庙，是清王朝夸耀强大统一的象征，也是两百多年前劳动人民智慧和才华的结晶。

如果把避暑山庄比作一顶精雕细琢的黄金皇冠，那么，“外八庙”就是皇冠上的八颗明珠，如众星捧月般地护佑着山庄，又与山庄珠联璧合，形成“合内外之心，成巩固之业”的宏大格局，吸引着国内外无数的游客和贵宾，这就是文化的魅力。

说起山庄的避暑功能，那是不言而喻的。今年7月，我从北京启程时，室外温度是摄氏32℃，到达避暑山庄，已是28℃，晚上下了一场大雨，第二天上午最高温度只有20℃，害得许多游客只好用双手抱住胳膊。我幸亏有文友的提醒，带了长袖衬衫，才免受山庄之寒。

康熙皇帝在如意洲专门修了一座“无暑清凉殿”，亲题匾额并题联：“南陆微薰送午凉，西山浓翠迎朝爽”，可见夏日避暑山庄的凉爽与舒适。难怪很多皇帝都要在此居住半年以上，接见外使，处理政事，避暑休闲，其乐融融，承德也俨然成为大清帝国的陪都。

这座中国古典造园艺术的巅峰之作，称得上是一个时代的象征。它蕴含着帝王思想、名匠智慧，凝聚着中国历史上重要的政治情结和一代大师宗匠巧夺天工的技艺和才能。随着游览的足迹，我会越来越被遍及山庄内外那无处不在的丰厚文化底蕴、饱满历史内涵、决胜园林艺术所征服，并由此浮想联翩，发出对历史事件与人物的由衷感叹。不正所谓“一座山庄，半部清史”，不正好体现了它的文化力么？

承德山庄，承德的骄傲，在这儿旅游，收获颇丰。因为，这座由中华优秀儿女用心血和汗水凝成的神奇宫苑，能给人以充分的观赏美，让人用自己的眼睛发现历史，用心灵感悟人生。

（1989 年 10 月 6 日初稿，2014 年 8 月 27 日改定）

岁岁桃花醉南汇

有什么花，能像桃花那样，艳如人面，灿若云霞？有什么花，能似桃花那般易开易谢，恰如红尘滚滚？

潇潇春雨中，忽如一夜春讯到，万千桃花竞相绽放。在大自然艳丽的花的海洋中，桃花秀冠群芳，那粉红色的宛若仙女下凡，将我们的生活点缀得绚丽多姿；那白色的恰似纯洁的天使，向我们倾诉人间的情怀；那玫瑰色的则仿佛是神圣的火炬，为追求真理的战士照亮征程。我的视线从无边无际的桃林，缓缓移向奔腾的大冶河，但见向东流的河水轻轻地拍岸，两岸苍生眺望着被桃花映红的激流，吹响了春天播种的号角……

花之艳丽，果之甘美，莫过于桃，许多文人墨客都描述过。夸父追日，临死将神木抛出，化为桃林；刘郎去后，玄都观里尽是桃花。“桃之夭夭，灼灼其华？桃花无言，笑对春风。”我们都知道唐朝那个美丽的传说。崔护的“人面桃花相映红”，是流传最广的咏桃诗。唐伯虎称自己是“桃花庵主人”，他写

的“桃花坞里桃花庵，桃花庵里桃花仙；桃花仙人种桃树，又摘桃花换酒钱……”是多么富有诗意！桃花成了他诗意生活中最忠诚的情人，也是他最浪漫心仪的仙子，而陶渊明“夹岸数百步，中无杂树，芳草鲜美，落英缤纷”的桃花源，始终是我梦中的圣地。

这时，电视机里正在播放蒋大为演唱的《在那桃花盛开的地方》，歌声婉转动听，很有人情味。每当听到这首歌的时候，使我想起了在南汇地区观赏桃花的情景。

（一）

阳春四月，草长莺飞，春暖花开，上海的南汇地区每年都要举办桃花节。南汇地处东海之滨，杭州湾畔，河港纵横，物产丰饶，田园风光宜人。南汇有近五万亩桃林，为华东之最，故有“桃花源”之誉。我在那里工作了三年，因紫澜门的制衣厂在这里。在这三年里，我总会去参加桃花节的。

春天了，看桃花成了出行的盛事。桃花节上，人山人海，热闹非凡。我总站在高处，极目远眺，映入眼帘的是一片花的海洋，一个粉红的世界！桃花开得灿烂酣畅，那么鲜艳夺目，那么热情奔放，毫不掩饰地向人们炫耀着她的美丽，尽情地向人们展示着她那仪态芬芳。一望无际的桃花，火焰般地燃烧到十里开外，像一幅色彩浓郁的水彩画，吸引着我的双眸，让我欣赏品味，百看不厌；又如一卷长长的瑰丽诗篇，激荡着心绪，延绵着我的无尽遐想。

站在这桃园里，左边是桃花，右边是桃花，头上也是桃花，我被桃花淹没了。手扶着桃枝，眼看着桃花，吮吸着桃花的清香，这真是一种超然的享受。细细观赏那桃花，它每朵由 5 个花瓣组成，直径有 2 厘米左右。花的中间有二十多根丝线般的雄蕊和一根绣花针粗细的雌蕊。桃花是分组长的，细看那桃枝上，每隔一寸左右，便生有一组桃花。花的下面有嫩绿的桃叶相伴，翠绿衬托粉红，更显精神。

在这粉红的世界里，每一朵桃花，都像一张迷人的笑脸，那么妖娆诱人，那么妩媚动情，一如古人笔下的多情女子："数枝艳拂文君酒，半里红欹宋玉墙。"不知几人能拒绝她的姿色，抵挡她的风韵？也不知有多少人在花丛中，忘却了自我，迷失了本性！

（二）

灿烂的桃花，总能给人以热烈奔放、心驰神往之感。置身于这世外桃源，那桃花一朵连一朵，一枝挨一枝，一树连一树，连出个花的海洋，粉的世界。看着看着，只觉得地也红了，天也红了，白云变成了红霞。我的眼眩了，心也醉了，热血也沸腾了。这如梦似幻、如诗似画的人文景观，令我仿佛进入了一个人间仙境。旖旎的水乡风光与粉嫩的桃花，交相辉映，蓝天白云，云蒸霞蔚，徜徉花海之中，欣赏着桃花的艳丽，感受着桃花的神韵，体会着桃花的深情，我的心也得到了纯净，一切的烦恼都烟消云散，一切的不快都化为乌有，只有

融融的快意，留驻心头，不由得赞一声：

“不到桃花村，哪知桃花艳！”

我们总是那么小心翼翼地行走在桃花丛中，生怕一不小心会毁掉了一瓣美丽。凝眸细看，花儿并非纯一色，在粉红的主调中，还渲染着别样的浪漫：花的边缘颜色，是淡红的，淡得让人不经意间飘飞了思绪；靠近花萼的地方，颜色是鲜红的，鲜得像美女的红唇，流光溢彩；中间的花蕊是深红的，深得浓郁，浓得化不开。整个颜色，显得层次分明，丰富斑驳，让我目不暇接。桃花有的很含蓄，像腼腆的少女，微启朱唇，若隐若现；有的开得很夸张，像现代女性，坦荡而张扬，真可谓千娇百媚，风情万种。桃花的美，竟让绿叶如此不堪，你看它惭愧地深埋着头，连探头看一眼这美丽的勇气都没有，只有等到桃花凋谢的时候，它才会倏然飘落到枝头。我醉意于桃花的美轮美奂，理解了绿叶的胆怯悲哀。

春天，让桃花诠释得如此尽善尽美！如此的唯美和悠远！如果说，牡丹是花中的王后，梅花是花中的高士，兰花是花中的君主，那么，桃花便是花中的仙子。她总是随着春风而开，对着春光而笑，伴着春柳而舞，陪着春燕而飞，给大地染上了粉红的颜色，为春色增添了妩媚的气质。桃花啊，明艳动人，芳菲烂漫，你是春天的象征，更是人类创造美好生命的象征！这时，我忽然想起唐代白敏中的一首诗来：

“千朵秾芳倚树斜，一枝枝缀乱云霞。凭君莫厌临风看，占断春光是此花。”

看桃花，其实也是听桃花，世间绝响，无异天籁。

（三）

“满树如娇烂漫红，万枝丹彩灼春融”，这是晚唐诗人吴融对桃花的描绘，也是今日上海南汇桃花的真实写照。因此，无论是陶渊明理想中的桃花源，还是刘阮遇仙女的桃源洞，都无法同今天的南汇相比。南汇桃花的种植之广，品种之多，桃花节的人气之盛，均非别处可及，至今已有五十多年历史，共二十多个优良品种，分布于周浦、航头、新场、大团、惠南、泥城和滨海等地。

进入南汇地区，一路行来，粉紫绛绯，深深浅浅，红红艳艳，走不到头，望不到边，尽是桃花仙子，仿佛瑶池宴罢归来，红云生靥，醉步翩然，使南汇成了春之汇、花之汇、人之汇。怪不得每年三四月份，都有上百万人来到南汇这块宝地，醺风百里车如水，无人不道看花回。

中国是桃的故乡，我记得最早记载桃的古籍是公元前10世纪的《尔雅·释草篇》：“旄（音矛），冬桃；榹（音四），山桃。”《西京杂记》载，公元前1世纪汉武帝在京城修建“上林苑”，群臣百官贡献的异果中就有秦桃、榹桃、缃核桃、金城桃、绮蒂桃、柴文桃、霜桃等桃树品种。随着嫁接技术和栽培技术的不断提高，桃树品种变异百出，琳琅满目，现桃品种达上千，近百个国家种植。如果想追根溯源一下，可以去“桃文化博物馆”。这座三层八角形宝塔，底层展示桃的历史渊源，历史翔实；二层展示桃栽培技术，可学可鉴；三层有上海历届桃花节的精彩集锦、桃工艺品等。

在过去漫长的年月，有许多文人雅士喜欢桃花，就有把自己的成功艳遇称作是交了桃花运的；把亏本的艳遇称遭了桃花劫的；寄予女子的信，叫作桃花笺；写与女子的诗，称作桃花诗……由此可以认定，在古人眼里，桃花不但可以比作美丽的女子，而且还是风情万种的女子，怎能不让人心驰神往呢？

想来那桃花，即使不和粉面的女子相联系，单是那红艳艳如云霞状铺满山野的景致，就能让人流连不已了。当然，更有将桃花喻为真挚的情愫和崇高理想的志士。我曾轻轻地叩开婺源神秘的后花园，扯一片绯红的桃花，献给“中国最美的乡村”。我也曾流连于皖南芳草鲜美、落英缤纷的“桃花源”，久久地回味唐代大诗人李白的千古名句：“桃花潭水深千尺，不及汪伦送我情。”我还曾伫立桃红十里的龙华，瞻仰彭湃、柔石等先烈，无限感慨地吟诵“龙华千古仰高风，壮士身亡志未穷。墙外桃花墙内血，一般鲜艳一般红”的悲壮诗篇……

微微的春风吹向桃林，五彩纷呈的桃花轻轻地颤动，如同小小的波浪。蝴蝶轻巧地从这棵树飞到那棵树，仿佛要把这美丽尽情地挥洒，把果农们的希望抚遍每一朵花，我怎么会忍心去打扰它呢？几只辛勤的蜜蜂，在花丛中飞来飞去，边采花粉边唱小曲。我知道它讴歌的是丰收和喜庆，赞美的是甜蜜和富裕。

（四）

喜欢桃花，就是因为它和那些笑傲苍生的名贵花卉不同。那些花是供人们观赏与遐想的，我称它们抬头花，它们是无须看世间的苦乐荣衰的，它们的使命就是展示，而桃花，它的开花是为了结果。它的开花，是那么亲切，那么温和，成枝成串地簇拥着，不分你我，分外平实质朴，宛如姑娘的笑脸，所以我叫它含笑花。

桃花还是团结的、宽容的，绝不独享风光，绝不独占鳌头，绝不一枝独秀，要开大家一起开，要艳大家一起艳，姐妹们一起沐浴春风，一起嬉闹玩耍，是多么好的景致！看着细细碎碎的一片绚烂，就有如看到一群女子在聚会，叽叽喳喳的，你却听不清她们在说些什么，这不正是我们这些普通人想要拥有的世界吗？

我经常感叹桃的“勤奋”，因为在所有的果树中，桃是最不会偷懒的。开花的时候，它拼命开，开得比春天的阳光还灿烂；结果的时候，它拼命结，把树条儿也压得弯弯。人们喜欢用“桃”给女儿取名，有叫“春桃”、“秋桃”、“夏桃”的，也有单名字一个“桃”为名，还喜欢用桃花比喻女人，真的极有道理。桃花的花期非常短，不过半月左右，但看到桃花，总会让人想起女性身上的那种特质，艳丽、妩媚，但风雨过后，又会默默凋零，让人无不感叹女人的青春易逝，娇艳不再。

感受着和煦的春风，呼吸着清新的空气，饱赏着迷人的色彩，吮吸着醉人的花香，漫想着硕果累累的景象，我的心里有一种说不出的舒畅，一种说不出的感受！希望美丽在人们心中，也像这桃花般绽放！

（五）

南汇桃花节，人流如织，热闹非凡；南汇的桃花节，美轮美奂，如诗似画！我从心底里赞美你，因为南汇因桃花而美，因桃花而发，因桃花而富，桃花使南汇成为上海的美地，百姓的福地，更是递给世界的一张名片。这时，我也情不自禁地轻轻地哼起了“在那桃花盛开的地方……”

啊，美丽的桃花之乡，难忘的桃园之美，愿我们的生活，永远像这盛开的桃花一样，芳香四溢。

（2001 年 5 月 1 日于南汇航头镇丰桥村）

兰圃的兰

秋天，是从树冠开始的。中秋节过后，飘扬在树冠上的绿色披挂，还像风铃般一样，摇着摆着。两场暗霜过后，银杏叶子黄了，乌桕叶子红了，一阵微风吹过，便扑簌扑簌往下掉，一片拖着一片，让我想起泰戈尔的诗句：“他默默地，不露痕迹，叹一声就将她俘获”。秋风萧瑟，喧哗声仿佛流水从树冠上漫过，带有凉意的阳光，悄无声息地将大地涂抹成诱人的金黄。秋风秋阳，用看不见的手，描摹出神奇的大地秋色。

早晨，这是一个被秋雨唤醒的早晨，雨点东两点西两点随风飘忽。深秋季节里，就数这样的细雨，让我感到舒适，尤其是在兰圃。天地间，雨丝交织，长长的，绵绵的，像是在提醒人们不要忘却时令。薄纱一般的雨帘，挡住了往日的喧闹，营造出一片幽静的境地。秋热隐退，烦嚣渐遁，秋风显出了几分凛冽，甚至带有一点儿刺骨的凉意。空气格外透彻，让人感受到丝绸肤触般的快意。站在野地里，隔着朦胧烟岚看景致，纷繁的意念就像风雨中的衰草枯杨，摇曳出一种秋凉之美。我喜

欢这深秋之雨，它给予我一份特别的宁静。兰圃秋色中，我觅到了属于我的声音和思维。

“兰圃”，你知道在杭城有这么一个赏兰养兰之处么？记得昨夜友人约我同游时，我却颇费踌躇：所谓“春兰秋菊”，如今，以叶诱人、以香醉人的兰花的“黄金时节”，该早就过去了。何况兰并非稀罕之物，户外栏杆旁，也端坐着十多盆兰开花了。墨绿的叶子，洁白的花瓣，嫩黄的花心，微风吹来，朵朵兰花和根根叶子，一齐舞动，煞是好看。我轻轻地走过去，在兰花丛中的一块石头上坐下，静静地享受着兰香的熏陶。我看兰花，挺立的花柱上五六朵小花，盈盈绿，淡淡妆，像跳芭蕾的女孩，身体看上去单薄，却有很好的柔韧，纤巧的身体缓缓打开，清新脱俗。

兰圃很美，它的美是一种雅致，一种葱郁，一种藏在深阁的含蓄之美。置身兰圃之中时，我才知道，兰花是我国的传统十大名花之一，以其素雅的姿色、清新芬芳象征着我国人民质朴善良、与世无争的品格，深受人们的喜爱。兰花大多分布在黄河以南各省的山野，尤以浙江的春兰、寒兰、蕙兰，福建的剑兰等最为著名。现在，我被四围一片绿色的波涛所簇拥时，就不禁为自己的闭塞而深感愧赧了。看，这才是兰，兰的天地，兰的骄傲！一行行、一盆盆、一簇簇……或“地生”，或“气生”，真是蔚为大观。叶片或修长，如展开的故事，或缩削，如精粹的小品，花也大小不一，颜色各异，疏密浓淡，风格纷呈，或奔放如交响乐，或柔谧如小夜曲，或明朗如水粉画，或深隐如“朦胧诗”……正在开放的，是那般的神采奕然，而尚未开着花的，又何尝有半点萎靡？也许它们正在孕育着灵感，等待着未来那标新立异的刹那……

我看得呆了，不觉得辉耀于棚顶之上的就是秋阳。清代作家张潮在《幽梦影》里说，梅令人高，竹令人韵，菊令人野，兰令人幽。兰花之幽亦自芳，于我，有花看花，无花赏叶同样好。一丛绿叶，飘逸中藏有剑一样的锋芒，没事的时候，我就用抹布，将叶上的灰尘，轻轻抹掉，给孩子洗澡一样，兰花就越发清新动人了。凡花开妖娆艳丽的，多无清香，兰花不以貌取胜，内心却有天籁。它的香，不是死缠烂打，腻得人头昏的那种。它不闷不浊，淡雅悠远，因此被孔夫子誉兰花为“王者香”，要不，古人怎么会冠以“香祖”和“天下第一香”的称号呢！

我国栽培兰花已有两千多年的文化渊源，历代贤圣崇尚兰的精神，养兰、咏兰、画兰、写兰，以“君子”相待，形成了极具中国特色的兰文化。高洁、清雅、幽香的国兰，成为国人眼中美好事物的寄寓和象征，也昭示着中华民族精神之不屈不挠、可歌可泣。随着时代的进步和发展，兰花品种多达1300多种。被国人钟爱称之为国花的春兰、蕙兰等仅约三十多种，经过长期的辛勤培育，已选育出绿云、宋梅、十八学士、姜氏荷等许多名贵品种。有的花瓣宽厚，形如荷花；有的花瓣短而圆，状似冬梅；有的花心黄白色，香味清洌；还有的花朵酷似展翅欲飞的蝴蝶。珍贵的兰花，一向为中外园艺爱好者所珍视，常常不惜以重金求之。

兰花，品性高雅，与梅、竹、菊并称为“国画四君子”。国人爱兰，总见得雅俗共赏，而文人学士，对兰花之爱，更溶于性。不管是厅堂还是客室，更多见兰花之影。同时，诗词字画，也更多于兰花之魂。在《孔子家语·在厄》中，有“芝兰生于深谷，不以无人而不芳；君子修道立德，不为穷困而改节”的盛赞，并把兰称之为“王者之香”。宋代文人罗愿在《尔雅翼》里，详细地描述了兰花的优美情状：“兰之叶如莎，首春则发。花甚芳香，大抵生于森林之中，微风过之，其香蔼然达于外，故曰芝兰。江南兰只在春芳，荆楚及闽中者秋夏再芳”。

兰花之品，犹如淑女，枝叶舒展，心性自然！兰花之香，犹如玉女，清淡悠远，来自内心！兰花之美，犹如仙子，轻盈灵动，游离若即！兰花之灵，犹如佛祖，稳妥高雅，心自本性！若是光看叶子，犹如行笔走墨，俨然置身于诗情画意之间！若再看花枝，犹如沐灵蕴秀，恍然融入曲韵赋尽之间。

啊！美好的兰！生机勃勃的兰，谁能说这儿不是春天呢？这儿有的是追求、创造、竞赛和繁荣。“兰蕙同馨”，写得何等好啊！这“同”，分明不是珊瑚礁，不是漂染坊，不是博物馆的玻璃柜子，不是没有生命的拼凑或点缀，而是“异”的统一，是生命律动中的和谐，是辩证法的活生生的演绎。“百花齐放各争春”，而“唯有兰花香正好”，不也正是“争”出来的吗？

风，轻轻地吹，花叶摇曳，当我在架间寻找着春天的概念时，仿佛自己也一下子变作了兰草，虽然纤小，但毕竟有我自己的姿态、色彩和芳香呀！当我能够同名贵的鹦鹉墨兰和刚劲的剑兰一起生生不已时，那么，一任时间从身边哗哗流过吧，何必要以春秋为序？秋天不也正是春天的延伸吗？是的，时间就是春天，我们就是春天。但倘“椒焚桂折”，兰亦不能不“独托幽岩”，此其时也，虽云春日，何异严冬？噫！理论是灰色的，而生命之树常绿！

兰花，静之自然，动之灵秀；展之流畅，垂之飘逸；香之清幽，韵之迷离！自古以来，总让世人羡慕不已。幸好那肃杀的日子，早已成为了过去。欣幸之余，不觉已经走出“茅舍”，踏进了“惜阴轩”。

“惜阴轩”！何等蕴藉深沉的名字！爱惜春阴吧，迎春容易留春难呵！我发现游伴离我已远，我竟站在一尊大石面前凝然不动了。低低的，我念这镌刻其上的兰章，缅想着那携兰往来、迁播芳馨的长者，呼唤着一颗润泽天下的伟大的心。我的双脚好像悄悄站出了根，我真不愿挪动半步，面对无限时空，我陷入了沉思……

春天的兰！秋天的兰！一样生机勃勃的兰啊！游友，你不是在行旅的道路上追索着美，追索着生命与春天的奥秘么？要是你也能作一次杭城行的话，让我告诉你：“落红不是无情物，化作春泥更护花，”用这句诗来形容秋天再合适不过了。它化作春泥滋养大地，秋雨落在它的叶子上，衬托得它们更加绚丽。

兰之纯情高雅，古往今来，就常被作为高尚礼物相互馈赠。

养兰能驻颜不老，延年益寿，历史上的寿星，有不少是养兰名家或养兰的文人墨客。清代著名诗人袁枚活到82岁才寿终正寝，在当时的社会是非常了不起的，享有“一代文星兼寿星的美誉”。袁枚如此高寿，与其酷爱兰花不无关系。他客居江宁筑园林于小仓山，取名“随园”，随园中尤以兰花为众，有诗吟道：“幽兰花里熏三日，只觉身轻欲上升。”袁枚到晚年仍“八十精神胜少年。”张学良将军活到101岁，可谓百年作古，其云：“第一爱夫人，第二爱兰花”，并说：“一代之雄，竟不能于兰而行其志，此所以兰之能为中国文化中的一部分，无人能撼其地位了。”可见“乐兰者寿”。

“扬州八怪”之一的郑板桥和兰花为伴一辈子，他说，兰花不是花，是我眼中的人；兰香不是香，是我口中的气。他曾宣称：“七十三岁人，五十年画兰，任尔雷雨风，终久不凋残。”在郑板桥的画里，横空伸出的青石上生长着一蓬兰草，潇洒清劲，秀美绝伦。他有一首《山顶妙香》的兰花诗写道：“身在千山顶上头，突岩深缝妙香稠。非无脚下浮云闹，来不相知去不留”。此诗写的是兰花的清高优雅。话说兰花在高处，清香自然，与世隔绝，孤芳自赏，就算偶有浮云缠绕，亦是来去自由！因此，无论俗世多么的闹腾，兰花始终有自己的坚持和品格。和兰花在一起，耳濡目染它的习气——守得住寂寞，耐得住清寒，如此，才不枉与兰结缘一场。

看古今天下，爱兰赏兰者有之，怜兰惜兰者有之，歌兰颂兰者有之！因此，一株小小的兰花草，终成为中国的一种文化象征。兰花其品，其格，其气，其香，其美，其空，其幽，其韵，其灵，都有人歌之咏之！我想，若在身边种上几盆兰花，小心呵护，自然是人兰一体，溶性其中，既美化环境，又陶冶情操，何乐而不为呢？

兰圃的秋色之美，存在于我的想象之外，犹如音乐，犹如绘画，妙处只可意会。面对兰圃秋色的圣洁、静谧、高傲、庄重，任何言说都显得苍白无力，以至幼稚。兰圃秋色，是一种宁静，是一种纯净，是一种恍如幻觉的真实，是一种遗世独立的高贵，是一种充盈于天地之间的大美。

走进兰圃之秋，就是走进梦幻。

（1982 年 10 月 29 日）

探访酒泉

祖国的山川之美，可用“壮丽”二字来概括。北方多“壮”，南方多“丽”。纤细秀丽的江南风光固然美，而雄宏古朴的北方山川也是一种美，它们只是美的风格不同罢了。

去年5月间，我到地处甘肃省的河西走廊的酒泉走了一趟。诚然，这条路上，并没有江南的杏花春雨、小桥流水，但这里的山川风貌、文物古迹，没有任何人工的雕琢，处处给我有一种古朴自然的美感！

我乘车从兰州出发西行，翻越高寒的乌鞘岭，就进入了长达千余公里的河西走廊。这是一条古道，两千多年前开辟的著名丝绸之路，就经过这里；同时也是一条新路，兰新铁路的修建，也才是21世纪50年代的事情。

透过车窗往外看，大漠漫漫，黄沙如云。有“万年雪原”之称的祁连山脉，绵亘千里，云雾之间，巅雪如花。雪线之下，峰如刀刃，色似眉黛，给我有远在天边、深奥莫测的感觉。考“祁连”二字，乃匈奴呼天之称。透过车窗往北看，从东往西，依次是龙首山、合黎山、马鬃山。它们如蜡象驰原，似群驼争奔，各呈雄姿，真所谓“欲与天公试比高”了。这南北两面的大山，夹峙而成一条通道，这就是河西走廊。

河西走廊也叫甘肃走廊，意思是黄河以西的大通道吧！公路像一条飞箭的轨迹，划过荒漠的戈壁滩，汽车毫无阻拦地向前滑行。放眼望去，苍茫浑厚，一片沙石。大风过处，沉沉黄沙，兀兀磔磔，拔地而起，汹涌奔突，如鼓如雷，汪洋恣肆，横无际涯，浑然一幅“黄沙远上白云间”的史诗长卷。除了偶尔出现的骆驼和羊群外，大地是宁静的。像我这样久住城市的人，看见如此景象，大有“久住樊笼里，复得返自然”之情，也激起我那“天高海阔，任意翱翔”之感。

汽车在公路上飞快地奔驰着，直到傍晚，绿树和炊烟点缀着点点灯火，在地平线上出现时，生命仿佛又重回了大地，我多少体会到一点古代商旅看见人烟时的那种兴奋心情了。

酒泉，古名肃州，地处河西走廊的西段，离嘉峪关市区只有二十多公里，公交班车来来往往，十分方便。远古的西凉国曾建都于此，以后诸多王朝以这儿为省州府地。古代，这里是内地通往西域的咽喉，也是西汉河西的四郡之一。它是嘉峪关里的重镇，在古代东西方文化交流史上，历来占有重要的地位。西汉的张骞，东汉的班超，他们出使西域，均走马于此。唐代的玄奘法师西游取经，也经过这里。12 世纪的威尼斯商人马可·波罗，曾从中亚细亚经新疆到达这里，然后折向北方的居延海，从内蒙古直奔大都（北京）。他曾在他写的《东方

见闻录》中，对肃州（酒泉）的所见所闻，大加赞扬，难以忘怀。

公元前121年，汉将霍去病在河西两败匈奴，汉分河西为武威、酒泉二郡，后十年，又增设张掖、敦煌二郡，这就是著名的古代河西四郡。传说，霍去病为了通西域，在“破万骑，出陇西”，平定匈奴之后，曾率20万兵马驻扎在这里。汉武帝赐御酒十坛，为他和他的部属庆功。因人多酒少，无法分尝，遂将酒倾注于酒泉城下的一眼碧泉之中，以让全体将士共饮。泉水因此化为美酒，故名“酒泉”，城亦因此而得名。

此泉今尚在，辟为酒泉公园。酒泉公园又称泉湖公园，顺着东大街，乘市内1路公交车可抵达。我进入园内，也顾不上欣赏两旁依依垂柳、参天白杨和葡萄架长廊，只见月门里面，显出写有“西汉酒泉胜迹”的石碑。石碑后面，便是一个底座圆形，上有八角水磨石围栏的一潭清碧，这就是古金泉，即酒泉。清凌凌的水面上，半浮着一个比脸盆还要大一些的酒杯，扑哧扑哧地在喷冒串串珍珠般的水泡。泉水向北涌流，汇成了一个小湖。湖中巧藏着亭台楼榭、假山及小舟。可惜我不能细细地品“酒”，因为我不会喝酒。回身前，我发现在泉旁刻有李白的一首诗：

“天若不爱酒，酒星不在天；地若不爱酒，地应无酒泉。”

嗨，这真是劝酒者的趣语，嗜酒者的宣言。此处能看到清代的“西汉酒泉胜迹”和“汉酒泉古郡”石碑及左宗棠手书“大地醍醐”匾额，成为游酒泉者必游之地。

酒泉城创建于东晋永和二年（公元346年），迄今已有1600多年的历史了。酒泉著名的钟鼓楼，初建于十六国时期的前凉国时，现鼓楼为砖木结构，是19世纪光绪年间重建。楼下有十字形的通衢，各有一门，通东南西北。我抬头看到了门楣匾上横书的“西达伊吾”四个大字。伊吾就是哈密，意为出门西去，即可到达新疆。由于钟鼓楼底下四面有门，好奇心迫使我绕楼一周，见其他三面高题着“东迎华岳”、“南望祁连”、“北通沙漠”。略一回味，顿觉鼓楼身价倍增，更显巍峨雄伟。

我登楼四望，北边的巴丹吉林沙漠和南边的祁连山脉，尽收眼底。向西，是通向哈密和中亚细亚的大路。向东极目远眺，虽然千里迢迢，中华大地的巍巍群山，也似乎簇拥迎来。

酒泉境内有石器时代的文化遗存，有大片汉晋墓葬群和汉、唐、元、明的古城及古建筑，光受国家保护的重点文物单位就有25处之多。唐代诗人王翰有首著名的《凉州曲》：“葡萄美酒夜光杯，欲饮琵琶马上催。醉卧沙场君莫笑，古来征战几人回！”

词中所说的夜光杯，就是酒泉驰名世界的工艺品。汉代东方朔所著《海内十洲记》中说：“周穆王时，西域献夜光常满杯……杯是白玉之精，光明夜照。”也就是说，倾酒入杯，对月明照，色呈雪白，反光发亮，味甘美香，故而名之。玉也是石，陆游诗中“花能解语还多事，石不能言最可人”，就表达了对石虽不能言，却传神的感悟。这玉石用光影，勾起了联翩

思绪和欢喜情怀。玉文化作为我国最古老的文化之一，延续至今，是世界文化的一部分。中国人爱玉、敬玉，赋以玉石丰富的情感，甚至生命的内涵，完璧归赵的典故，《红楼梦》里“通灵宝玉”的故事，家喻户晓。

酒泉设有一个专门生产夜光杯的工艺美术厂，工艺大为发展，有仿古的齐口平底杯，有西式大小高脚杯，还有各种雕花杯、金丝边杯、银丝边杯，以及独具特色的吊壶、人物、动物……成为传统工艺精品。来这里的中外旅游者，赞不绝口，争相选购。我十分喜欢那墨玉夜光杯，迎光一照，半透明的，呈墨绿色，注入葡萄酒，杯满却不外溢。这种杯子，我有点爱不释手，终因价格不菲，囊中羞涩，只得作罢。看看周围游人都在选购，我想了想，还是选购了一对祁连山玉石精制的杯子，价格也不贵，以聊作纪念。

逛酒泉夜市时，我的目光被小摊上一些墨绿色的石头杯子所吸引，热情的摊主介绍这是夜光杯。我大为惊讶，难道这就是传说中价值连城的“夜光杯”？摊主诚恳地解释：夜光杯取材当地出产的一种“萤石”，墨绿似玉，最适合雕琢成酒杯，斟满酒后，在月色微光中，会隐隐发光，这就是所谓的夜光杯了。因为它的产量很大，所以价格也相对便宜，已不是传说里的华贵珍玩，而是人人买得起的寻常之物。

酒泉，这个逐渐现代化的城市，许多机关单位、宾馆饭店的名称均与钢铁、航天有关，街上跑的车多挂军用牌照，也许这才是酒泉对外来游客的另一种诱惑。酒泉卫星发射中心位于离市区东北 280 公里的巴丹吉林沙漠边缘。中国的第一颗人造卫星到第一艘宇宙飞船，都在这儿升空。十分神秘的地方确实产生了无数人间奇迹，至少创造了 9 个中国第一。随着改革开放的继续深入，航天事业仍和千年不朽的胡杨一样，顽强扎根在干旱的黄色戈壁、弱水河畔。不过，有限度的对外接待游客，亦让人够激动不已了。

激动生诗意，诗意生联想。酒泉城豪迈地谱写出《凉州词》，巍然屹立在兰新线上，同发射塔、炼钢炉、古长城一起，十分神气地接受祖国大西北的检阅……

离开酒泉已是傍晚，驱车西行，不远便是长城西端的嘉峪关。明天，我又将出关西行，继续探访丝绸古道上的今日之风貌。

（2013 年 5 月 30 日于风荷苑）

在这茫茫沙海前

黄河九曲八折，自西向东来到宁夏的沙坡头，转了一个大弯，又一路向南，奔腾而去。从这个拐弯处的岸边，登上沙土高坡，就是浩瀚的腾格里沙漠。对这沙河相依的旷世奇观，让我惊叹，让我跪服。塞外风情，浸染我的心境。

沙坡头，地处宁夏、内蒙古、甘肃三省区交界的宁夏中卫市城西 16 公里处，是黄河第一入川口，也是古丝绸之路的必经地。这里南靠层峦叠嶂、巍峨雄奇的祁连山余脉香山，北连沙峰林立、绵延千里的腾格里大沙漠，中间被奔腾而下、一泻千里的黄河横穿而过。在沙与河之间，有一片郁郁葱葱、滴翠流红的古朴园林——童家园林。沙坡头旅游区就是以黄河两岸的山水田园以及北部腾格里沙漠为核心。沙与河这对本不相融的矛盾体，在沙坡头却被大自然的鬼斧神工巧妙地撮合在一起，沙堤高耸，河水奔流，相得益彰，和谐共处，现已是世界垄断性的旅游资源，被誉为“中国十大最好玩的地方”之一。

我从银川到中卫，不过三个多小时。沙坡头就在中卫西南的鸣沙山上，景区分南区北区，南区可在黄河上乘着羊皮筏子去漂流，北区则可骑着骆驼或坐着“冲浪车”去沙漠。我选择了沙漠，虽然从课本中、电视里、画册上，多少有些概念的认知，而真正的大漠，几乎没有任何直观感受。我知道沙漠荒凉的美景，现在身临其境，不得不承认它名副其实。

大家脚上换上色彩不同的防沙鞋套，等着五六只一组牵连着的骆驼驮着我们，走向沙漠深处。这些被称为“沙漠之舟”的骆驼，已经被驯养得十分温顺，随着主人的口令，它一下子倾地而倒，又一下子拔地而起，一惊一乍中，我开始在一望无垠的沙漠里踏沙。

坐在颠簸不停地双峰驼背上，听着叮当作响的驼铃声，感受着沙漠凉风的侵袭，是多么惬意呵！身前身后，无论是月牙形的沙坡，还是绵绵的沙地，黄色的细沙在骆驼脚步下喃喃地轻语，风吹来也不溅起一粒黄沙。就这样，不到二十来分钟，我们被送到了一个空旷的场地，这将是我们“沙漠冲浪”的下一站。

茫茫沙漠，除了黄沙，还是黄沙，不掺一点儿假。那细如粉末的黄沙，在阳光照耀之下，灿烂出光闪闪的鱼鳞纹。一种颜色看久了，眼睛累得慌；光闪闪的看久了，眼睛刺得生疼。焦渴已久，我舍不得让目光离开黄沙，但眼睛是不听使唤的，累了、疼了，只得换个角度。于是，我把目光投向了天空。没想到，孤烟远去，烟尘却时飘时散，让我心中早已搭建起来的那首不必引述的诗，翻腾着久违的诗境。那诗境，在我看来，

是壮美的，是孤寂的，也是刚毅的，是豪迈的。那么，透过诗境呢？透过诗境，在我看来，则是两种文化在大漠的冲突，是两种文化在大漠的融合，更透射出保卫华夏疆域的使命！

到沙漠去，其实是那种专用的越野车带着我们去征服山丘，越过一个又一个高低不同、陡峭不匀的沙山。司机不时问我们中间有没有心脏不好的人，看来一定很惊险很刺激吧！“冲浪车”开了，向着沙坡前进，车速一会快一会慢，像是吊我们胃口似的。当飞速而驰的车子冲上沙坡顶，又像自由落体那般下坠，既惊险，又平稳，乐得车内的人，情不自禁地尖叫起来，以发泄刺激诱发的快乐情趣。当车停下来，我站在高高的沙丘之巅，往北望，望不断沙丘连绵起伏，与蓝天连接在一起，沙坡间或点缀着一株或几株黄绿色的“骆驼刺”；朝南望去，长长山脉下，河流在绿洲中，缓缓流淌，显现一片人间天堂景象。当落日西临黄河源头，当沙漠中升起一缕极稀罕的炊烟，苍凉的景象油然而生。

沙坡头的山顶上，立有唐代大诗人王维的雕像。诗人面朝前方，远望沙海，手握诗卷，蓝天下显得很有气派。因为他写下“大漠孤烟直，长河落日圆”的名句。为什么孤烟会直？你坐在家里，是想象不出来的，只有到了大漠，只有在那种万籁俱寂的环境中，只有点燃起驼粪，那种烟，才会袅袅直上。驼粪嘛，随处可见，那些牧民们自然用它生火做饭了。

下沙坡头，不再骑骆驼，不过可以乘坐车，也可以滑沙，导游说。滑沙，一个陌生的词，一个新鲜的词，刺激着我去尝试。文友还介绍说，天气晴朗的时候，气温很高，人从沙坡向下滑，沙坡内便发出“嗡嗡”的轰鸣声，悠扬洪亮，犹如金钟长鸣，曾获“沙坡鸣钟”之誉，是中国四大响沙之一。

这是一道十分平整宽阔的沙面，斜坡，百多米长，七八道滑槽，比邻而居，从上而下延伸至地面，滑沙的人，络绎不绝。我不知如何滑沙，站在后面看人家动作。滑的人坐一块宽一尺、长二尺许的滑板，滑板两旁各有一根铁杆扶手，作调节和刹车之用。

看别人一个个滑下去，自己坐上去，还是有点忐忑，怕身体倾侧，甚至担心半途翻跟头。我在滑板上坐稳，两手撑在板壁上，双脚蹬住前沿，身体微向前倾，下滑时自然流畅，如从天降。随着惯性加大，速度不断加快，顿觉两耳生风，转眼间就冲到了山坡下。下滑时，果真隐约听到座下发出的“嗡嗡”轰鸣声。“百米沙坡削如立，碛下鸣钟世传奇，游人俯滑相嬉戏，婆娑舞姿弄清漪。”这首诗道出了沙坡头滑沙的妙趣。

这时，沙漠上下起了雨，它不同于江南烟花四月那霏霏不绝的黄梅雨，朝夕不断，夕月绵延，也不同于那滔天的暴雨，滂沱地扑来，强劲的闪电，弹动屋瓦的惊悸，仿佛欲掀起屋顶。沙漠里的雨，总是来无影去无踪，突然间就风云乍变，一瞬间，又蓝天白云，我只有细细体会空气中变化的温度，才能感觉到它曾经的存在。沙漠里的雨是珍贵的，因为往往很多时候它还没有落到地面上，就已经被那酷热的高温所蒸发。一场沙漠里的雨何时来临，可能会决定许多生命的生与死。沙漠中

的雨也是慈爱的，正是有沙漠之雨的存在，沙漠里才会有一方绿洲，才能有葱郁的树，浓厚的香，甘甜的水，洗去跋涉者的疲劳，为饥渴的路人奉献水和食物，为远行的旅行者提供休息的港湾。

荒凉的沙漠，却因为沙漠里的雨，变得有些生机了。在干燥的沙子底下，只要再挖得深一点，就能够发现潮湿的沙子。雨使沙漠变得潮湿，在它干枯的内心里注入了生命的源泉。而这些沙子中的水分，足以滋养茁壮植物。虽然开不出娇嫩的玫瑰、水灵的荷花，但是这里会生长出挺拔的仙人掌。我面对广袤的沙漠，看到沙中那微弱的绿色时，一种对自然的敬畏和对生命的敬重，油然而生。

在这茫茫沙海的壮景前，我被深深的震撼。脚下连绵起伏、一望无际的赭黄沙丘，犹如大海汹涌的波涛，波澜壮阔地向着遥远地平线一泻千里。置身这天高地远、一览无余的境地，我的心胸仿佛随着视野一下子都豁然开朗。“大漠孤烟直，长河落日圆”的壮丽，“平沙茫茫黄入天”、“风头如刀面如割”的苍凉，“心随长风去，吹散万里云”的怅然，凡俗的一切喜怒郁积都应也都已忘却，心胸被涤荡得空明而坦敞。

茫茫大漠，无边无际，除了几株干瘪的野草苟延残喘着，偶尔一只被烈日烤焦的甲壳虫发出金属蓝光，别无他物。但沙漠并不单调，大风吹得云飞跑，太阳似蒙太奇一样移动，行云流水地抚过起伏的沙丘，这边才暗下去，那边又金灿灿地亮起来，笔触像一点点晕染的水墨，色调如凝重醇厚的油画。这里的天黑得晚，晚上 8 点多，太阳才恋恋不舍地往沙里坠，血红的夕阳透过云层射出一道道金光，将天分成两半，一半暗蓝，一半橙红，沙丘像层层叠叠的山峦，圆滚滚的火盘，正沿着黄河的走向，缓缓地向中华大地坚定地前行……

当落日在西边的沙漠上很低的时候，我仍旧骑着骆驼归来，一路上听着驼铃富有节奏的响声，沉默不语。风在不停地吹，但听不到风声，看不到扬起的细沙。沙漠此刻异常的寂静，当斜阳把冷冷的夕光，投在我身上时，低处沙坡上，井然有序地出现了我们骑着骆驼剪纸般的疏疏的投影。此时，我不由得感受到了大漠的孤独冷清，联想古时长长的商人驼队，走在这荒无人烟的大沙漠上，是何等的凄凉!

这大半天的，倘若说踏沙悠闲松散，带着几许诗意，那么滑沙就有惊无险，夹了几分快意。上车时，掏出口袋中的手机，屏幕上蒙上了细沙一层，这儿的沙比沙湖边的沙细小多了，它是无孔不入，此时嘴里嚼拌一下，便觉沙沙地在响。看过这儿的沙漠，我才真正体验到了什么是沙漠了。

而今，黄河一路凯歌，在绵延横亘的华夏大地上接受着我们的崇拜。是黄河的滋润，养育了黄河岸边沙坡头人的智慧和聪颖，他们仅仅是亿万中华儿女的缩影，他们用最淳朴的生活方式，向我们传承着古老的文明。

伫立黄河北岸，在沙坡头，直起来的不仅是那一面沙坡，还有我们的胳臂和腰身，而头顶上那一轮圆圆的太阳正沿着黄河的走向，缓缓地走向中华大地并坚定地前行。

人生其实就像一场旅行，旅行就是体味不同的人生。对每个人来说，生命就是一场盛大的旅行，而日子就是路途中你经过的每一站风景，或美丽，或温暖，或忧愁，或喜悦。当然，我不过是一个过客，和千千万万喜欢沙坡头的朋友一样，偶尔驻足了一下，然后慢慢回忆和品味。在我看来，旅行的意义就是体验不同的地理和文化，体验别样的生存方式，感受别样的人生所构建的多姿多彩的世界。

回银川的路上，那孤烟、落日、长河，那大漠、青山、绿洲，那朝阳、晚霞、星空，那沙棘、红柳、芨芨草，还有那羊皮筏子、沙漠舟，哪个都让我感慨万分，思绪难以平静；哪个都让我神醉情驰，想矜持也矜持不起来。

归来后有人问我："你不久前刚登敦煌鸣沙山，现又去攀沙坡头，两者相比，感觉如何？"我回答说："不下高低，各具特色，各有千秋！鸣沙山、沙坡头，都是集天地之秀，纳百川之灵，都是华夏大地的一朵美丽的奇葩，都是那么让人眷恋，令人向往……"

（2013 年 5 月 2 日于风荷苑）

迷人的瑶池

汽车开出乌鲁木齐市区不久，我就观赏到从茫茫大平原上升起的太阳，蔚蓝色天空下的篷帐、骆驼和奔驰的马群。在大城市里住久了的我，每天看到的都是鳞次栉比的楼房，突然看到这么辽阔的原野，真是感到有说不出的惊讶和喜悦！

汽车很快就穿过似乎望不见边际的平原，开始在一座座山岭上盘旋起来，与千峰绿涛、蓝天白云相匹配。不久，又进入了一条长长的峡谷。溪水从岭上冲泻过来，在陡峭的山壁底下跳跃、奔腾，然后跌落在一堆堆乱石上，发出轰隆隆的声响，像是招呼我这个远方的来客。它溅出的雪白的浪花，像闪动的明亮的眼睛，在催促大家去攀登更高更峻的山岭。

向远方仰望，我看到了高达 5445 米的博格达峰（蒙古语“博格达”即灵山、圣山之意）。它披着满身的冰雪，耸入深蓝色的天空，如诗似画，仿佛天公的神来之笔，像是要与亮晶晶的蓝天比赛，看谁更美丽。

沿着奔腾的小溪，沿着一排排挺拔的白杨树，我们的汽车

正在天池攀登。回过头眺望刚走过的路，就像一条挂在悬崖峭壁上的弯弯曲曲的细线。原来，我们已经越过了这样惊险的路途，但是回头看起来多少还是令我觉得有些惊心动魄，却又充满了吸引力，因为人们生活的目的，就应该去征服那些艰难险阻啊！

汽车又飞快地登上了另一座山头，一片旷野立即展现在大家面前，而它的旁边，天池正静悄悄地躺在那里。

“天池”这一名称，来自乾隆四十八年（公元1783年）。天池湖面海拔1980米，南北长3400米，东西宽约1500米，面积约为5平方公里，水最深处有105米，总蓄水量1.6亿立方米。据说，它是两百万年以前第四纪冰川活动中形成的高山冰碛，现为世界著名的高山湖泊，1982年，被列为第一批国家重点风景名胜区。

天池东侧的博格达峰，冰峰林立，直插云天，云雾缭绕，气象万千。皑皑雪岭下，片片塔松，葱茏茂密，茁壮挺拔，宛如撑天巨伞，遮天蔽日，微风掠过时，就摇曳和吟唱起来，像是从古琴的弦索上弹出清冽的声响，使天池显得更幽更静了。

天池湖面呈半圆形，湖水清澈见底，晶莹如玉，四周群山环抱，绿草如茵，繁花似锦。湖水清澈透底，游艇轻轻驶过，搅碎了倒映的天光云影，山影松姿。来自国内外的游人，或三五成群，漫步湖滨；或走进松林，爬上雪峰，采摘肥美的松蘑和珍贵的雪莲；或独坐湖边，静静垂钓……冬季，天池结成厚冰的湖面，又是我国少有的天然“高山冰场”，吸引着滑冰健儿。近年来，我国速度滑冰的全国纪录，有许多是在这里创造的。

天池不仅风光美，名字也美。它是从清代乌鲁木齐都统明亮，立在天池附近的一块碑文里，取“天境”、“神池”的首尾两字拼接而成的，只有200年左右的历史。这以前，人们把天池叫过“海子”“龙潭”“冰池”“神池”，在我国古籍里也称“瑶池”。神话传说，天池是王母娘娘居住的瑶池。据《穆天子传》记载，周穆王驾八骏，率六师到瑶池会见王母娘娘，相互献歌。传说王母娘娘就是在这里举办蟠桃大会的，各路神仙都来为她祝寿，她是长生不老的象征。《西游记》中的蟠桃大会，曾进入我儿时美妙的梦境。唐代诗人李商隐曾写道：“瑶池阿母倚窗开，黄竹歌声动地哀。八骏日行三万里，穆王何事不重来？”

古老的神话固然是动听的，然而，我望着柔美的天池时，多么想听一些崭新而瑰丽的故事啊！我知道，形成天池的真正原因，是远古冰川泥石流堵塞河道而成的。天池属于高山堰塞湖泊，大约形成在第四纪大冰期以后。

迷人的天池风光，很早就引起了人们的注意。唐太宗时曾在这里设过“瑶池都护府”。元代长春真人丘处机西来讲道时，挥毫写下了一首诗：“三峰并起插云寒，四壁横陈绕涧盘。雪岭界天人不到，冰池耀日俗难观。岩深可避刀兵害，水众难滋稼穑干。名镇北方为第一，无人写向画图看。”

这首诗，描述了这里的绮丽景色，但因那时交通不便，食

宿困难，人们要游览天池，不知要付出多大艰辛。比唐僧早23年去西天取经的法显，在自传中写到在新疆的感受：“行路中无居民，沙行惟艰，所经之苦，人理莫比。”为此，我一直将瑶池想象成一片不毛之地的死水，只是在史上曾风光过一阵子而已。

然而，为了让各族人民和国际友人来这里游览，如今沿阜康三工河谷，专门修了一条盘山公路，直通天池，随后又在池边修建了招待所、亭台，天池增设了游船、汽艇。现在，从乌鲁木齐乘班车东行100多公里，即可到达天池，非常方便。

在天山山沟，清溪两旁，耸立着大片大片一人合抱不过来的云杉杨柳，绿深荫浓，与我家乡的江南风光无异。天山北坡海拔1800米处有个小池塘般的绿湖，传说是王母娘娘的洗脚池，娇巧玲珑，深不见底，翠碧如玉，水面有木排漂流，置身重峦叠翠怀抱，显得分外妖娆。因此，每到假日，这里游人熙熙攘攘，车马不断，成为赏心悦目的“山岳公园”。

盛夏的雪山，与千峰绿波、蓝天白云、碧波银浪相搭配，如诗如画，似天公的神来之笔。在天池的市场上，我第一次见到了碗口大而奇香的雪莲，紫蕊白瓣，新鲜得仿佛仍在枝头盛开。中午，在一家饭店品抓饭，维吾尔语叫作“朴劳”。我看抓饭里有羊肉、洋葱等，油亮生辉，香气四溢，我用三个手指，从盆子的边沿处，把饭靠拢，再捏紧，然后送进嘴里，真是风味独特，别开生面。

天池边隐居着一座铁瓦寺，原名福寿寺，清代始建，因顶上盖有铁瓦而得名。铁瓦寺的西南，平坦坦的草地上，兀立着一座雄伟的石山，那就是灯杆山，奇特得可与承德避暑山庄的磬锤峰媲美。这附近有个形似锅底的锅底坑，牧草丰美，没有蚊蝎，是一片迎风凉爽、降水充分的夏季牧场，堪称天外有天。

深沉、高雅、端庄、幽静，的确，天池是非常美的，但，奇怪的是这里并不是没有游人欢乐的喧哗，也不是没有呼啸的树声和啁啾的鸟鸣，但这一切似乎都给这山和湖所吸没了，使你静得连一点声音也听不见。如果让我用一个字来形容天池之美，那就是——静，正如郭沫若游天池时在诗中写的那样：

里加游览忆当年，此地风光胜似前。
歌舞水边迎贵宾，云笺天上待诗篇。
一池浓墨盛砚底，万木长毫挺笔端。
更喜今晨双狍子，盛筵助兴酒如泉。

天池，这面晶莹的明镜，一定会记下人们想听到的这些非常美好的传说和故事，高高兴兴地向我们倾诉吧，当我再来的时候。

从遥远的上海来到这西北边陲的天山天池，一路上问候了祖国多少壮丽的山川，我的心自然是不平静的。不少人都蹲在天池边上，用双手掬起水，又一滴滴地再洒进去。听说就是在盛夏季节，这里的水都是很凉爽的，何况现在呢，自然是刺骨冰心的感觉。不过，人们仍旧不停地掬着水，也许是因为埋藏在心底的感情实在太炽热了吧！

都他尔的悠扬，葡萄园的邈远，胡杨林的深邃，坎儿井的香甜，还有，还有少女的舞姿，天山的雪莲……这是一块美丽的土地，它不仅是共和国国土面积六分之一的组成，有我国最大的盆地塔里木盆地，有世界最长的内陆河塔里木河，乌鲁木齐还是世界上离海洋最远的城市……每一个到过新疆的人，都情不自禁被它深深打动。地处亚洲腹心的新疆，是无数人心中的梦幻之地，对于我而言，尤为如此。游天池，恍如梦境，边走边吃又大又甜的蟠桃，潇洒得忘乎所以。这时，我真想唱一曲《我们新疆好地方》，留恋的意绪骤起。

（1997 年 6 月 19 日）

沙海驼影

我不晓得骆驼是不是敦煌土生土长的动物，只是听说，当年这里还没有人烟时，它就是这里的主人了。西北的历史，至少有两道脊梁作为象征：一是黄河，另外便是骆驼了。

骆驼，被称作瀚海中的诚实向导，不管风暴狂吼，沙尘蔽日，还是夜雾朦胧，黑幕茫茫，当啷当啷的驼铃声，总是指引着方位和航向。人们在无际的大漠中行进，看到驼影，听到驼铃，就像看到了航标，听到了泉鸣！

骆驼，又被人们喻为沙海之舟。它总是昂着舵塔般的头，如桅的驼峰载着沉重的货物，划动宽大厚实的蹄桨，劈开波浪起伏的沙涛，不知疲倦地前进、前进。每当天气突变，风暴袭来，或黑夜降临，宿营沙丘，它们就自动围成一圈，用高大的身躯连成城垣，为主人防沙御敌，挡风遮寒。

骆驼还有个绰号，叫“好伺候”。它甘愿同沙漠结缘，与艰苦为伴，不计待遇，不讨享受，不讲报酬。它从不贪恋丰饶的水草和缀露的绿叶，什么都吃，枯草、树皮，连它最爱吃的

骆驼草，也不过是一蓬蓬带刺的灌木。若粮断水绝，它就把驮的水和粮食献给主人吃喝，自己可以几天几夜不沾嘴唇，照样默默劳动，直到献出全身气力，死而后已。

夏季，是敦煌鸣沙山旅游旺季，蓝天白云下，一望无垠的沙山下，聚集着上百头骆驼，听说都是当地农民家养的，每天各家各户牵着自家骆驼，来这里做生意。我尝试了一次骑骆驼旅行，过去，不仅从来没骑过骆驼，甚至没有近距离观察过这种动物，现在仔细一看，骆驼原来很漂亮：大眼睛、长睫毛、高个子、修长的腿，还有芭蕾舞演员一样的长脖子。

骆驼们乖觉地匍匐在山下浅沙里，性格十分温顺。这里，还可看到零落的杨树。主人们吆喝着，叫着骆驼的编号。游客们手中的牌子上标着它的身价。它要从早到晚驮着肤色、面目、心境不同的游人，走着日复一日的老路：从山下走到月牙泉，再转回来上鸣沙山，每一趟两个多小时。有的雇主还会指挥着它，远上数十里外的莫高窟，清晨启程，傍晚才能到达。

为我牵骆驼的是一位老汉，典型西北农村老人的样子，粗糙、沧桑，有六十多岁了吧，也许没有。他们这些人，看上去比实际年龄总要老许多。他告诉我说，早先的沙漠，时常能看到成片的绿洲，自然不缺可供骆驼补给的草料，如今，除了零星的苦草（这种草极苦，牲畜都不吃它），几乎见不到骆驼的粮食了。

“出发”，老汉轻轻地拍了拍骆驼，它居然乖乖地来到我的跟前。牵驼人一声令下，它就顺从地前腿跪地，后腿弯曲，摆出一副让我舒服坐上去的姿态。我就像坐椅子一样，骑在驼峰之间后，骆驼就慢慢地起身，扬扬脖子。随着骆驼的踱步，一颠一撅，一起一落，我的身子随着驼步不由自主地晃动着。眺望远处，映入眼帘的是阳光下连绵起伏的沙丘，在蓝天下闪着金灿灿的光，整个沙丘，仿佛是披着一层金色的绸缎，柔柔的，好似微风吹过，留下一道道美丽的波纹，在大漠上泛起一片片涟漪，真有几分快意。我似乎看见，在驼铃的叮当声里，古老的丝绸之路，用骆驼演奏了它的文明，如诗似画，美丽壮观。

这时，我发现后面还跟一只幼驼，全身长着绒绒的新毛。老汉告诉我说，它刚刚断奶，再过几个月，就要和母亲一样驮客了。骆驼轻快地走着，头几乎固定在一个方位上，很少左右摆动。十多分钟后，到了月牙泉，骆驼自觉地卧下前腿，然后卧下后腿，而且一直保持着这样的姿势。我轻轻地拍拍它，它一动不动，头朝着固定的方向。

到了 10 点多钟，太阳已经很烈了。老汉走到了骆驼跟前，喂完草料，然后又取出水壶给它喂水。这是今天它走的第二趟了。草料快要吃完，壶里的水也不多了。它吮了几口，便把头转向幼驼。幼驼好像也是渴坏了，吮干了壶嘴存留的最后一点水渍，好久好久才松开。

月牙泉，因为形状酷似一弯新月而得名，且被称为“沙漠第一泉”，周围沙浪滔天，中间碧泉迷人，清澈透明，饮之清凉甘洌，沁人心脾。老汉圈好骆驼，为我导游。我说，把骆驼

牵来饮水。他为难地笑道，以前是可以的，现在这里水越来越浅，不许来了。他用手一指，我看到的是一道道逐年下降的痕迹清晰的水平线。良久，我耳边响起了月牙泉柔润的声音：

“我从历史深处漂来，仍将漂向历史深处。从我诞生以来，四面便壁立着高高低低的连绵沙山，日夜呼啸着时大时小的阵阵漠风，它们都是我的劲敌。沙山常常会哗然崩塌，妄想将我掩埋。狂风时时卷来尘沙，企图将我吞没。可亿万年来，我还是依然故我，填不平的一潭翠绿，吹不干的汪汪清碧。为什么我竟能奇迹般存在？这是一个谜样的现实，让你们费神去猜吧！我只有一个心愿，是弓，便要射出强箭，杀退妖风；是船，便要扬帆远航，冲出瀚海！虽然从古至今，未能实现夙愿，但至少，沙山和风，也未能抹去我半点……”

两只骆驼扭动着，后来就静了。母驼安详地舔着孩子身上的绒毛，幼驼在快活地吮吸母亲的乳汁。看到老汉来了，母驼仓皇地撵开孩子，并不鼓胀的乳头上，残挂着白色的汁液。那只幼驼不肯上路，老汉抽了它一下，它轻轻呜咽着。我解下了随身带的军用水壶，让老汉给它喂水，它却惊恐地避让。我说，给它喂水，没关系的。老汉说，这样不好，喝饱了，骆驼不肯再走路了。我说，给它喝。老汉见我态度十分坚决，容不得有半点商量的余地，只得慢慢地把水壶凑到了骆驼的嘴边，高高地悬着，一下一下地倒入幼骆驼的嘴里。

骆驼本是沙漠的主人，可现在，它却身不由己，要走更蜿蜒、更迢迢的路。

鸣沙山，在敦煌城南5公里处，东西绵延40多公里，南北约20公里，因沙动成响而得名。据说大风过处，沙鸣之声，城里都能听得到。鸣沙山不高，要登上山顶，却颇为不易，我是骑着骆驼上山的。快到顶峰时，有一平台，我从驼背上下来，还剩最后一段沙坡就到最高峰。虽然建有两百多级登山木梯，但细沙绵绵，进两步，退一步，往往是手脚并用往上爬。登上山顶，极目四望，只见一道道沙丘如海，沙峰似浪，时而潺湲，时而湍急，汹涌澎湃，气势磅礴，跌宕有致，妙趣横生。

鸣沙山的沙是五色沙，红黄绿白黑，据说是中空的，被誉为“天地间的奇响，自然中美妙的乐章”。其实不是沙在自鸣，而是因人们沿沙面滑落而产生的鸣响。鸣沙山山顶，备有滑沙爬犁（其实就是竹条板或汽车轮胎），当我从陡立的山巅顺坡而下，将双手像雄鹰展翅般伸开，全身恍若腾空而起，眼前沙浪滚滚，耳边风声阵阵，“嗡嗡嗡”、“嘶嘶嘶”的鸣声随之而起，甚至像雷鸣般不绝于耳。滑沙人、听鸣沙的人，都为激越的鸣沙声所激动，而刹那间已到山脚下，真有一种飘然直下的失重感。

鸣沙山的有趣还在于，那流动的细沙不是朝下流，而是不可思议地由下向上流淌。神奇的鸣沙山，实在是让我叹为观止。

这里，也聚满了疲惫的骆驼，作着片刻的休憩。我骑的骆驼瘫卧在滚烫的沙丘上，蠕动着的嘴角挂着晶莹的涎汁。

回来的路上，我在一个山岙跳下骆驼去拍照，骆驼就不顾一切窜到一边，扎下头去咬几口野草。那是苦草！它饿疯

了，连苦草也吃得那么的贪婪！那只幼驼也蹒跚着，去吮母亲干瘪的乳房。老汉慌忙紧赶着骆驼往前走去，骆驼终于松开了嘴，眼里噙满了泪。我不忍再骑，就脱了鞋，跟在后面走回到山下。骆驼再次前脚跪地，头朝前方，作着虔诚的供奉。我的心突然有点隐隐难受，似乎，我的怡然自得，和骆驼的默默无闻，格格而不入。骆驼的奉献，本质上是一种内敛，一种顽强，一种志在千里的坚毅。

骆驼永远是骆驼，为了主人，它从来不敢吭哧一声，不敢贪闲片刻。我拍了拍它。它叫66号，因为耳朵上有个小牌牌，上面写着这个数字，再前后一看，每峰骆驼都有这样的牌子，原来是它们的编号。我骑的骆驼编号是66号，这是一个十分吉祥的数字，可对骆驼来说，毫无意义，它注定一生辛苦。它带给我一次美满的旅行，可我却喊不出口。老汉接过牌子，点着钱。

这时，我看到骆驼竟有几颗硕大的泪点，砸落到焦黄的沙地上。我感到奇怪，赶紧问老汉。老汉说，骆驼累了就会流泪。我心头一紧，它也是血肉之身啊，它也会累的。我抑制不住一阵的冲动，一把搂过骆驼的脖子，将自己的脸和它的脸紧紧贴在一起，喃喃道："保重，我苦命的骆驼兄弟啊！"

旅游大巴开动了，我又将前往下一个景点，可鸣沙山骑骆驼那生动而精彩的一幕，却牢牢地铭刻在我的脑海之中，挥之不去，永生难忘。

（1999年9月22日）

西出阳关路上

“渭城朝雨浥轻尘，客舍青青柳色新。劝君更尽一杯酒，西出阳关无故人。”唐代王维的一支《送元二使安西》，唱出了沙漠腹地古阳关的神秘荒凉。位于甘肃西部的嘉峪关，已是万里长城的最西端了，而敦煌，却比嘉峪关更西。在汉代，西域便是指敦煌以西的广阔地域，包括敦煌西南阳关在内的130华里外的一带。

也许受了王维诗的影响，也许出于好奇之心，我想看一看那诗中的阳关到底是个什么样子？我长途跋涉走在西去阳关的路上，不能不承认《送元二使安西》的魅力之大，大概王右丞也不会想到，他的作品千年之后竟逗得我风尘仆仆。

（一）

阳关是一道边界，但未到边界以前，我得先去连绵的、一片染得天地金黄的浩瀚无边的沙漠。山峰这么陡峭，却这么光滑，原来是沙，累积而成的沙。有的人踏上去留下些棱棱角角

的痕迹，一旦因风吹动，一下子又被磨平了。有人说：不管哪个晚上，不管踏了多少纵横的足迹，第二天早上，风轻轻地一吹，就什么都没有留下，又再变一张光洁的脸孔，什么皱纹都没有，仿佛岁月没有留下痕迹。

其实是有的。那些沙，若是仔细看，会发现它们其实不是棕色或黄色的，掬起一把沙，我看时，觉得这里面有红、有黄、有蓝、有白。仔细看，地面上的沙这样看带点红，那样看带点蓝，真是什么都不能看表面。这些沙，看来这么安静，其实当有人滑下时，会发出雷鸣似的轰声呢！真是沙不可貌相。

也许正忙于惋惜那月牙泉，是祁连山的雪水，激流涌出而成。连山水都这么含蓄，这弯如新月的月牙泉，静卧于沙漠中，泉水清澈，从不枯竭，泉边绿草丛生，名唤“七星草”，食之强身；泉内有铁背鱼嬉游，当地人称之“药泉”，着实让我赞叹不已。

可惜的是，月牙泉比我上次见时缩小了，但它仍楚楚动人，美如一江南淑女。它宁静淡然，冷如一宇宙哲人。漫天的黄沙中，它奇迹般的晶莹荡漾，是在向世间的弱者和强者暗示着怎样的永恒？

站在上帝机巧的造化面前，我不禁肃然起敬。

谢谢你这浩如明月、静如女人的泉，谢谢你给予我这泉边，那深深浅浅沉思的瞬间。

我走了，苍茫沙原隔不断我的频频回首，明水、芦花、老树，依然摇曳着月牙泉宁静的时光。回眸再望月牙泉，蓦然发现，暮霭中的月牙泉，仿佛又似沙原的一滴清泪！那一刻，我不禁又为不可一世的荒原伤怀……

（二）

又有些我没见过的事物新生出来。十年以前，肯定还没有阿克塞哈萨克自治县。十年前，什么也没有的地方，现在绿树成荫，流水淙淙，有着最大的毡房，关于叼羊和姑娘追鞭的壁画，冬不拉的音乐和熊抱舞的节奏不绝。我记起年轻时一群人唱过的歌："可爱的，一朵玫瑰花，那天我在山上打猎骑着马，歌声使我迷了路，哎哟哟……"现在抚摩冬不拉的两根弦，看到年轻哥萨克的旋转又旋转的舞步，吃着手抓羊肉，喝着酥油茶，好像融合在了这一首歌里。

这是真实的，抑或是排演出来的戏剧、沙漠气氛中的海市蜃楼？还是像那些演给游客看的歌舞剧？

路不断往前展开，车向前行，两边是无尽的戈壁沙漠。去阳关的路，可不是阳关大道，沿鸣沙山麓而行，一路上荒烟漠漠，路旁不时出现一些小毛驴子拖着简陋的板车，滴洛滴洛，活泼泼一颠一颠走着，还寥若晨星似的出现几个卖各种瓜果的小摊。沿途村落少之又少，直到阳关附近的南湖，也仅出现一二个。

"可怜车子苦长征"，可怜吗，也不算吧！沙漠里据说掘出一具木乃伊，发髻栩栩如真呢！传闻是三百多年前的一位道士，怀中还有佛骨，人是相当高大的。可惜，桥湾城遗址博物

馆在修馆，老人家被请回瓜州休息，只好缘悭一面了。

车离阳关数里处，一阵吱吱的啼叫声传来。原来不远处的土丘上站着一只小鸟，翘着暗黄色的羽尾，蹦来跳去地叫着。画眉？灰鸽子？麻雀？不得而知。我见车子上前，鸟儿飞了，却发现小鸟站着的地方有一小池水，清清亮亮，水波还颤动着波纹。泉水！沙漠里的清泉！泉四周的地上长着嫩鲜嫩鲜的青草。

我的心底里突然蓬勃出一个绿色的希望。这儿已经有了水有了草有了鸟，还愁它不会有花有树有歌声吗？我想，这里的碧草总有一天会蔓延到很远很远的地方！

就在这时，司机望着远方对我说，这里有个绿洲，生活着近 5000 人。车到南湖乡，才知绿洲之名，确不虚传，在茫茫沙漠戈壁中，像一座绿岛，边界分明，范围不大。接近南湖这片绿时，我看到了田野里出现不怕旱的沙枣树，还有骆驼毛一样的狼弯草，柔韧不屈的红柳，还有那一排排高高的白杨树，在沙尘的翻卷中飒飒作响，那一溜溜婀娜多姿的细柳，在沙浪中悄声密语。红色的玫瑰和放香的野白刺花，在林间交映争辉。百灵鸟和展开翡翠色翅的花雀，在空中和枝头竞相对歌，蜜蜂和蝴蝶在花丛中来往扑闪。啊，我几乎不相信自己的眼睛，沙漠的奇迹，绚丽的绿洲！

我们这些从干涸的柴达木盆地走来的人，被卷入这绿荫飘香的景色中，心里确实爽极了。从南湖最早的创业者那里，得到的是热烈而又朴素的印象。热烈，那是因为南湖的主人的盛情款待，使得我和旅伴们贪馋地吞食着甜香的西瓜和哈密瓜；朴素，是因为这里的人们叙说着创建南湖的历史，好像在沙漠中开辟这水灵灵的绿洲，就像一桩唾手可得的事似的。

其实，我也听到传闻，当年来到这儿的屯荒者，多为工人、干部和家属，还有被冠以“反动权威”、“右派”的野外科学工作者。这些带着精神镣铐的人，本来就是沙漠的征服者，把他们赶到这儿屯荒，岂能被吓倒？他们和先后到这里的人一起，亲手从百十里外拉土造田，同时还在沙海底部探索到了水源。沙漠的水啊，比金子还要珍贵，只要有了水，就有了绿，有了生机。人们开始在这儿播种小麦、蔬菜、栽树、种瓜。他们年复一年，舍身苦战，于是一汪水灵灵的大湖涌现了，一片片绿洲崛起了。我望着这绿洲，不由地寻思，这喷涌在沙窝里的南湖水，不也是屯荒者的血汗汇聚成的吗？

为了赶路，我依依不舍地辞别南湖，继续西去。

（三）

戈壁的阳光是坦诚的，一览无余，胸怀大爱。它不是一束一束的，而是一块块，一团团，一索索，被胡杨、沙枣树、红柳挂着，阻隔着，被凹凸的沙丘、大地的裂隙吸纳着，藏匿着，无与伦比地表达着执掌戈壁的广袤与旷达。

自然，它很多时候是明丽的，清爽至极，我的目光看得再高也不会被它刺伤，但若你长久地在戈壁上游历，阳光便会在你的脸上留下印痕。不但如此，它还能使每一棵植物变得坚

强，每一种动物变得果敢，每一粒沙子掷地有声，每一幕风景温暖久远。

戈壁阳光的从容淡定，是穿越历史烟云之后的伟岸与雄浑，处于其下，我顿时会觉得自己渺小得可怜，再不敢自大、孤傲。荒无人烟的戈壁，那古丝绸之路曾经是那么甚嚣尘上，那么多的英雄美人，在古道驼铃、夕阳西下、瑟瑟秋风中，挥鞭驰骋，笑傲江湖，阳光都看到了，皆是过眼烟云。

阳关在哪里呢？我们拐过了几道沙丘，眼前又展现了望不到头的沙海。一座座茫茫沙丘，被呼啸的黄风飞卷着，形成起伏荡漾的波纹，飘向遥远的天宇。过了一阵，我们拐过了几座沙丘，隐约可见一座孤零零的烽火台，凸起在高大的沙岭尖上。我们飞快地驰近烽火台，跳下了车，看到在一条长长的沙梁上端，竖着一块长方形水泥碑，上面刻有醒目的“阳关遗址”几个大字，并标有国家重点保护文物的字样。噢，这就是阳关吗？而导游说，遗址还在沙梁下面。这是一条修长的大斜坡沙梁，像大海波涛劈开的浪屿，一点也找不到路的影子，尽是漠漠流沙。尽管如此，我面对这历经人世沧桑的边塞险关，这自古闻名的中外商旅使者来往的友好门户，仍然感到有一种莫大的感染力。

阳关是一道边界，现在居然有歌舞送你出关，每人还可以领取“阳关都尉关照”，由美女送到你的手上。认识历史是好的，知道“关照”这词的来源吧！有人坐车，有人骑马，兵分两路（司机倒是坚持要先付钱才开车），来到古烽火台的下面，就准备出关了。

远眺茫茫的西边，那儿过去是令人恐惧的异域了，边戍的士兵抵挡“外族”的入侵，远行的商贾拜别了亲人欲往远方求利，从外面带来不同的文化，也带来不同的冲击，让那些严苛的规条无所适从，有贪官也有廉吏，有天灾也有人祸。我拿着这仿造的“阳关都尉关照”，穿过现代的复制品——阳关关口，越过烽火台遗址，也就是西出阳关了。

此时，我回望阳关，不知怎的，耳边又响起了王维这凄凉的送别曲了。我好似看见，随着旋荡的乐声，一队队身着戎装的古代士兵，正在黑烟滚滚的夜行路上颠簸疾行，真有一番“半夜军行戈相拨，风头如刀面如割”（岑参诗）的景象，也真有一种“秦时明月汉时关，万里长征人未还”（王昌龄诗）的苦味儿。阳关，古时有过刀光剑影，有过民族仇杀，这儿埋葬过多少无辜者的尸骨，洒下了多少孤儿寡母的血泪啊！难怪宋代女诗人李清照登上了烽火台，也不由哀伤起来，凄婉地沉吟：“休休，这回去也。千万遍阳关，也则难留。……”

我转身爬上沙梁，向烽火台走去。从敦煌、南湖到阳关的路上，有不少这样的烽火台，约相隔 20 里就有一座，是古代专门为传递警报修筑的，所谓烽举燧燔之台。烽，见敌则举；燧，有敌则焚。烽火点的是狼粪，因其烟直上，远远瞭望得见。噢，古时这儿的狼一定很多吧？靠阳关跟前的这座烽火台，早已残垣断壁，但也仍不失为一景。

我好不容易攀登上仍为高陡险峻的烽火台，眺望茫茫的远方，依然是一望无际的旱柳、骆驼草、土丘沙砾……仍觉几百年来的阵阵凉风，从关外经过沙漠吹向我们。

我出了阳关再向西去，又是无边无际的戈壁沙漠，夕阳与天幕红成了一体。回首再望古阳关，它却消失了踪影，就像黄沙掩盖了千年的历史。

颇为夸口的是，我终于来到了阳关，而引逗我来此的王右丞，也许他压根儿就未曾来过呢！

夕阳西下，我已经看见远处的炊烟在袅袅升起，听见一支长笛在若有若无地吹响，回旋荡漾……

（1999 年 9 月 19 日）

拉萨八廓街掠影

雪域高原上的拉萨，是西藏自治区的首府，拉表示佛，萨是圣地，拉萨就是佛教圣地。拉萨也是座节奏很慢的城市，慢得让人去除杂念，心情坦荡，平静悠然。那些历史悠久的寺庙，那些淳朴的藏胞们，那些和蔼可亲的面庞，他们年龄不同，服饰各异，但有一个共同点，就是虔诚。无论路途何等遥远，无论翻越多少山岭，无论经历多大的坎坷，无论遭遇多么恶劣的环境，都要从家里出发，一路以跪地磕头的方式，一步一步朝拜至他们心中的宇宙——拉萨大昭寺。

那天午后，站在拉萨八廓街，我发了一条短信，给我所有知道的、不知道我来西藏的朋友："不到西藏，不知道天空有多蓝；不到拉萨，不知道空气有多新鲜；不到大昭寺，不知道信仰有多虔诚；不到八廓街，不知道逛街多有趣。"

在拉萨，如果说最神秘的地方是布达拉宫，最迷人的地方是罗布林卡，那么，最生动的地方就是八廓街（又称八角街）了。八廓街位于拉萨市中心，是拉萨最古老的街道，历史几乎

与大昭寺一样久远，松赞干布定都拉萨，修建了大昭寺，就形成了八廓街。

八廓街，早已成为拉萨的城市标志，就像王府井之于北京，劝业场之于天津，南京路之于上海一样。来到八廓街，人们一眼便可以发现，街上所有的人，都在围绕着大昭寺，以顺时针方向旋转，如同无数颗星星，围绕着月亮旋转一般。那时，我是初到这条街的远方游客，也会情不自禁地随着这股人流按顺时针方向逛街。

虔诚的转经人

八廓街，是围绕着大昭寺环形建设而成的商业街。有一种说法，是因为有了八廓街才成就了拉萨市。八廓街的建筑，都是藏式的两三层小楼，刷得很白的墙体，配上红色的房檐和屋顶，略微伸出墙体的窗户，同样被刷成红色，有的还被布帘遮挡。一楼的门面，都被出售各种纪念品的窗户所占据，他们在朝圣者和旅游者的包裹下，享受着日进斗金的快乐！

藏历的每月初八、十五、三十是藏教吉日，在吉日，转经的人，就格外多。

转经，就是信奉佛的人绕着宗教圣地，按顺时针方向一圈一圈地走，边转边念经，祈求好运，也祷告来世不落入地狱。

阳历 10 月 7 日，是藏历的八月初八，这是秋收后的吉日，从农村或牧区来拉萨的转经人就多起来。在吉日的前后，拉萨大昭寺正门的石板上，我看到磕长头的信徒，络绎不绝。他们都要绕着大昭寺磕一圈长头，然后再一排一排地汇集在大昭寺门前。我注意到，不少信徒的额头已经磕出了紫血，他们脚下的青石板，也被前人磕出了深深的坑洼。但是，当大昭寺里那感人肺腑的钟声响起之后，那一排排信徒们，仍然像山一样磕下去，又像山一样抬起来，那景象绝对说得上巍然壮观……从这些朝圣者身上，我深深地感到，这个民族的心灵深处蕴蓄着一种多么惊心动魄的力量。

拉萨对于更多藏人而言，是朝圣的终点。这些磕拜的人中，既有城市的，也有来自农、牧区的。许多人为表示虔诚，他们从极遥远的家乡出发，前往拉萨朝圣，与杨丽萍舞剧《藏迷》中所描摹的一样，五体投地，长身跪拜。他们用身体丈量着朝圣的征途，以至费时几个月，甚至一年以上的时间。那脚上补了又补的鞋子，让人想起了那漫漫长路的艰辛。

而今，现代化的交通工具给他们带来便利条件。他们往往包着车，从青海、昌都藏区来到拉萨。每个日落的黄昏，他们都会去大昭寺转经，看金顶的寺庙下巨大的香炉被香火烧得通红，映出人影憧憧，感觉到人间与天国，仿佛融合在一起。潮水一般的人流，像漩涡一样，在充满了羊膻味的八廓街，循环往复，日复一日。听说他们每年都要计划出一定时间，来完成他们心中的夙愿。

最具文化色彩的，还要算使用转经筒。手摇转经筒，也是一种念诵六字真言的方式，每摇一圈，就算是念了一遍。西藏那种铜制手摇转经筒，都被信徒们的手摩挲得锃光敞亮，造型

很是漂亮别致，高档的还镶着红蓝相间的宝石。西藏人走到哪里，转经筒便摇到哪里，外来人猛一下还很难分辨这是宗教行为，还是行为艺术。还有一种固定的转经筒不是放在寺庙门前，就是放在路口要冲。这种转经筒有大有小，小的玲珑剔透，大的则有等人之高，而且往往都是几个、十几个甚至几十个一排，队列一样，看去气派得很。有信徒从转经筒前走过，便可以用手从头到尾轻轻一拨，一个一个就跟着转了起来。仅从诵念六字真言的方式，我们也可以看到，藏传佛教在设身处地、简便易行方面，真是做到了处处为他的信徒们着想。

在绕着大昭寺的转经人中，有已需要搀扶的老人，有眸子里还闪着童真的少女，有身上带着嗷嗷待哺的孩子的妇女，他们或独自一人，或三五结伴而来。人群中，就有一位来自青海玉树的老太太。她矮小的身躯，花了1年多的时间，千里迢迢，磕着等身长头来到拉萨，风餐露宿，一天天匍匐在大昭寺的转经道上。她前身挂一张牛皮，双手套在一对木套里。其蓬乱的白发，有点破旧衣衫下的纯朴、虔诚的心，使人想到一个完全被神灵主宰的灵魂。而面对神圣的殿堂，一切苦难都在跪拜中消磨尽了。那门前石板铺就的地面光可鉴人，那深深的凹陷，用空间改写了时间。寺外飘浮的层层香火烟雾，还原了这个古老地方千年来不变的精神内核。

当我看到这情景，心灵不由为此颤动了。人啊，是应该有信仰的。信仰是伟大的，令人折服的，它会成为一个人的精神支柱与行为指南。一个人如果没有信仰，抑或是什么都不信，不信天不信地，不信做了坏事会有报应，什么恶事都敢做，对自己的行为毫无约束，那种后果，实在可怕……

拉萨城内的年轻人和八廓小学的孩子们，我见他们对这样的转经人，似乎有些视而不见，熟识中有一种陌生，理解中有一种隔阂。

曾在上海读过大学的藏族女青年曲珍，笑着对我说，在现代文明熏陶下的青年一代，不可能倒退到老一辈人的宗教世界中。我们信仰宗教，但不会把世俗生活的期望完全寄托在佛上。

转经跪拜之外

“是谁带来远古的呼唤，是谁留下千年的期盼，难道说还有无言的歌，那是我久久不能忘怀的眷念，啊！我看见一座座、一座座山川，一座座山川相连，牙啦嗦，那就是青藏高原。”激扬高亢的歌声把我们带进了青藏高原那广袤无垠、气象万千的大千世界。带进了这个被称之为神仙居住的地方。

这时，我的心灵一片空净，还有什么可以耿耿于怀？过去，八廓街两边的房子，都是带天井的藏式楼房，现在看到的都是经过改造的新式楼房，楼层不高，一楼为门面，经营工艺品、藏药和珠宝首饰等。街道中央有统一修建的开放式摊棚，满是各种玛瑙、骨质、木质、银和藏银做的项链、手链，戒指、手镯等，还有香炉、藏刀等。步入八廓街，实际就是进入了一条商业街，街道两边的商店、摊位，分明就是藏族工艺品

的博览会。那些转经者，不是目不斜视地向前走，而是时时驻足在八廓街的售货摊前。

八廓街是拉萨最繁华的商业区，在这个集市上，宗教文化氛围和商业生活气息奇妙地交融在一起。这里的人们，相识的、不相识的，只要投给对方一个微笑，彼此就自然地攀谈起来。一个挨一个的摊位上，商品琳琅满目，有男人心仪的藏刀，女人满意的首饰。拿起华丽的皮帽戴在头上试试，漂亮的藏袍往身上比比，每个人都乐此不疲。我也被吸引着四处逛着，与其说是中意这里的商品，不如说是喜欢这里无忧无虑的氛围。我也情不自禁地参加到购物行列中去，如今看来，不管我付了多少钱，购买了什么商品，最有意义的，莫过于我曾经来过闻名中外的拉萨八廓街，拥有过这段购物的经历。

这里还有一个拉萨最大的农贸市场，给转经祈福者带来方便。他们转一圈经，同时买到了自己所需的物品，也领略了拉萨的风光。

收录机对居住偏远的农、牧民而言，过去是奇特的东西，而现在并不陌生。在卖音乐磁带的小摊前，总是挤着许多转经人。他们先侧着耳朵听摊主用收录机播放的藏族音乐，然后买盒自己喜欢的磁带。

在大昭寺前广场的一株树下，坐着来自当雄县农村的一家6口人，最老的是60多岁的爷爷，最小的是在襁褓里的孙子。他们走了500多里路来到拉萨，却不仅仅是转经。在树下喝酥油茶的时候，中年男子从旁边的民族旅游用品商店里，抱来一台双喇叭收录机。全家人围着收录机，却不知所措。路过的我稍微指点了一番，收录机终于唱出了悦耳乐曲。这时，一家人都笑了起来。老大爷笑眯眯地告诉我说，他们还要在拉萨逛几天再回去。

这些富起来的农民和牧民，在转经时，无不浏览和尝试一下拉萨城的“现代生活”。今天，转经给那些居住在边远偏僻的人们，增加了新的生活内容。这游人满街的景象，不正是祖国强大、人民富裕、社会安泰的写照吗！

转经之外的人

在吉日前两天，大昭寺前卖香草、香蒿和藏香的人，骤然增多。卖苹果的也推着双轮车，跟卖酸奶的小贩，一争高低。

这些来自拉萨郊区的小商小贩，最懂得吉日里的买卖和宗教用品的销售价值。

一位自称是从拉萨郊区来的老尼姑，在大昭寺前，用黄泥在铁模子里翻出许多小塑像。她一上午能卖出二十几个。这跟那些只坐在广场上诵经的喇嘛们相比，其化缘的方式，却是颇具“商业”气息。

吉日，不仅吸引着拉萨的商贩，也吸引着千里之外的皖赣少女。在大昭寺前广场上，一位来自安徽阜阳的少女，正在兜售自己缝制的藏包。我见了便上前搭话，她告诉我，她的姐姐在拉萨工作，她便借机来这里做生意，而她的四五个同伴，也是凭着同样的途径来到拉萨的。她们的生意，做得都很好。

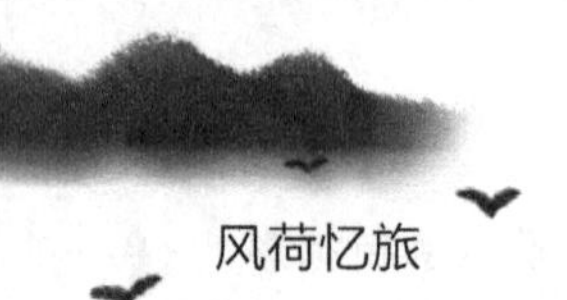

藏族少女也不示弱，来自四川甘孜的藏族姑娘们，穿着鲜艳的藏裙，三五成群地穿梭在大昭寺广场。她们臂上挂着几串珍珠、玛瑙或珊瑚项链，手里还用刚买的毛线织着毛衣。一见有小汽车停下，她们就围上去，用斑斓的首饰，引诱外地富足的游客掏腰包。我从她们笑嘻嘻的脸上推断，她们做成了很多生意，也赚了不少钱。

吉日，在每个经商的人心里有一个相同的含义，那就是做买卖的好日子。转经人，在各色商贩眼里，都是可以说服的买主。

今天，商品经济的发展与渗透，已悄悄地给古老的宗教活动打上新的烙印。

转经之外的之外

漫步八廓街头，我不仅感受到西藏的古朴，同时也感受到今日的文明。尽管现在商业繁盛，但依然有许多外地来的信众，摇着他们的玛尼小经轮，穿行在繁华的闹市里。传统的精神礼赞和现代的物质文明，能那么和谐的在这里存在，实在让我赞不绝口。

八廓街因大昭寺转经而形成的街道，最引人注目的还是那些金发碧眼的洋人。他们戴满各种各样的西藏民族首饰，一边满脸微笑的和人们“哈罗”打招呼，一边眉飞色舞的到处拍照。

走在拉萨的大街小巷，只要对面走来穿藏族服装的人，你就会由衷地感到，迎面而来的就是一个完整的宗教细胞。他们在高原雪域上，无处不在，无处不有。街上四处开着川菜馆，大多数人听得懂并说着一口不错的汉语，拉萨的年轻人也追逐着流行，穿着美特斯邦威或森马。我甚至在拉萨电影院里吃了一顿口味不错的尼泊尔菜，在青旅旁的小咖啡馆，喝上了与上海接轨的手冲拿铁。旅游业悄悄改变着一个城市，拉萨曾是那个拉萨，也再也不是那个拉萨，它在逐渐变成一个真正的、想象中的城市。

我们找了一个地方坐下来，我坐在靠窗户的位置，太阳晒在身上暖洋洋的，感到很舒服，耳边不时传来楼下做买卖的声音和孩童的嬉闹声。这样的场景，可以让你忘记置身在哪里。

拉萨需要慢慢体味，慢慢了解。我们一边品尝着美味的藏餐和特别的拉萨啤酒，一面欣赏着各类的留言，体味着这里独有的浪漫……

我突然有些顿悟，旅游是个什么过程？不就是在发现、探索、惊讶、后悔的同时顿悟，把古老、现代或者时尚、奇特的文化，沉积于心吗？

在八廓街，我久久不愿离去，甚至觉得自己应留下来。酥油灯谜一般的光亮，藏香谜一般的诱惑，诵经者谜一般的声调，转经的藏人谜一般的身影，这一切是多么诱人。坐于此，很安静，居于此，一定更静吧？素喜太极拳的我，禁不住在大昭寺广场停下，静静地体验起太极拳来。呼吸、伸展、倾听，真的美好极了。呼吸如山脉，伸展达天际，天地间感激生命，如此清晰，如此亲近，我的心，充满喜悦。

一两千年的佛教文化，在这里孕育了一个伟大的民族。宗教文化，融进了这个民族的血液。一个个宗教细胞构成了一个民族，永远在这个民族的血液里流淌，流淌……

有的时候，我也会想，我在这里的平淡，也许就是另一些人眼中的神奇。

（2004 年 10 月 30 日于昆山花桥）

盛名樱花鼋头赏

这是很多年前的事了。我记得那年 4 月的一天，突然接到老爸的电话，告诉我刚才看电视的时候，发现被誉为“中华第一赏樱花胜地”的太湖无锡鼋头渚的樱花，都含苞待放了，估计这个礼拜天就会花开满园春了。不待我回答，老爸又继续絮絮叨叨地说，刚才电视里还提醒大家，赏樱花是要趁早的，樱花素有“七日之赏”的雅称，一不留神，也许花期就错过了，恐怕就要等到明年了。

放下电话，许久心里还在诧异，老爸怎么突然间小资起来了。和邻居老大姐提起，老大姐略带抱怨地对我说：你们这些孩子呀，怎么就不知道老人的心呢！你爸知道你在无锡马山的疗养院工作，那是想让你们陪他们老两口一起去转转，又怕你忙，没好意思直接对你说，你还不明白吗？

老大姐的话，犹如醍醐灌顶，顿时让我明白了老爸这通貌似云里雾里不着边际的电话目的，想想不免有些内疚。结婚后，我们小家庭虽然住得离老爸老妈家不远，但平时借口忙于

工作，忙于孩子等琐碎的事情，独独少了陪伴老人的时光，每每想起老爸老妈，总是不吝钱财地给老爸老妈买东西，满心以为这就是对他俩的孝顺了，却忽略了老人心里对儿孙绕膝的渴望。

带着愧疚，马上和老爸在电话里敲定了休息日举家赏樱花。虽然隔着电话，但我依然感受到了老人欢欣雀跃如孩童般的好心情。老爸在电话那头兴奋地提醒我：你们什么也不要准备，吃的喝的你妈准备了……我说，不要作什么准备，晚上到无锡马山疗养院住。我在那里工作好长一段时间了，老爸我妈虽在工厂做了一辈子，却从未到疗养院休养过。因为那时有规定，去疗养院休养的，都是劳动模范或是先进工作者，可我父母不是。这回去一次，花点钱，住上几天，也许我的心会安一些。

樱花，如山间的雾，梦中的诗，轻轻的、淡淡的，微风掠过，满天红紫，满目芬芳。远看，像陶渊明笔下的桃花源，历代文人墨客魂牵梦绕的那座精神家园；近看，又像“皎若太阳升朝霞，灼若芙蕖出渌波”的洛水之神。美得那么盎然，美得那么引人陶醉……我老爸老妈漫步在鼋头渚那灿烂如云霞的樱花园内，边走边观赏着，那情那景，就像鲁迅先生描绘的那样：

“望去却也像绯红的轻云。”

鼋头渚樱花按开花时序，有早樱、粉樱、晚樱，共种植各类樱花树 30000 多株，种类有百余种，堪称冠绝国内，种植面积逾 65 万平方米。景区内的少量椿寒樱，于初春或已在山野间悄然开放，最靓丽壮观的粉缨开放美景，预计在 3 月下旬至4月上旬之间。鼋头渚拥有许多珍贵的樱花品种，其中有关月、松月、秋早缨、彩叶稠李、银河山樱等，还有稀缺名贵的“绿樱”。鼋头渚最著名的赏樱景点“长春花漪”，种植的樱花已有60多年的历史。此外，还有具区胜境、充山隐秀、赏樱阁、十里芳径、舒天阁、人杰苑等著名赏樱景点。近年新建的鼋头渚樱花谷，为游客提供了全方位的赏樱空间。

那幽香弥漫，团团簇簇，胭红的、绯红的、浅粉的、黄绿色的、纯白的，片片樱花，就像栖息在树上美丽的蝴蝶，唱恋着春天芬芳的气息，再也不飞走。花枝艳丽，满树灿烂，一朵朵，一瓣瓣，一簇簇，或含羞的苞，或绽开的蕊，都在参差葱茏的枝丫上，争奇斗妍，风、花香、落樱在飞舞……许多爱美的人们，拿着手机、相机，结伴到樱花树下，留下倩影的印记。花路上的人们，走走停停，或围着树转，或三五好友边走边聊，轻声笑语。樱花似红霞满天，若花海织锦。风轻轻地吹着，弥散着淡淡的清香，身边还不时有浅粉柔瓣掠过，曼妙多姿，已使他们陶醉其间了。

尤其面对那密匝叠聚、相互簇拥的团团花势和虬枝伸展、盎然向上的勃勃气韵，又顿然让我联想到了生命的壮美、热烈和执着。在有限的日子星，彼此簇拥着，轰轰烈烈地绽尽生命的灿烂和美丽，而这种美丽，不单是赏心悦目的外在诗化，更在于其所蕴涵的团结凝聚、蓬勃向上、忘我致远的内在意境，实在令人景慕。

这是一片开得正盛的樱花！

花朵鲜嫩得白里透红，一副冰雪伶俐的样子，花型秀丽，天仙一般。此物只该天上有，是谁牵手到人间？那晶莹的花，或林间，或河边，或山脚，亭亭玉立，点化了一方的圣境。满树披银挂玉，银装玉裹，多像是一个风采典雅的贵人，惹人喜爱。它的光彩，顿时让一切的昏暗都亮了起来。这光辉也同样浸入了我的心，让我不由地停住了脚步。

樱花是曼妙春天象征的花卉之一，那结实的枝干，争先恐后地向上伸展，好似粗大的手掌一般，密集地攒在一起，拥成一团，像粉红色的火焰中夹带着白色的火苗。这粉红，由深到浅，自下往上地渐变着，传递着生命的热。那里，有怎样一颗燃烧的心，让它这样燃烧着坚贞不屈的精神；每一片花瓣，都蕴藏着怎样的力量，让它柔弱的身躯，竟绽放如此鲜艳的光彩，几乎灼伤了我迷茫的眼睛。

我凑上去，想看仔细些。

花瓣是透明的，纯洁得像清澈的瞳孔。雨水刚刚打湿了它们的身体，阳光下它们看起来银光闪闪，那躺在花瓣上的水珠，就像破涕而笑的泪花。

樱花盛开，我发觉只有花没有叶，花因此格外的凸显，格外的抢眼，格外的灿烂。这种凸显，是“深红浅紫从争发，雪白鹅黄也斗开”；这种抢眼，是“重重叠叠上瑶台，几度呼童扫不开”；这种灿烂，是“嫩蕊商量细细开”，“乱花渐欲迷人眼”。

樱花灿烂，但却来去匆匆，往往是一周或稍长点时间下来，至多也不过半个月，就一边绽放一边飘落。是的，是“飘落”，绝对不能够用“零落”来形容，因为他们是自由而快乐的，是从容而泰然的。它们用自己最浪漫的舞姿来给观赏者留下怀想，它们用自己生命的花瓣化作春泥，与大地融化一体。也正是这样，我老爸在看樱花时，他告诉我他有了一个他感到的新发现：

最美总在一瞬间，灿烂不会是永远，而且这种“最美”、“灿烂”，往往表现在专注、专一上，就如还未生出叶子、只有盛开的樱花那样。这个发现是重要的。樱花指引着人们，要干好一件事，把一件事干得漂亮、利落，让人满意，就要心无二用，神情专一。若用更简洁的话来概括，就是“认真”二字。这种认真态度反映的是一种精神：干事，就要用志不分；成事，就要专一不变。这精神的确如灿烂的樱花一样，深深烙印在我的脑海中，这不也正是我老爸老妈在工作时的态度么！

樱花美，美在自然。《圣经》中说，伊甸园中有两棵树，一棵叫“生命树”，一棵叫“智慧树”。依我看，在人们的心目中，这樱花既是生命树，又是智慧树。我从樱花的盛开与败落中，悟出灿烂源于忧患，出自专注，而忧患与专注，就是表现在日常的生活和琐碎的事务中。

就这样，4 月，醉人的暖风中，满脸皱纹、满头白发的老爸老妈，笑容满面地提着大包小包的吃喝，一边观赏着樱花，一边心满意足地看着身边的我和我的爱人，还有小马驹撒欢般快乐忙碌着的孙辈们。

我凝望樱花，思索樱花，它毫不掩饰，毫无羞涩，没有“犹抱琵琶半遮面”的娇滴滴、羞答答。它大大方方的向世人展示自己的美。它不计生命之长短，有一分辉煌，展示一分辉煌，哪怕在世人面前获得一瞬的赞许，便足慰平生。樱花是这样，难道我们不也应该这样吗？

我喜欢樱花，还因为一种自然和人类的契合：人生苦短，生命可贵。它们让我懂得珍惜，好花不常开，好景不常在。“花开堪折直须折，莫待花落空折枝”，当你有机会去把握幸福的时候，千万不要等待，不要徘徊，不要放弃。

樱花盛开时节，还可有舌尖上味蕾的享受，各种与樱花有关的美食，汇集在小吃街上，让我一过吃瘾。

我爱樱花，樱花是一种可以守住心灵的，可以洁身、正性、清心、明志的花。当其开放时，如轻云蔽月，极尽芳华；当其落花时，若流风回雪，欣然扑向大地，满地锦云，去静静等待下一个春天的到来……

“樱花红陌上，柳叶绿池边，燕子声声里，相思又一年”。赏着烂漫的樱，品着人生之景，又怎能不让我们倍加珍惜今天这大好春光呢！

（1991 年 4 月 2 日）

邓尉探梅

“梅艳芳菲，香飘姑苏。”

初春的江南，当朔风还在呼啸，但见雪花不见桃红的时候，在北通长江、西临太湖的邓尉，却另是一派绮丽景象。放眼望去，满园是枝密花盛、喷红吐翠的梅林，风摇花枝，四野飘香，显出无限风情。那千朵万朵的梅花掀波翻浪，涌动起一个香雪的海洋，宛若片片彩云，铺落在白雪皑皑的山坡上。那在天地之间满谷涂抹出的簇簇绚彩，那在白雪映衬下的璀璨英姿，像一幅幅动感的水墨丹青，在雪白素宣上，渲染着自己的淡泊高洁、宁静晶莹，而当一阵又一阵若有若无的清香氤氲开来时，寒冬会变得温润而亲切，空气也会变得空灵而清新，天地间也会因梅花的盛放，那香便渐渐地清晰起来，不浓，却沁人肺腑，从而显得富有生机和活力。它们又像是一群群热情奔放的姑娘，正向着风雪迷蒙的山野和寒波滚滚的湖水，大声地呼唤：春天来了！

“万花敢向雪中出，一树独先天下春。”在这探梅时节，在

邓尉，每天都有络绎不绝的游人，踏着洁白的积雪，怀着迎春的豪情，从四面八方涌来。瑞雪、春梅和游人，交织在一起，恰好构成了“春光万斛浓胜酒”的醉人画面，预示着一个万紫千红的春天到来了。

梅花，为蔷薇科李属落叶小乔木，是古典中国植物审美的顶峰之一，也是世界著名的观赏花木，尤以风韵美著称，每当冬末春初，疏花点点，清香远溢，在我国与松、竹并称为“岁寒三友”。其历史悠久，品种繁多，素有“肇于炎帝之经，著于《召南》之诗。”《诗经·曹风》赞道：“鸤鸠在桑，其子在梅。”《小雅》又云：“山有嘉卉，侯栗侯梅。”河南安阳殷墟于近代出土的铜鼎，内存炭化梅核。据此可知，炎黄子孙与梅为友，可远溯至近六千年的栽培史。梅之种类，如过江之鲫，早在宋代范成大编撰的《梅谱》中，其家属之大，嫡旁之众，就已令人咋舌。

据我所知，北宋以前，种梅还是专供食用的。宋以后，转供观赏，品类也就大增。除了汉时就有“江梅”、“宫粉梅”和唐代培育的“大红梅”、“陈砂梅”以外，宋代又添了“玉蝶梅”、“绿萼梅”、“杏梅”等。清代以来，又有“白碧梅”、“龙游梅”等。梅树的花形，有单瓣、复瓣、重瓣之分；树态有直立、垂直或龙游（枝条自然扭曲）之变；花色有红、白、粉红、黄、紫之彩，有芳香。以它的花姿之美，加上它不畏严寒、花开群芳之先的独特品格，素有“花魁”之誉，深受人们喜爱。由于它的鲜花可提炼香精，干花、叶、根、核仁可以入

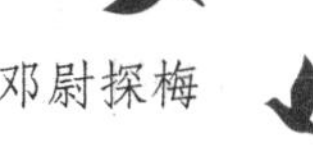

药，梅子可制梅干、青梅、话梅、乌梅，树干质硬而可制名贵的工艺品，因而又有较高的经济价值。

“桃未芳菲杏未红，冲寒先喜笑东风。”梅花，具有一种独特的“韧性”，那就是“雪虐风饕愈凛然”，“犹有花枝梢”。它，无惧冰霜的欺凌，蔑视冻雪的高压，冰中有蕾，雪里开花，之所以劲俏艳丽，昂然挺拔，正是凭着这种可贵的“韧性”，同严寒抗争，与狂风较量，才获得了“东风第一枝”的美名。

“梅花之盛不得不推吴中，而必以光福诸山为最。”这是明代文人在《梅花杂咏》一文中说的。邓尉香雪海，居中国四大探梅胜地之首，既有园林之美，又有自然野趣，历来就有“香雪海花甲天下”之美。香雪海得名于清代江苏巡抚宋荦的题书摩崖石刻、康熙皇帝探梅御书碑刻，是唐伯虎等文人赏梅咏诗之地。作为探梅胜地的邓尉，梅树盛开时，繁花似雪，素有“十里香雪海”之誉。在残冬将尽，枝头报春时，我兴致勃勃地来到这里，作了一次探梅之游。

年年梅花年年赏，今年赏梅不一样。我一进入景区，漫步上坡，好像堕入了云海，分不清是云还是花。闪闪的银波，在山岚里流光溢彩，显得奇丽无比。这里有白梅、墨梅、绿梅、红梅、玉蝶、杏梅、朱砂梅、满天星、雪见车、春桃梅、美人梅及红绿双色梅，形形色色，浓浓淡淡，深深浅浅，真是千姿百态，争奇斗艳，一树一枝皆有特色。我凝视着清香袅袅、花瓣颤动的墨梅，它好像是晶莹的宝石雕成的，那寒娇冷艳的神

采，令人叹为观止。花前虽没人替我与梅花摄下可贵的镜头，而在我的内心却保留着最隽永的一瞬，永不磨灭，永不褪色！

登山远眺，千亩梅林，绵延成银白色的梅花海，一望如雪，其景蔚为壮观。逡巡在梅花丛中，也不怕冒渎仙姿，我忍不住三番两次凑近那满枝的花朵，深深地、深深地吸着气。那清清幽幽、淡淡约约、若有若无、若即若离的芳馨，是那样的熟悉，那样的亲切，唤醒我早年的记忆，也唤回我那往日的情怀……

梅花傲寒吐香，其色泽之美，香韵之清，品格之高，素为人们推崇。若无若有的幽香中，不禁使我想起著名作家、《新闻晨报》老总忻才良先生的话来，他说“一树梅花一树诗”。此话确是很有见地。我看了又看，闻了又闻，怎么都舍不得离去。梅花不是又名“五福花”吗？这就象征着快乐、幸福、长寿、顺利、和平。以一种鲜花来寓喻某种情怀，这在文明民族中是一种共有的现象，但用梅花来寄托多种情思，这在世界民族大家庭中是绝无仅有的。“春为一岁首，梅占百花魁”，梅花作为花中四君子之首，自古就受到文人墨客的喜爱。

“十年不到香雪海，梅花忆我我忆梅。”吴昌硕先生的咏梅诗，把人们对香雪海的深情，描写得淋漓尽致。“入山无处不花枝，远近高低路不知”，清代嘉庆进士孙原湘这样写下传神佳句。

在万树梅花掩映的山腰，有座闻梅馆。我步上石台，进馆小憩，一边品茗，观赏一盆盆姿态各异、精心培育的白梅、红梅、墨梅及玉蝶等精品盆景，一边询问，才知这里远在汉朝就已栽梅花。《光福志》上说：“邓尉山植梅业者，十中有七”；乾隆皇帝曾 6 次到邓尉探梅踏春，写下了 13 首诗，其中 5 首篆刻成诗碑立在香雪海，可惜现仅存一块，竖立在梅花亭西侧，可见其名声之隆。探梅诗中也有“望衡千余家，种梅如种谷”之句，可见植梅之多了。但在“十年动乱”之中，爱花有罪，种花有祸，荒草萋萋，这里成了放牧牛羊的牧场，直到改革开放后得以恢复，且日趋繁茂盛放。

出了闻梅馆，登上了像飘浮在茫茫雪海之上的玉宇琼阁的梅花亭。它建在一块巨大的岩石上，石柱、石槛、瓦片均呈梅花瓣状，造型精致，与景色融为一体。亭前断崖上，刻有“香雪海”三个苍劲大字，据说是清康熙手书的墨迹。我从亭后奋力攀上高峰，环顾山上山下，弥漫数十里，浪涌雪堆，芬芳弥漫，那真是“遥看一片白，雪海波千顷”。邓尉的梅，疏枝缀玉，纷纷绽放，有的艳如朝霞，有的白似瑞雪，有的绿如碧玉……徜徉在花丛之中，微微阵风掠过梅林，我犹如浸身香海，通体蕴香。

此外，香雪海中部的梅池也不容错过。这里有一株古梅，至今梅池尚存，而古梅苍劲茂盛，甚为奇观。

“邓尉梅花甲天下，吴中无地不栽梅”。“香雪十里”，岂是十里香雪，面积之大，梅种之多，密度之高，堪称全国之最。以前邓尉山以白梅居多，这两年引进了不少红梅、墨梅、绿梅，雪海倒成姹紫嫣红的彩色世界了。数千亩梅花，似雪、似

海，景色极为壮观，简直是无边无际的梅花海洋！山一直伸入水中，连着浩渺的太湖和那大气磅礴的长江，雪浪飞溅，云水蒸腾，与香雪海混同一色，我很难分清是水浪泛白，还是梅海扬波，真是一幅神奇的画卷啊！

我观赏过余杭超山、常州红梅阁的梅，无锡梅园的梅，但是，那里的梅，蔚然蒸霞，风光无限，美则美矣，但在预料想象中，而眼前的梅，却给了我“白玉堂前一枝梅，今朝忽见数花开”般的惊喜。细细观赏，这片梅林没有“墙角数枝梅，凌寒独自开”的孤傲，也没有“闻君寺后野梅发，香蜜染成宫样黄”的风情，却有“眼见人家住深坞，梅花绕屋不开门”的朴实韵味。

下山之后，我重入一株株梅花组成的画廊，曲径生幽，清香留步。阳光透过花伞似的枝丫，投散在地上，斑斑驳驳，像泛着明亮的水波。这里的梅花更为茂盛，一阵风过，花瓣像白蝴蝶般漫天飞舞，落了我一身，可我也没有去扑掸，那种情景，那份惬意，就宛如置身桃花源中。看着看着，不知怎的，我眼前出现了幻境，但见满天风雪，朔风怒号，梅花屹立在崖上，益发显得冰清玉洁。

谁说暗香流影的梅花是孤傲之物？她明明顶风斗雪，充满着坚定不移的精神！别看她淡妆素裹，心里却是如火如荼。这是一种奇特的火，能给人以振奋，以美感。此时，我已沉浸在一幅意境更深、内涵更远的画图中了。

梅花的绽放并不仅仅是属于冬天之风景，更是自然创造的属于春天的第一幅画卷。人间不能没有春的乐章，是梅花奏响了春之声的序曲。依我看来，春天并不是从远方走来的，而是从冬的深处，伴随着深藏在梅花心中的激情迸发而出的。清溪小桥，篱边松下，绿苔铺地，明窗对花，处处留有梅花浮动的暗香。

游过邓尉，转向司徒庙。据说，此庙是纪念东汉司徒大将军邓禹所建。邓禹后来隐居于此，附近即有香雪海。参观完后，转入邓禹草堂，是一后花园，那里的梅花，竟开得比邓尉山还要好些呐！为此，我特地和香梅拍了一张合影，是想借她名字的吉祥瑞气，沾点喜气。

我知道，梅花的寿命特别长，至今，犹有成长千余年的唐梅、宋梅，更有那已 1300 多年的隋梅。它们鹤发童颜，老当益壮，还在绽放新蕾，迎接灿烂的春天。

乘车离去，我频频回头，在心中默默致意：梅花，我爱你！明年的春暖花开，我还会来看你，这是我们心照不宣的浪漫之约！

（2013 年 1 月 28 日）

黄果树赏瀑

正值丰水期，我有幸去贵州黄果树旅游，身临其境，真切感受“飞流直下三千尺，疑是银河落九天”，赏心悦目，令我难忘。

贵州山多，瀑布也多。随车一路奔驰，窗外满目青山，处处有瀑布和梯田，大小各异，高低不同。一到景点，“黄果树”三个字，无处不在，小到香烟啤酒纪念品，大到饭店宾馆大楼。有道是：不到黄果树，不能算游过贵州。这里气候温和，冬无严寒，夏无酷暑，同时又是“黔之腹，滇之喉”，自古就是兵家必争之地，如今更是物流和旅游中心。此地虽不富裕，人却淳朴真诚。少数民族的服饰，更是五彩缤纷，五色斑斓，异域风情万种，成为一条流动的风景线。

黄果树瀑布，位于黔西南镇宁县南的白水河（即打马河）上，是中华第一大瀑布，也是世界上最壮观的瀑布之一。早在300多年前，大旅行家徐霞客第一次来到白水河上的犀牛潭畔，而对这银瀑飞泻、气壮山河的迷人景色时，就曾经赞叹不已，称之为“奇境”，说中原之瀑“从无此阔而大者”，为全国罕见，并在他的《黔游日记》中写道：

“黄果树瀑布，路左一溪悬捣，万练飞空，溪上石如莲叶下覆，中剜三门，水由叶上漫顶而下，如鲛绡万幅，横罩门外，直下者不可以丈数计，捣珠崩玉，飞沫反涌，如烟雾腾空，势甚雄厉，所谓‘珠帘钩不卷，匹练挂遥峰’，俱不足以拟其状也。盖余所见瀑布，高峻数倍者有之，而从无阔而大者；但从其上侧身下瞰，不免神悚。”

徐霞客描述得极其有声有色，从那以后，300多年间，不知有多少文人墨客，不远千里而来，把足迹留在这犀水潭畔，写下了无数赞美的诗篇。

清晨，我从贵阳驱车出发，汽车两旁出现了熔岩地貌，奇特而怪异，一柱柱尖尖的石笋，从地面上戳出，像刀剑林立，一块块浑身是洞的岩石，竖立横卧，极似将苏州园林放大千百倍，由大自然完成的这一杰作。行驶了150公里，来到了白水河边，沿着石阶小路而下，一弯一转，便到了犀牛潭畔。只见山峦重叠，白水河自东北山而下，波浪滔滔，流经黄果树地段时，因河床断落，形成九级瀑布，黄果树瀑布是其中最大的一级。犀牛潭是大瀑布的落“脚”点，潭深17米多，潭水很少有平静的时候，水雾在阳光照耀下，生出一圈圈七色的彩虹，使我目眩神迷，陶醉其中。

这儿名曰黄果树，正如它的名字一样，黄果树就是一棵树。可是，我举目四望，却并未见到黄果树的影子，那么，这

名字是怎么来的呢?

导游告诉我，传说这里原来是有黄果树的。很久以前，这里住着一对清苦的老夫妻。老夫妻俩在房前屋后种了100棵黄果树。那一年，黄果树繁花满枝，幽香盈谷。花期一过，老夫妻俩巡园一看，唉，只见那100棵黄果树，只结了孤零零的一颗果子!这颗果子，虽然特别硕大，却也不能不使辛勤栽培的老夫妻俩失望至极。

一天，一位游方道人路过老夫妻的门口，发现了那颗独挂枝头的奇异黄果，很为高兴。他迈步走进了老夫妻的家门，告诉他们:这是一个宝物，愿以重金买下。老夫妻双双瞪大眼睛，以为是自己年老耳聋听错了。那道人重说一遍，并当面付了定金，一再叮嘱道:“记住，一定要让黄果在树上再生长整整一百天，才能采摘。”说完，他便动身回去取银子去了。

道人走后，老夫妻俩你望我，我望你，好生疑惑:这难道是真的吗?莫不是做梦吧?但是，这对诚实勤劳的老夫妻，还是日夜轮着在树下守护。九十九个昼夜过去了，第一百个夜晚来到了。这一夜，老夫妻坐也不是，睡也不是，心神浮动不宁。一个想:“熟透了的果子最容易招惹虫咬鸟啄贼子偷。”一个说:“反正也就只差那么几个时辰，不如把它摘下了吧。”于是，不等到天亮，夫妻俩便搬来梯子，动起手来。

天亮时，那游方道人又来到老夫妻家门口，一看树上，果子没有了!他不由得捶胸顿足，连声叹息。老夫妻俩见了，茫然失措，惊疑不解。道人只是摇头惋惜，要他们跟着到大瀑布

跟前去，亲眼看一看吧！

他们来到犀牛潭边，道人将黄果抛入潭中，顿时，只见那果子在水里辘辘飞转起来，越转越大，把奔涌的大瀑布和一潭深水全都吸了进去。这时候，犀牛潭忽然金光四射，山谷生辉，老夫妻顺着道人的手指探头一望：呵！只见潭底遍地都是金银财宝，珍珠玛瑙，奇光异彩，闪闪烁烁！可是，正当他们惊喜万分、眉开眼笑的时候，那黄果突然“轰”的一声爆炸了！霎时间，眼前依然又是瀑布飞泻，潭水盈盈，潭底的金银珠宝，全又淹没在万丈水底了。道人叹了一口长气，意味深长地说：“你们这回明白了吧，这都是因为那黄果欠了时辰，功力不够的缘故！”

老夫妻俩听了，心中懊悔万分，可惜已经晚了……

这个古老的传说，在这犀牛潭畔不知流传了多少年，今天我听来，仍感别具一格，启人心扉。它告诉人们：凡事必须持之以恒，坚持到最后成功，哪怕百尺竿头已经到了九十九，只差一尺，如若丧失了信心和没有坚持到最后的毅力，就会前功尽弃。

史书上记载，黄果树瀑布原先只有 31 米宽，高度也才只 60 多米，现在测量起来，它已经高达 74 米，宽 81 米，可我实地看来，仿佛更高更宽，形成了罕见的大自然杰作。巨大的水流，似银河倾倒之势冲下断崖，声如雷鸣，十里可闻，浪花飞溅，雾雨茫茫，气势磅礴，场面惊心动魄。宏伟的气势、浩荡的水雾，震撼了来自世界各国的游人。

更令我惊奇的是，那 81 米的宽度，在落到潭底时，也成了百来米宽的水帘，猛捶深潭。因而这瀑下的犀牛潭，受年年月月那水力的冲击，一天天变得更为深邃宽阔。更为幸运的是，这几天刚下过几场透雨，水势更猛，瀑布坠潭冲击起的雾气高达数百米，顶风盘旋，上下翻腾，奔突在整条大峡谷中，使亭台楼阁和游人都笼罩在茫茫雨雾里了。

漫步栈道，临潭观察，“零距离”地体验瀑布之险奇，只见水流奔腾而下，顷刻间坠入深潭，水雾从潭底蒸腾而上，扑面而来，继而冲向更高的天空，在阳光照射之下，虹桥卧波，五色斑斓，在幽蓝的水上，在群山之间，呈现赤橙黄绿青蓝紫的美丽。立足于现实与虚幻之间，令游人心旌摇动，如痴如醉……遥望瀑布，恍若置身在轻纱薄雾之中，顿生种种梦幻，令人心爽。藏匿于悬崖峭壁半山腰瀑布之后，还有一处长 134 米的瀑布水帘溶洞，可谓大自然的绝妙之作。

进入横穿瀑布的水帘洞，洞内曲径幽深，古榕悬根，草木萋萋，如幻如灭的灯火，参差玲珑的石钟乳，水声潺潺的洞泉，恍若一处世外桃源。在一个洞窗口，一只白鹭正梳捋着湿润的羽毛，游客声声惊叫称赞里，它展开翅膀向瀑布飞去……行至五六十米，置身瀑布中央，鬼斧神工的洞窗外，万斛水珠，飞瀑茫茫，涛声隆隆，似龙池喷瑞雪，如天际挂飞流，山崩海啸，惊心动魄。流瀑哗哗地溅落在洞窗的石崖上，细似珠帘，粗若冰柱，迸起朵朵水花，好似雾里洒出的串串珍珠。伸出双手接满一捧玉泉，俯首饮下，回味一口甘甜，顿觉神清

气爽。

途中，两旁摆着许多挂满了各式民族服饰的摊点，有的大红大紫还嵌遍了晶光耀眼的银饰品，有的却用朴素的印花蓝布制作。门口有人推销一次性雨衣，轻声问：“要不要雨衣？”我问：“雨衣有什么用？”他们告诉我要从大瀑布的水帘后面穿过，就得穿雨衣。我见有人买了雨衣，在这个“水帘洞”里确实发挥了作用。然而，更多的人更愿意把自己淋成“落汤鸡”，沐浴珠帘，荡涤心灵。“水帘洞真是太雄奇了，太奇妙了！”电视连续剧《西游记》中，孙悟空称王水帘洞这场戏，就是在这里拍摄的。

衣着各色的游客穿行其中，别有画面，瀑布的轰鸣夹杂着全国各民族乃至世界各地的语音，天南地北，男女老少组成了天人合一的交响曲，别有情趣与音色。人群的喧嚣，挡不住水流激荡的震撼。将入水帘洞，走到瀑布之下，我穿越的那一刹那，仰视飞流直下的水珠，脑子里只是空白，想说什么都是多余。“白水如棉不用弓弹花自散，青潭似靛何须缸染色蔚蓝”——这番比喻，也是过后回味了很久才得出的佳句。

这是一片神奇的山水，白水河上下游有着“九级十八瀑”诸景区及许多水上石林和溶洞。不久前，又在风景区内的关岭一个千余米的洞中发现了千余株稀世奇观——洞生珍稀植物莎萝树群。这种树被科学家称为恐龙时代的活化石，如此密集地丛生，世上仅有。更为奇特的是，它们是秋冬叶绿茂盛，而在大地春暖花开时却叶枯茎萎，时序颠倒。紧靠大瀑布有个滑石

哨，是全国第一个布依族保护村，他们有许多独特的风情民俗，如我们是每年端午节吃粽子，他们吃粽子却在六月六，当然也与屈大夫是有一点关系的。

游历时，我手头有一张装着金币的夜景入园券，上面印着瀑布奇丽的夜景。瀑势凶猛宏大，冲劲沉重有力，蒸腾雾气直上云天，灯光下五彩缤纷，衬以绿树青山，梦幻般若隐若现。雾雨洒落黄果树街上，便有“夜雨洒金鸡”之称。

高大壮阔，还只是黄果树瀑布的浅表外貌，奇丽雄伟这才是它的风格神韵。当我翻越到大瀑布上游之后，居高临下俯视这神奇飞瀑的伟力之源，立体地感受了一条本是平静的无声涌流着的大河，突然整个儿奋不顾身地扑下绝壁悬崖，这才造成了冲天灵动和如雷怒吼。它的从平凡到伟大，由文静到豪放，都完成于一刹那间，这也是一切事业成功的奥秘啊！我不由地对这片得天独厚的神山奇水肃然起敬了。

其实，瀑布是水的一种流动方式，是水，跨越艰难险阻的纵身一搏；是水，摒弃旧我的向天狂笑。飞溅的水珠，在诉说那些山顶日子的平庸抑或神奇。注入山脚的深潭之中后，曾经的激越复于平静，曾经的歌吟复于思考，是滴水相抱，是力的凝聚，是山的肩膀，山的胸怀，造就了瀑布的展示和奔涌！

瀑布附近的天生桥，长1公里，宽300米，上有石林一片。还有走在犀牛潭的铁索桥上，似如走在水上，行在空中，又似如在“荡秋千”，男女老少们无不嬉笑惊叫，兴奋无比。然而，我最大的遗憾乃是没有看到在月夜或清晨的大瀑布。据称月光下的瀑布显出水的温柔，仿佛在温柔中带有一点神秘，婉约中回荡着那流水的凄美。

回到贵阳市区，那层氤氲的水汽早已散开，脸湿了又干了。履迹已成记忆，返家已多日，那水，那山，感觉未曾靠近也不曾远离，却会在某个无眠的夜里，偶然回想起那山那水。啊，中华第一瀑，令我难忘的黄果树！

（2001 年 4 月 19 日）

三游洞速写

初春时节，我到宜昌时，当地的同行邀我去游三游洞。我对游洞兴趣不大，况且又去过宜兴的善卷洞、张公洞、慕蠡洞及太极洞、瑶琳仙境等地，但他们说这里与众不同，是湖北省著名的古迹，硬是把我拉上车驶向城西北15公里，最后驶过了横架在下牢溪上悬空缆索般的大桥，停靠在三游洞旁。

三游洞，坐落在长江三峡下游的西陵山峭壁之上，东有南津关，西临黄牛滩，是一座半岛形的凌空峰峦，一身的“怪怪与奇奇，万状不可名。”

关于这一带的地貌，晋代袁山松的《宜都山水记》说：“自黄牛滩东入西陵界至峡口百许里，山水迂曲，而两岸高山重障，非日中夜半，不见日月，绝壁千许丈，其石彩色形容，多所像类。林木高茂，略尽冬春。猿鸣至清，山谷传响，泠泠不绝。”这是包括三游洞在内的百余里西陵峡的景色。而北魏郦道元在《水经注》中，则实录了当年三游洞的真容：

“其叠鄂秀峰，奇构异形，固难以辞叙。林木萧森，离离

蔚蔚，乃有霞气之表。仰瞩俯映，弥习称佳，流连信宿，不觉忘返，目所履历，未尝有也。”

如此赞赏，足以使我感到景色之丽，风光之美。

地势险要的三游洞，是座历史悠久的古洞。三游洞之由来，据史书记载，唐宪宗元和十四年（公元819年），诗人白居易由江州（今江西九江）司马升任忠洲（今四川忠县）刺史，正好文学家元稹由通州（今四川达县）司马调任虢洲（今河南灵宝）长史。次年，白居易与其弟白行简（唐贞元进士，官至左拾遗）至夷陵，即现在的宜昌，巧遇顺水而下的元稹。于是在峡口，你返棹送我一程，我回舟陪你半里，泪眼迷蒙中，瞥见了这个石“如叠如削”，泉“如泻如洒”、“如不绝线”的三游洞，由它的“寂寥委置”联想到人才的不受重视，白老夫子竟不免发出叹息之声。他们就刈草开路，攀缘直上，同游洞中，酒酣兴浓，通宵不寐，各赋古调诗二十韵一首，并由白居易作序，书于洞壁。三游洞的名称，即来自此。人们称他们这次聚游为“前三游”。

三游洞有幸，过了离白居易等人欢聚230多年后，到了北宋嘉祐元年（1056年），“唐宋八大家”中的三家，即著名文学家苏洵携子苏轼、苏辙，从四川家乡眉州（今四川眉山）赴汴京应试，途经夷陵，闻知古洞奇特秀丽，慕名而至，深为洞内美景所吸引，赞叹不已，逐各题诗一首于洞壁上，畅抒情怀，为三游洞增添了新的光彩，后人称之为“后三游”。在此前后，苏轼的老师欧阳修、挚友黄庭坚，也曾到此一游，都在

这儿留下了题刻。这个景色奇绝的山洞，就成了过往客遨游之地而知名于世了。

《东湖县志·艺文志》中记载：三游洞“四望皆山，一峰出众，峻岭之间，横开一洞。”在它的附近，还有白马洞与石龙洞，但三游洞比它们更大，更是古今游人常来游览、观光所在。由于它的历史久远，驰名古今，在清代龚绍仁的《三游洞》诗中称赞它是：“夷陵有名山，夷山多古洞。三游最著名，宣传自唐宋。”自古以来，三游洞最负盛名。

今日，我游三游古洞，虽不会留下什么痕迹，但心中升起的诗情却不断激荡着我的胸怀。游洞已没当年的艰辛，不必系舟水面，从山脚下向上攀登，现有石阶，栈道有栏杆，无须挥汗如雨，也不必气喘吁吁，仿佛一步便跨到了它的跟前。当我站在绝壁之上，上看，西陵峰顶，怪石嶙峋，草木葱郁，各色野花，争芳斗艳；下望，一面是奔腾的长江，一面就是欧阳修《下牢溪》诗中所描述的下牢溪水。这条清澈宁静的下牢溪，简直像一条碧绿的带子，在深山峡谷中飘浮，忽隐忽现，杜甫曾写下“始如云雨峡，忽尽下牢边”的诗句。

从三游洞顶西眺，只见西陵峡口的南津关像被神斧劈开似的，山分左右，大江奔腾咆哮，夺门而出；往东望，则见葛洲坝水电站，像一条巨龙，横卧长江之上，雄伟壮观。

我沿山崖小路攀缘而下数十步，见一青砖翠瓦山门挡住了去路，山门顶端书有“三游古洞”四个字，字迹端庄、洒脱。进山门后，眼前顿觉豁然开朗！一巨洞深嵌在绝壁之中，洞屋新奇开阔，深约30米，宽23米，形如覆蓬在石灰岩溶洞，地质年代为寒武纪，距今约五亿年了。四壁黑中见青，折叠起伏，凹凸不平，千姿百态，任人揣摩成各种形态，也是一种很有创造性的娱乐。洞中，有三根平列垂直的巨大的天然钟乳石，像三条大殿柱支撑着洞顶，将石洞天然地分成了前后两室，前室清旷，四周石壁上刻写的全是诗文题词；后室幽暗，深奥而狭窄。

三游洞的内室，顶端有巨石垂下，敲击若钟鸣，故人称之为“天钟”。室内还有一石台，底下有空，重锤之，发声如鼓，称为“地鼓”。这便是洞中特殊的一景——“天钟地鼓”。此时，有人拾起石子向顶上扔去，果真“当”地响了一声。石子反跳回来，落在地鼓上，继而又“咚”地响了一下。我想，这大概是因为这些石灰岩后面有空隙之故吧！

历代的题记、碑刻、壁刻等，大部分都在前室。最引我注目的一块碑刻立在洞前右侧，一人多高，近一米宽，正宗楷书的碑文，刻痕圆润，尚能依稀辨认。我细细读了之后，方知这是明代重刻的白居易《三游洞序》，至今也300多年了。唐代的《三游洞》石碑虽然早已失传，但序中记述着白居易等人游三游洞的艰险历程：

“初见石如叠，如削，其怪者如引臂，如垂幢；次见泉如泻，如洒，其奇者如悬练，如不绝线。遂相与维舟岩下，率仆夫芟芜刈翳，梯危缒滑，休而复上者凡四五焉。仰睇俯察，绝无人迹，但水石相搏，磷磷凿凿；跳珠溅玉，惊动耳目。”

这是大无畏开拓和发现者欢乐的交响。

白居易在长诗《夷陵赠别元微之》中写道："沣水店头春尽日，送君上马谪通川；夷陵峡口明月夜，此处逢君是偶然。一别五年方见面，相携三宿未回船。坐从日暮惟长叹，语到天明竟未眠。"他将这次巧遇，写得何等如醉如痴，情真意切，令人生慕。

白居易和元稹的友谊甚深，诗风相似，人称"元和体"、"长庆体"，同为"新乐府"运动的倡导者，世称"元白"。白居易在给元稹的《与元九书》中论诗："诗者，根情，妙言，华声，实义。"及"文章合为时而著，歌诗合为事而作"等名言，一直是我不灭的追求。

"后三游"的苏氏父子都有诗留在三游洞。苏轼的《游三游洞》，情景交辉："冻雨霏霏半成雪，游人屦冷苍岩滑。不辞携被岩底眠，洞云深夜无月色。"老父苏洵此次是陪儿赴汴京应试，逼上梁山，也成一绝《三游洞壁题》："洞门苍石流成乳，山下寒溪冷如冰。天寒二子苦求学，我欲居之尔不能。"无奈之趣，也颇天真。此去之后，苏轼、苏辙都中了进士，可谓是一门三才子。

总之，摩岸壁刻琳琅满目，历代途经长江三峡的文人墨客，无不被这里的山水佳景所迷恋，来此一游。除了白居易兄弟、苏氏父子外，宋代的欧阳修、黄庭坚、赵汴、叶衡、陆游，明代的刘一儒、雷师沛，清代的王士祯等，他们赏景抒怀，诗兴勃发，留下了用楷、隶、行、草等各种字体写下的吟

咏三游洞的诗歌散文、题记，镌刻于石壁之上。至今洞内外还保留宋代以来的壁刻、碑刻百多件。这些书法，笔法雄健，结构严谨，气势浑厚，神韵秀逸，令人称颂不已。这不仅使我欣赏了古代诗文书法的艺术，也看到了古代镌刻巧匠的高超技艺。这些，都是十分珍贵的古代文化遗产。

我沿着三游洞旁一条陡直的石蹬小道，逐级而下约200级，只见半山腰悬崖下的一座小巧玲珑、半壁嵌进山岩中的石亭里，有一小潭，潭口呈正方形，长与宽约一米半，深近一米。潭水晶莹碧透，水平如镜，清澈见底，水质甘甜可口。细看，原来在潭边岩壁间有一细泉，涓涓流入潭内，冬季也不结冰，常年不枯。亭潭边竹翠林茂，景色绮丽，这就是著名的“陆游泉”。陆游在宋乾道元年（1169年）曾来三游洞，他在《入蜀记》中写道：“五鼓尽，解船过下牢关。”他见小潭水甚奇，曾在此潭取水煎茶，并赋诗一首，书于石壁上，故名“陆游泉”。其诗云：

“苔径芒鞋滑不妨，潭边聊得据胡床。岩空倒看峰峦影，涧远中含草药香。吸取满瓶牛乳白，分流触石珮声长。囊中日铸传天下，不是名泉不合尝。”

他在另一首五律诗中，再现了三游洞当初的景象：

久闻三游洞，疾走忘病婴；
窦穴初漆黑，伛偻扪壁行；
方虞触蛰蛇，俯见一点明；
扶接困僮奴，恍然出瓶罂；

穹穹厦屋宽，滴乳成微泓；

题名欧与黄，云蒸苍藓平；

穿林走惊麇，拂面逢飞鼪。

现在，泉边的岩壁上还留有陆游当年题诗的摩崖遗迹，由于年代久远，已不可辨，而那座仿宋代风格的石亭，亭柱上还刻着陆游“囊中日铸传天下，不是名泉不合尝”的诗句。

从陆游泉来到半岛形山冈临长江一边的三国遗迹“齐封城”、“张飞擂鼓台”，站在雄峙云天的擂鼓台前，一览长江西陵峡那百里秀色，极目下游葛洲坝截流雄姿，再仰望张飞擂鼓助阵的冲天威猛，我心潮如激流出峡，一泻千里，一股“折戟沉沙铁未销”的感慨，油然而生，真是美不胜收，使我久久不忍离去。

三游洞，论景色，说古迹，增辉吐艳，闪烁出它那固有的“天钟神秀”的异彩，确实令我赞叹，有名于世，已有千多年了。由此在我看来，世上少的也许不是美景，而是白居易那双善于发现的眼睛。有感于此，我希冀三游洞为更多人知晓，更多人去探访一游，感之欣悦，也感之不虚此行就好。

（1992 年 3 月 27 日）

匡庐叠翠品花径

时值盛夏，群芳早已谢尽，可我登上庐山好似进入了另一个世界。这里满目葱茏，气候凉爽，平均温度只有摄氏 22.6 度，真是名不虚传的避暑胜地。

“匡庐奇秀，甲天下山。”庐山北临长江，东南濒鄱阳湖，其最高峰虽仅 1473.4 米，山势却俊伟诡特，博大雄伟。那云雾如海的含鄱口，那峰尖触天，俨如五老并坐的五老峰……绝妙的山水景色，雄、奇、险、秀的山川地貌，叠翠连云的古树名葩，令游人梦绕情牵，叹为观止。而当我置身于著名的山中公园——花径时，更有翠夏春园之感。

花径，位于庐山中心区牯岭的西部。乘车沿环山公路西行 2 公里，便可抵达花径门首。我是从著名的“云中花园”牯岭镇步行而去的，大约 15 分钟，即到达了花径。

沿着花香四溢的公路西行，转过一个山岙，那绿水盈盈的湖，便跃入了我的眼帘。绿树蓊郁的牯牛岭，横卧湖畔，山影倒立湖中，活像一头牯牛正在湖水中嬉戏。湖的面积为 10 多万平方米，蓄水 120 多万立方米，湖面波平如镜，湖心亭台楼阁，与青山绿树浑然一体，相映成趣；湖心游船轻盈，摇桨荡舟，笑语相闻，令人心旷神怡。导游说，这就是如琴湖，因湖形似琴而得名。此湖原为大林寺旧址，当年唐代大诗人白居易曾隐居于此。

明净的天空，云朵洁白而意象万千，顿时，众多千古墨客骚人的吟咏与眼前的景致，揉进了我的脑海。每当有风乍起，吹皱了一池春水，当有斜风细雨不需归，当有秋水共长天一色……显现一种悠然、安然、怡然的氛围。湖的天地间，飞禽走兽也似乎找到了欢乐的天堂。它们的灵性，正是它们对自然的一份信任与依赖。

我来到这里，就像来到了一个静谧幽雅、满路馨香的绿色世界。这里没有噪音，没有污染，也没世俗的干扰，到处都是蓊蓊郁郁、碧草如茵的秀色，古树名草，生机勃勃。伟岸的苍松翠柏，清香的野花野草，姹紫嫣红的花卉，绿意盎然的药圃，真是目不暇接，令我心驰神迷。

顺着小径，我直奔花径石门前。石门两侧“花开山寺，咏留诗人”的石刻对联，引人入胜。白居易曾在这里留下了脍炙人口的《大林寺桃花》这千古流传的诗篇：“人间四月芳菲尽，山寺桃花始盛开；长恨春归无觅处，不知转入此中来。”后人为纪念诗人，便在如琴湖北面的树林深处建起了“白居易草堂”，收古贤今人墨迹于其中，供游人观赏、凭吊。

我驻足凝思，激情无限，过了一会儿，方跨入石门，穿过

藤廊，信步石板小径。沿途团团簇簇的绣球花，含珠带露的金鱼草，鲜艳似火的红叶李，展翅欲飞的蝴蝶花……丛丛叠叠，似乎在欢迎着我的到来。

走过花卉区，隔着松柏汇成的垛垛绿色胸墙，便是岩石园。岩石园内，石中有花，花中布石，草木飘香呈秀，岩石参差林立。蜂蝶引路，林深花怡，沿着雕梁画栋的赏桃亭，拾级而下，又进入了回廊百转、似断又续的通幽曲径。这里，花繁、径曲、树奇，给我以一种春深似海的感觉，风景绝佳，诚人寰仙境也。

这时，忽然一阵欢声笑语，隔林震响耳鼓。我抬头一看，原来咫尺之外，便是幽径尽头的花径亭。一群天真活泼的孩子，正在亭边指红道绿，不亦乐乎！

修缮一新的花径亭，伞顶红柱，亭间正中处，露出一块横石，上刻“花径”二字，相传为白居易手书，这是在1930年被石工所发现的。亭左绿树婆娑，花团锦簇，掩映着一座方形五彩石亭，这就是有名的景白亭。我由此放眼峡谷，春来桃花似锦，据传这是当年白居易赏桃作诗的地方。

登上了景白亭，我环顾今春增植的那一片桃林，虽然艳着红云的桃花已谢，忆起这位伟大的诗人，身临其境，仿佛使我置身在桃林花丛中，再看那：一株株千花的灯台，一串串铜铃的紫藤；花色各异的雏菊、松叶菊、天竺葵、四季海棠，均在桃林深处，争芳吐艳，姹紫嫣红。天间路旁，开满了野花，繁星一般点缀，阳光下，春光里，蜂飞蝶舞，洋溢着清新的气

息，真是“山中甲子无春夏，四月才开二月花”。

离开花径亭的草木区，我沿着林荫小道拾级而上，便到了湖东最引人注目的花卉展览房。据称，今年的花展房内，从全国各地新采集了180多个新品种的花卉，还扩建了花房，使整个花房的面积到了近千平方米。室内，又增添了许多古色古香的盆景架，尤为增添了情趣。

走进花展房，我便看到迎面摆列着一排排形态奇异、虬雅的庐山松、黄杨木古雅盆景。这些盆景中的树木，原扎根于高山峻岭的风口上，大自然的风霜雨雪，把它们雕刻得各具特色，风格别致。许多要长途跋涉、费时寻找的名花，在这里只要一举步、一抬头，便能一览无遗。那碧绿如玉的韵石莲，红蕊倒垂的吊金钟，笑影婆娑的苏丹凤仙，如鹤戏水的鹤望兰……各自在条案上、屏风前，竞相开放，张张笑脸，喜迎着游览者。更令我拍手叫绝的，是房内那些树桩盆景，据说这些树龄在一百年到近千年之间的森林古树，世界罕见，中国之最。

穿行在游客如织的花丛中，令我目不暇接，一会儿欣赏叶如令箭的令箭荷花，一会儿赞美杆如竹节的竹节海棠，一会儿为历时三十余年、形若仙人合掌的仙人树盆景叫好，一会儿又迷恋着刺藤碧叶间点缀着小红花的花麒麟。它们开得是那样的温柔，那样的精致，那样的动人心魄。

横疏的花影下，一位来自泰国的朋友满怀兴致地数点着花麒麟盆景中的丛丛红花，高兴地合掌呼唤着：

“吉祥！吉祥！每丛都是八朵，真是奇妙，太奇妙啦！”

琳琅满目的花房内，我看到了庐山特有的庐山兰花、庐山云锦杜鹃、马缨杜鹃及黄杜鹃。竞媚斗艳，最好看的要数云锦杜鹃，表面粉红、桃红，里面呈黄绿色，灿如云锦，极为艳丽，被人誉为“群芳之冠”，与端庄秀美的金边瑞香、独具风韵的诗人草、小巧玲珑的野菊花等庐山特有的花卉，把花径装点得如诗如画，仪态万千。

而年轻人与孩子们，则对开着小白花的“碰碰香”，兴味无穷。据说，碰碰香因叶与另一种植物观音莲，极为相似，因此被叫作香波莲。香波莲原产于非洲的南部，别名叫苹果香草，但大家喜欢叫它“碰碰香”。香波莲，是叶、花并用的植物，若用手轻轻地碰一下，它就会发出令人舒适的香气，使你神清气爽，因而享有“碰碰香”的美称，又因其香味浓甜，颇似苹果香味，又有“苹果香草”之誉。炎夏时节，不用手碰，只要扇子轻轻一摇，马上满屋飘香，真是名不虚传。

妙趣横生的“碰碰香”，引起了我的喜爱。于是，在饱览了这花房春光后，立即奔赴花卉、盆景出售处，欣然买了一盆，恋恋不舍地离开了景色如画的山中公园——花径。

这里的景色，就这样扑面而来，就这样自自然然，就这样犹如赴约，令我沉醉，令我赞叹，又令我凝思……

细品花径，这片奇山奇花，满足了我的庐山神奇之旅。

（2001 年 4 月 16 日）

边城杂记

多年前，读沈从文先生的小说《边城》，枯藤老树城墙，溪边白色小塔，小桥流水人家，沈老先生以家乡凤凰古城为背景，把一副古老静止的边城风景，展现在我眼前。于是，我不止一次地在梦里勾勒着凤凰古城里的风景，更猜想着能不能在凤凰城里找到小说中的主人公翠翠。假如找到，她肯定也变成了一个比她爷爷年龄还大的老大娘，她肯定也落伍啦！

凤凰地处湖南湘西自治州南部，为我国历史文化名城，也是湘西的世界级“名片”。凤凰历史悠久，关于县名，据《凤凰厅志》记载：“凤凰之名因山受”。在县城以西 50 里有一名山，处于群峰之中，形状若鸟，昂首展尾，人们为取吉祥，称为凤凰山。凤凰的历史，可以追溯到唐朝。县志记载：唐垂拱三年，设渭南城，其间历经无数风雨，城始建于清康熙四十三年（1704 年），经历 300 年风雨沧桑，古貌犹存。现东城楼和北门城楼尚在，城内青石板街道，江边木结构吊脚楼，以及朝阳宫、天王庙、万寿宫、大成殿等建筑，无不具有古城特色。

我们一行人一下飞机，就上了面包车，开始了凤凰之行。考斯特转过一道又一道弯，触目所及，都是山。路窄了一点，只见窗外的青山绿水，没有片刻消停过，让我目不暇接，还让我浮想联翩。更让我惊讶的是，这大概是我从未见过的如此繁忙的盘山公路了。各种客车在陡峭的山路上，盘上转下，来来往往，车走了近四个小时，才到凤凰。在我的印象里，凤凰古城才算是湘西。沈从文先生说，凤凰不过是黔北、川东、湘西极偏僻的一个小点，这一点也称边城。

当进入边城的时候，我被眼前的景色震撼了。古城依山傍水，清浅的沱江穿城而过，江流舒缓，江面如镜，舟行款款，如滑动在玻璃之上。红色砂岩砌成的城墙，伫立在岸边，日夜守望沱江，南华山衬着古老的城楼与连接两岸的虹桥。城楼还是清朝年间的，锈迹斑斑的铁门，依稀能看出当年威武的模样。古城、廊桥，连同身后的青山一起，倒映在沱江清澈的波光里，和谐、淡雅。我进入古城才六点，古城正在黎明中苏醒，但是，赶早的旅游团的游客们，已经遍布街头巷尾。勤劳的边城百姓，有的做起了早饭，有的开门做生意，还有的在清扫街面。

我坐在虹桥北岸的店堂里，品尝着当地最具特色的早点米豆腐和绿豆面，静观旭日染红沱江南岸的夺翠楼。据说，那个地方就是沈从文先生笔下的翠翠经常玩耍、欣赏沱江风光的地方。我大为不信，又闻，此处后来成了著名国画大师黄永玉的画室。东眺万名塔，西观廊桥，下俯碧清如玉的沱江，水缓缓

流动，以及江上飞行的舟船，确为奇妙佳处也。那一刻，霞光漫过天际。

清晨的江面，波无痕，水无影，沱江的桥也是我所见过的桥梁中最具特色的，几乎不能被称为桥了，就是一个个石墩矗立在哗哗的水流中，人一个挨一个地往前走，面部表情有点严肃，生怕一不留神，就被河水冲走吧！

凤凰古城的吊脚楼，是凤凰人最具想象力的杰作，它像空间神符般的诅咒，又像时间板结中脱落的歌声，弥漫着深奥古拙的原始气息。吊脚楼因河的繁华而繁华。昔日水手粗犷的船工号子，引来了一群群隽美的女子住进楼里。她们是水手的附属品，就像船儿是江河的附属品，于是，在吊脚楼里，演绎了一幕幕死去活来的爱情故事。

当我看见房子仅仅靠几根木柱立在河边时，不仅为之捏了一把汗。乘着小船在凤凰古城的母亲河——沱江划过，我看见了古城百姓最朴素的生活，上游洗菜，下游洗衣，老婆婆在河岸边，用棒槌使劲地敲打衣服。船家的汗水顺着脸颊滴入母亲河中，这不禁让我想起了一个词——饮水思源。

凤凰人有了沱江，就有了一个个湿漉漉的日子。横亘的大山，阻隔了陆上交通，却使这座湘西小城的江河故事不断地丰富起来。他们把故乡出产的竹、麻、染布、水银、朱砂、生漆、白蜡，用船运进城，又从城里载回布帛、钟表、罐头、白糖、火柴、纸烟。靠近江河就是靠近诱惑，船筏则牵出了凤凰人一个个甜蜜的生活细节。端午节赛龙舟、赶鸭子的风俗，一直为凤凰人所津津乐道，那热闹的场景延续至今。凤凰的水是平和的，一如今天凤凰人平静的生活；凤凰的水是清澈的，似乎又与凤凰人成了一种永恒的心灵映照。

的确，凤凰的美，是那种透着灵秀与文化沉淀的醇厚之美。出生在这座古城的国画大师黄永玉先生曾经这样评价，古城山清水秀，人杰地灵。文学巨匠沈从文、抗英名将郑国洪、南北大侠杜心五、民国总理熊希龄、著名歌唱家宋祖英……宛如一颗颗璀璨的明珠，闪耀在这个古城的上空，熠熠生辉。古城的魅力，除了深厚的湘西文化韵味，还有心灵手巧的人们打造出来的精美银器，编制的土家织锦，熬制的美味姜糖，等等，琳琅满目，无一不让你流连，倾囊为快。

到了古城，我在街上寻找当年翠翠常年享用的鱼虾。狭窄的古街旁，各式各样土得掉渣的餐馆招牌，首尾相衔，随便找家坐定，便可专点当地产的土菜。沱江孕育着的水产品真的很袖珍，虾似米粒，蟹如豆瓣，鱼同拇指，全被厨师下锅的辣椒淹没，我不是在吃，准确地说是在嚼，连壳带刺全部嚼烂，送这些虾兵蟹将入肚。我真想知道，当年翠翠吃的鱼虾，是不是也这般袖珍？出了餐馆，我看到两艘穿梭在沱江上的电渔船后，方才明白，竭泽而渔，这鱼虾怎能躲得过上百伏的高压。凤凰人在感谢上苍保留了三百多年的古城时，理应维系它的生态。

傍晚，沱江吊脚楼已经没了当年翠翠淳朴和腼腆的韵味，改建成“根据地”、“流浪者”、“情人苑”等小酒吧，成为孤独

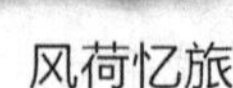

者和结伴人的天堂。与“神七”同步的年轻人，完全超越了翠翠那个年代，成双结对地来古城，喧嚣、发泄心头的忧郁和孤独，寻找一份快乐、一份自由。吉他、电贝斯、爵士鼓，还有就是姑娘小伙涨红了脸，声嘶力竭地唱歌，让古城充满活力。

同样充满活力的，还有沿街的银器店。雪亮灯光下，苗族人把原本属于他们制作银饰的专有技术，在小巷里敞开表演，供人欣赏。经不起诱惑的姑娘们纷纷解囊，买下了银饰品，久久不愿放入背包，争相试戴，相互比画，发出一阵阵充盈着满足的笑声。我们的导游苗族姑娘小宋还说客人们买得不多，她自己嫁人时共戴银饰整整 25 斤。我想，当年，翠翠要是也能够像今天的姑娘这样随便挑银戴饰，自由地嫁老二，那么，《边城》里的一艘摆渡船，一座水碾坊，一排吊脚楼，不再是她戏中薄薄的凄凉。今天，这些不满 10 岁的凤凰女孩，也学着当年翠翠用虎耳草编织的花环，用芦叶编织的蚂蚱，以一元一只的价格兜售给游人，把自己融入市场经济的大潮里了。一切像沈从文笔下的凤凰，却又不像，在似与不似之间。

是的，祖国三十年的改革开放，把翠翠梦里的歌声完全化为现实。这里有山涧间的平坦公路、电气化火车、同仁飞机场，一座通四海天涯、迎八方游客的古城，肯定是沈从文当初写《边城》时始料未及的，更是我梦里无法想象的。

再看看沱江的夜，夜晚的江水，静静流动着，黑色之上摇晃着霓虹的灯光。

白天感觉它的古老，夜晚感觉它的现代。

晚上的古城，与白天又截然不同。一过南华门，我不由得惊叹起来，站在桥上望去，沱江两岸隔成一片灯光世界。夜凤凰的灯光世界，比上海的外滩还要有光彩。彩色的灯光下，沱江两岸风情更浓，意趣盎然。我虽然坐在岸边临街的店里，一边喝绿茶一边看江景，心里却是坐了船摇橹出江了。凤凰，原本入夜是静谧的，此时被喧嚣搅得心浮气躁。想到云南的丽江，今夕一样被年轻人的歌声唱得脸红酽酽的，一副欲醉将醉的容颜。哎，凤凰，比起白天，尤其是下雨天，少了些许清秀、淡定、从容，然也增添了许多外力的作用。当然，凤凰自身是高兴的，沉寂太久，她也要凭借灯光照妩媚，借助歌声抒胸臆。而我，今晚却要反其道而行之，沉思默想她的前世今生，希望可以悟出一点什么。

这时，满大街的夜排档，熙熙攘攘的游客，人挤着人，在昏暗的灯光下淘宝。酒吧的喧闹声，小贩的吆喝声，把整条街搞得有声有色。夜晚的凤凰是个不夜城，每座房子几乎都用色彩斑斓的霓虹灯装扮起来，在沱江上花灯飘荡。据导游小宋介绍，放花灯就是许个好愿，把花灯放入河中就行了。在沱江的夜色中，月挂高楼，河的两岸尽在灯火辉煌中，好一派歌舞升平的夜景啊！——难道是误入桨声灯影的秦淮河了吗？

邻座的朋友去唱歌了，我移位靠近窗前，虽一座之隔，风景大不一样。我看对岸灯影勾勒出的建筑轮廓，再细看眼下的瓦片，在灯光的辉映下次第抽出一丝丝肌理纹路，甚至颗粒状的碎屑也不再婆娑，只有灯光的倒影在水中摇曳，潺湲的涟漪

远道而来，虽不能兴风作浪，也要努力吹皱一河沱江水。室内引吭高歌，窗外孤芳自赏，欲求不同，则取向有别。良宵夜景，于我乃闲坐一凳，绿茶一杯，足矣。

我酝酿着，如何著文记趣。在这个天下闻名的沈从文故里，我不敢造次，但何尝不想写出我的惆怅我的歌，写出只有属于我内心世界才有的一己之文章。

迪斯科音乐响起来了，无人不动，我不动，心动人不动，我能守恒。我把头探出窗外，欲将沱江比丽江，水多山少又何妨？木窗上，挂满了旅人的心笺，写不尽对凤凰安谧的钟情和眷恋。我也自忖：再回来，不知今夕是何夕？就此留一篇羁留天涯的拙文吧，它一直念想着今天的凤凰，也萦怀着远古的那个与世隔绝的凤凰，包括现在被搅乱和融化了的凤凰。

虽然夜凤凰已完全不同于沈从文笔下那宁静古朴的凤凰城，我们没有因怀旧而拒绝它，毕竟时代不同了，社会有了新的发展需要，灯火勾勒的色彩，也实实在在给人以另一种的审美愉悦，再说，也合凤凰城的含义，凤凰便是在大火中涅槃腾飞的。

凤凰古城不大，但很美，那是一种透着灵秀与文化沉淀的浑厚之美。那清澈的沱江水，古老的吊脚桥，青石板路，古色古香的客栈、商铺，还有那淳朴的凤凰人，这一切，适合一两人去慢慢品读，无论老街、小巷或者河畔，慢慢地走，无须说话，不需表达，自己与它已慢慢融为一体。我的想象绵延得更加空灵、悠远。

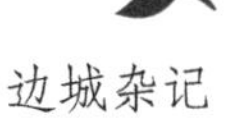

凤凰的旅游广告上面写着：为了您，我已候等千年。同样，有着沧桑岁月的凤凰古城，我不能尽述它的点点滴滴，无论如何，我曾走过，留下了我的足迹，把这么多的感动，深深地烙在我的心里，正如一位诗人所写："天空没有痕迹，但鸟儿已经飞过。"

（2008 年 4 月 23 日）

泛舟沱江

去了一趟沱江，颇为不易，去了之后，它的美留给我很深的印象。

我这次到沱江，是一位老友热情相邀，他就住在沱江边，邀我同游沱江。

清丽的沱江水，从云贵高原奔涌而来，带着边地的神秘、七彩的梦，融入湘西的血脉。这沱江，就像一根嵌进印花布里的拉链，对美丽凤凰城进行了恰到好处的“黄金分割”，用一根根圆木架起的木桥和宽可盈尺的江中石墩，又为我的想象做了某种审美空间上的缝合。

在沱江边，他为我和他的几个朋友租了一条小船游沱江。

沱江上穿梭的船，长长的，窄窄的，两头翘翘的，并排而坐，可容八九个人。它很轻灵，漆成了淡黄色，与碧绿的江水，冷暖交辉，相映成趣。我在江边感叹凤凰的小船，酷似鱼状。一个船工告诉我，凤凰的小船像沱江里的桃花鱼。那是种名贵的鱼，每年三月桃花盛开的季节，正是沱江里桃花鱼的汛期。

我从沱江走入凤凰古城，看到了2001年春，朱镕基总理题写的“凤凰城”三个大字。凤凰古城依沱江而建，河两旁多为明清建筑，或仿明清建筑，虽很老旧，可依然可用可住。我们又从古城走向沱江边，上船坐定后，艄公分给我们每人一支小小的木桨，黑墨色，看上去有些年头了。我和各位朋友分坐于小船两侧，以保持船身的平衡。万事俱备，艄公把篙往水里一撑，水哗啦啦地被划开，我们的沱江泛舟开始了。

对于我来说，水中划船充满了新奇，把手中的木桨，只管朝水面划，是帮了忙，还是添了乱？艄公并不认真，他把我们当瞎胡闹的孩子了，只管撑他的篙。

游船在如诗如画的沱江中漂流着，跃下跳岩，轻轻地穿过虹桥，呈现一幅美丽的画卷。进入碧波荡漾的龙潭，吊脚木楼立于水中，似真似幻，飘摇在我的眼前。万寿宫的古老，万名塔的巍峨，多翠楼的精致，与一江沱水相映生辉。那一份宁静，那一份淡泊，无不让我有一种远离尘世的感觉。哦，这是从《长河》流水，《边城》吹来的风？沈从文，一代中国乡土文学之父，这就是你笔下的源泉，生命的源泉？

白天的沱江游，看到人行人往，成群结队的游客，背竹篓、头盘青头帕绣花肚兜的苗妇，蓝衣艄公，热烈流汗的胖商人，管理员，清扫工……看到江边湘女一上一下地捣衣，听着艄公乡俚悠长的山歌。水色清绿，下有水草在轻轻摇曳，靠岸处有人，驾独舟握一柄似篙又似镰的篙镰，在割着水下积厚的

水草，并双脚踩摇着舟，靠晃出的水波，将割落的水草漂到下游的一处去。

还有，南岸紫红砂岩筑就的古城墙，北门连接两岸的跳跳岸，下游江堤边矗立的万明塔，岸上青石板铺就的小巷街，一切像在沈从文笔下的凤凰，却又不像，在似与不似之间。这时，冷不丁就在离我们50米不到的地方，响起了歌声，从一只泊船上飘来。那船上架着一面鼓，鼓前站着两个青衣苗妹。她俩一个双手拿着缠着红绸的木棍，另一个则拿着喇叭，正唱着甜甜的山歌呢！那清脆婉转的歌声如百灵啁啾，江船上的人们都收了桨，静静地听那苗歌，听着听着，有人情不自禁地鼓起掌来。和着掌声，手拿木棍的姑娘一边敲着鼓，一边欢快地扭动着腰肢。“嘭嘭、嗵嗵”的鼓声中，只见那苗妹一会儿扬颈，一会儿甩手、旋转，动作轻盈而酣畅，让看的人连声叫好，一时间，江边、江中的欢呼声响成一片。

船上的姑娘朝着江心唱道：“远方的大哥哟，请你喝杯茶耶，阿妹的姜茶呀，美你美到心窝里……哟喂！”江心船上的小伙子们听得笑成了一团，他们交头接耳地商量了一阵，才扯着喉咙唱了起来：“妹妹你大胆地往前走啊，往前走，莫回呀头……”嘶哑的歌声远远地传来，惹得两个苗妹“咯咯”地笑了起来。

沱江，是一条并不算大的河，却称之为沱江。艄公说，旧时代的凤凰城，偏居一隅，见闻不多，区别于山中的小溪小河，便称沱江为江。浅浅的一江沱水，它是古城的灵魂，是一代又一代凤凰城缺之不可的依附，是远离他乡的游子挥之不去的乡愁。

这个长江的支流，是一条清澈的河流，水面平静得像一面镜子，顺着城墙缓缓流向远方，宛如一位温柔慈爱的母亲，哺育着一方人们。不曾详问其源于何处，亦不知终流何处，千百年来就这样流走了光阴，淘尽了世事，漂白了世间多少悲欢离合。沱水穿城而过，悠然宁静。船行处，河底的水草柔柔地随水摇动，细小的鱼儿在来回穿梭，依稀可见，如戏里那飘逸的水袖。抬头一看，两岸的青山、树林，在风的作用下，似乎朝我们坐的船弯腰致意。这次，我们赶上了沱江的汛期，江水罕见的丰盈，江面也难得地开阔。

“哎——，一呀个凤凰一呀个头，一呀个尾巴伸在姐后头——”

艄公突然拉开嗓子，唱起了民歌，惊飞了江心岛上的一群飞鸟，哗啦啦地从芦苇中夺路而逃。它们有着灰色的羽毛，鸽子般大小。

艄公不管不顾，引吭高歌，此情此景，想要不唱也憋得慌。他的嗓音经了岁月，有些粗哑，带着几分苍凉，几分野趣，那悠扬的曲调儿，那优美的韵味儿，比起任何大剧院里的演唱都要来得正宗，也比中央电视台举办的“青年歌手大奖赛”中的原生态唱法来得纯正。他咬音准确，有一种原始的美，拨动着人的心弦，令人沉醉。

当我们一行泛舟游览时，两岸景物，影影绰绰，到处可见一幅幅美妙的画面。时值秋日，正是千树金黄，枫叶正红，素雅娴静，山水相宜，在阳光的照射下，闪烁着七彩的光泽，仿佛浩渺江中的蜃楼渔火，恍然如入仙境。水面上游舟船穿梭不息，泛起层层涟漪。远处，群山连绵，岗峦叠翠，山环水绕，一直向天边延伸成浑然天成的山水画……沱江无不呈现了自然、生态的恬静、舒适，顿觉快意与舒畅在心田流淌。那一刻，群山环绕的流水，把小城的祝福带给我们，也把凤凰的美传递给世界。

如此，我们的泛舟就更有趣了。

半小时后，到了目的地桃花岛。艄公不肯上岸，说是连续几天下雨，岛上的路不好走。你穿着皮鞋，这路你如何走？也不必凑热闹了，回航吧！

我站在江边，路旁菜地延绵到了山的尽头。远处的山谷里，露出当地人小木屋的一角，显得平静而安详。菜地里种了绿的青椒、紫的茄子、顶着小花的黄瓜，还有很多叫不上名字的青青的蔬菜。蜂蝶在花丛里往返穿梭，青豆正在结荚，小小的豆瓣呈绿色。街头的小摊上，到处都有这种盐水煮过的青豆卖，拿过一瓣来吃，热乎乎地冒着气，剥开，里边有三四颗水汪汪的豆子，饱满得可爱，塞到嘴里，清香满口，还带有一丝甜的味道。

这风景，让我想起了一位我熟悉的画家的画：茂密的绿柳、菖蒲、水葱、蕨菜，蓝紫色的海寿花，双色相拼的簪力花，花瓣丝丝的金银花……密密匝匝夹着好似无尽延伸的一湾江水，一缕缕、一条条、一瓣瓣、一丛丛、一棵棵……全都在风中舞蹈着。沱江就是这样，它带给我无数的惊喜。

该上船了，艄公绕过急流，靠在上游不远处的河滩，已经等了我们好一会了。

去时因是顺流而下，船行迅速，回来却是逆流，在几处险滩，艄公得用九牛二虎之力才能通过，手中的船桨还有用吗？可那也起不了多少作用。

若是不忍心看艄公如此吃力，最好的办法，就是我们下船，上岸，以减轻船的重量，艄公的负担自然就减轻了。

下船吧，上岸吧，千万别犹豫了。

下船时，艄公扶着我，岸上的人伸了手来拉。我摇摇晃晃下了船，鞋子踩在软软的泥土上，泥土中一些矮小的野花被我们踩住了，可在鞋子松开以后，它们又互相支撑着直了起来。泥土里几只活跃的小虫子受了惊吓，蹦跳着散开了。我欣喜异常，因为那泥土是湿润的，还散发着清香，清香里掺杂着一股腥味，和着四周田野里树木花草的气息，扑鼻而来。

做个深呼吸吧，闻着那样空气的我们，是幸运的。刚走上田埂，我迎面遇着了一群纷飞的蝴蝶，它们扑着各色的小翅膀，在路旁的菜地里嬉戏。一只紫色的小蝴蝶，离开菜地，飞到了田埂上，好奇地在我们头顶盘恒，然后翩然落在我的肩膀上。这是一种怎样不期然的惊喜？我不敢轻举妄动，恐怕惊飞了这个小天使，连呼吸都变得小心翼翼。小小的翅膀几乎就要贴着我的脸颊了，我也仿佛可以听见那小生命在耳边微微地颤抖。我的心灵有了感动，也有了喜爱，这个小小的精灵，它为什么单单挑了我的肩头来停靠呢？

不知何时，一轮红日已悄然沉入西山，苗妹们悠扬的歌声，却久久飘荡在沱江两岸，飘荡在我们心里。

（1996 年 11 月 25 日）

天之门户天门山

“天门中断楚江开，碧水东流至此回。两岸青山相对出，孤帆一片日边来。”这是唐代大诗人李白的著名绝句——《望天门山》。寥寥28个字，极为生动形象地勾勒出天门山的雄伟气势和奇妙景象，成为千古传唱的佳篇。

天门山，位于长江中下游。这里的天门山，其实指的是两座山，现在安徽省当涂县与和县西南的长江两岸，江南有一座东梁山，江北有一座西梁山，远远望去，这两座山夹着长江对峙，宛如相连之峦，被长江巨流冲破，造成“浪打天门石壁开”之妙境。这里有个奇特的地理现象——那一泻千里的江水，从西向东，流到这里，被天门山绝壁巨岩所阻，拐了个急转弯，折向北流，形成李白在诗中描绘的“碧水东流至此回”的汹涌澎湃、迴游激荡之势，蔚为壮观。

关于天门山的得名，说法不一。舆地志曰：“博望、梁山，东西隔江，相对如门，相去数里，谓之天门。”《太平府志》却说，天门山“夹大江对峙，自江中远望，色如横黛，修妩

静好，宛宛不异蛾眉，故又名峨眉山。”《太平寰宇记》上说：“东曰博望，西曰天门。”《郡国志》里，又说：“两山相对，时人呼为东梁山，西梁山。”

今天人们所称天门山，又称东边当涂县的一山为东梁山，西边和县的一山为西梁山，大概源于这些史书的记载。东梁山距古城芜湖市区约为25公里，我自芜湖市乘公交汽车，不到2个小时就到达了这里。

其实，天门山并非是巍峨的高山。东梁山海拔仅84米，西梁山海拔也不过88米多。然而，“山不在高，有仙则名”，天门山虽不甚高耸，但两山临江处，巉岩壁立，陡如刀削。“粘壁行刀脊，下视深无底。”“双壁削青铜，飞鸟不能止。”袁中郎《游天门山》这四句诗移用这里，也是并不过誉的。战略位置十分重要，不仅为皖东平原江北沿岸唯一的制高点，扼长江咽喉，且离南京只有86公里，可以说是南京的大门。

据传，天门山之巅曾有古刹，可惜不知何因毁于战火。一泓清泉叮咚流下来，年复一年，日复一日，无休止，也无目的，没有人知晓，也没人眷顾，自然地流着，淌着，山坡上林木一片翠绿……我环顾四周，山上虽无茂林秀竹，但片片松柏挺立，遍地芳草如茵。西梁山之阳屹立着烈士纪念碑，山巅有一四角亭，登亭可鸟瞰远近之风光。

如今，天门山增添了新的景色。东梁山腰和西梁山下，各建筑了一座钢筋混凝土结构的高压输电大塔，把强大的电流输往皖、苏、浙、沪等省市。东梁山塔高124.6米，加山高64

米，共高达178.6米。西梁山塔高125米。两塔直刺长空，真为“参差远天际，缥缈晴霞外”。若泛舟江上远望，那跨江穿云的电线，宛如门楣，两巨塔恰似门框，其全景如阔天之门户，甚是巍峨、奇特、高峻、壮美，使我感到今之天门，确实名不虚传。

大塔，是登高览胜的绝妙之处。气朗天清之时，带上望远镜，登临东梁山大塔之顶，远眺可见：东面采石矶，兀立江滨，山石嶙峋，松竹清幽，岚光缥缈，楼台亭阁，掩映其间，使我更觉玲珑俏丽。再看长江，浩荡奔腾，烟波万顷，江面帆樯栉比，船舻连云。长江两岸，绿野平畴，飞金流翠。

我环顾四方，座座山峦，犹如横空舒展之翠屏，拔地耸立之碧玉，俯瞰脚下，可见陈桥洲、曹姑洲、江心洲，如同三颗翡翠，镶嵌在玉盘银带之中。晚间，登上大塔看夜景，则别具情趣。那三块洲地，宛如三艘灯火灿烂的巨轮停泊于江心，那裕溪港和芜湖港的灯火，江面上渔火，船舶的灯火，同芜湖城区的万家灯火，连成一片，交映生辉，宛如繁星闪烁，银河落地，美不胜收。

天门山同风景奇妙的采石矶，是紧紧地联系在一起的。采石矶，与天门山隔江相望。史载，三国赤乌年间于广济寺掘井得五彩石一块，因而地名采石，又因为突入江中，故又叫采石矶，是著名的长江三矶之一。

采石矶方圆十华里，山高江阔，松苍柏古，曲径幽深，花红叶绿，处处充满着诗情画意。

采石矶，吸引着历代的骚人墨客。唐代大诗人李白《望天门山》一诗，传说是他晚年游居当涂时遨游采石矶，遥望天门山，被天门奇景所激发，挥笔写下的绝唱。不仅如此，李白的《姑孰十咏》中有一首诗是专写天门山的，其诗曰：

“迥出江上山，双峰自相对。岸映松色寒，石分浪花碎。参差远天际，缥缈晴霞外。落日舟去遥，回首沉青霭”。

李白还写下了《夜泊牛渚怀古》、《横江词》等著名诗篇。后人为了纪念他，在采石矶上修建了太白祠堂。

沿素洁淡雅的燃犀亭顺坡而上，便到了以清幽、古朴著称的蛾眉亭。在此隔江观看东西梁山，可以欣赏“两蛾横前，孤峰拥后”，“低回妩媚，意象万千”的胜景。

采石矶的右侧是“三元洞”，粉白的人工墙壁，加上怪石岩的天然山洞，别具风味！上楼临江而坐，面前是清风徐来、微波涟漪的长江水，两岸是地势险要、山石嶙峋的采石矶，左顾右盼，舒心畅怀，真有点宠辱皆忘之感。

爬上采石山顶，前望大江，浩浩荡荡；后观全镇，屋树林立。纵目远眺，蓝天白云，心胸开阔，豪情油然而生。“江山如此多娇”，诗人如此多才，这一切，难道不激励人们奋发作为吗？！

明朝大将常遇春，三打采石矶。相传诗仙在这里喝醉了酒，望着江中的明月，翻身下往，捞月而死！这些都已成为遥远的往事和美好的传说，而采石茶干，美味可口，却为游采石增兴添趣，是值得一尝的佳品。

宋代著名词人贺方回的《天门谣》一词，是他登采石矶蛾眉亭所作。南宋吏部尚书韩元吉在《霜天晓角》一词中有“倚天绝壁，直下江千尺。天际两蛾凝黛”之句，“两蛾眉”亦指天门。元代著名书画家赵孟頫曾上采石矶蛾眉亭凭吊李白，写下“天门日涌大江来，牛渚风生万壑哀”，他把采石矶和天门山，一同写进他的诗句。明代文学家王世贞《登太白楼》诗有“白云海色曙，明月天门秋”之句。陶安的《蛾眉亭记》里写道：“前望东、西梁山，夹江相对，宛如蛾眉，遂以亭名”。

可见，建于牛渚绝壁的蛾眉亭，亦是取天门山别名蛾眉山为亭名的。天门山又是一幅很妙的风景画屏，历代画家都倾心于对它的奇景的观察和描绘。明末清初，我国著名的山水画家石涛，告以取李白《望天门山》一诗的诗意，画了一幅山水画，画面上的天门山，夹江遥遥相对，江上烟波浩渺，帆船顺流而下，再现了李白原诗的意境。

天门山地势险要，素有“长江锁钥”之称，“西晋以来，历为攻守要地”。

古往今来，有多少旅行者、画家、诗人等文人学士，在这里饱览秀丽风光，摄取奇异的画面，留下精美的诗篇。郭沫若在 1964 年 5 月游历此地时，诗兴大发，调寄“水调歌头”一首，其中有“久慕燃犀渚，来上青莲楼。日照江如血，千里豁明眸”的生动描述。

天门的山天真，天门的江水无邪。美就是山和水那永恒的智慧。我站在山下江边，山水和我并存于同一方天地。我离去了，我的笑我的泪还随着那水的涟漪、那山的永恒。

（2009 年 11 月 22 日）

同里游园

我早就听说，苏州之南、太湖之尾，有个同里，闻名遐迩，是人文荟萃的水乡古镇。这里，出过93个举人、42个进士和一个状元。南宋诗人叶茵，明清著名书画家王宠、陆廉夫是同里人。到了近现代，名人雅士更是层出不穷，其中“杨柳松柏”（书法篆刻家杨天骥、著名爱国诗人柳亚子、国学大师金松岑及辛亥革命风云人物、“南社”的创始人之一的陈去病，陈去病又名陈百如，百与柏谐音）就是非常杰出的代表。况且，这里的名桥名园颇具风味。我向往已久，于初秋时节应挚友之邀得以一游。

我可以这么说，若临近的周庄是漂泊在水网上的泽国明珠，那么，同里可说是被溪流镶嵌着的滨湖碧玉。蛛网般的15条河流，穿家绕户，寻常的村落，被剪裁得别具风韵；楼阁房舍，又被水网联络得饶有情趣。家家流水，户户通舟，月夜星辰，波光云影，因此，同里的味道，编织在水乡绵长的河道里，曲折的小径，指引着它的脉络，荡漾着水波，轻叩的橹声

阵阵。小镇的历史已有千年，如今仍鲜活着大把明清的时光，紫燕飞来，乡梦依旧。

同里是一座活着的古镇，也是一座文化名镇，自然有很深的文化积淀。据说，这座江南古镇被“川”字形的15条河道所分割，形成了7个小岛，以49座桥梁沟通，所有建筑傍水而筑，别具江南水乡风貌。小桥、渔船、河水、老街、范烟桥故居、崇本堂，承载着古镇更迭的蹁跹过往，深情且浪漫。这一切，似乎我都是熟悉的，都是有感情的。

同里对我来说，是退思园的九曲桥，是穿心弄中的春雨，是金松岑的天放楼，是谢家桥埦的顾家弄，是陈旭日的字画，是同川小学里的琅琅书声，是鱼行街前的流水和渔歌……

这次，文友安排游园，我以为是游退思园，因为此园在江南园林中，也是很有名的。不料下车一看，是“静思园”。

静思园大门简朴内敛，清水砖的墙门，谁能想到里面是一百多亩的大园呢？园名原叫进思园，后由著名社会学家费孝通先生命之为“静思园”，取诸葛亮“淡泊以明志，宁静以致远”的意境。

孰知进了园，扑面而来的是一种全新的建筑理念，被九曲回廊、亭台楼阁、湖光山色、水榭石舫所吸引。园林建筑沿袭苏州的古典园林文脉，既有苏州园林的小巧别致，又有皇家园林的宏伟气派。随着曲径通幽，令人大开眼界，倍感景色如画，宁静清幽，赏心悦目。静思园紧贴庞山湖造园，20多座古建筑，散布其间；100多座古桥，搭建在园林河道之上。园之西部，清流潆绕，曲水弥漫，临流或筑九斋曲廊，或置石桥画舫，波光阁影，错落有致，别有一番情趣。四时花木丛，出于墙垣山石之间，或倚或斜，柳色烟波，山茶烂漫，形成了以水取胜的特色，把整个园林装点的生机勃发，春意盎然。

水能生色，水能成景，水能出情，有水则有灵气，处处生机蓬勃。鹤亭桥，既有扬州万般风姿，又具有黄鹤楼韵味；苏门砖雕，虽不及东山雕花楼那么精致，也自有其吴越大户人家的建筑风格，古朴典雅。历代科学家砖廊，弘扬“科学兴邦”；咏石诗廊，讴歌“人文立园”。

静思园呈东宅西园之布局，中间为园中最具特色的奇石展览区。奇石，因园主嗜石成癖，集天下奇峰异石三千有余于一园，乃亘古未有之盛举。点石成峰，叠石成山，鬼斧神工，斗奇争巧，蔚为大观。园的主人，之所以酷爱石头，也许是一种天人之合，是自然与人的境界、精神、人格的融合与凝聚吧！

园内，以灵璧石为多，这些由5亿年前火山喷发岩浆冷却后形成的奇石，是我国最为著名和难得的奇石之一。灵璧石又名磬石，产于安徽灵璧县浮磬山，是我国传统的观赏石之一，早在战国时期就已作为贡品了。灵璧石主要特征为“三奇、五怪”。三奇即色奇、声奇、质奇，五怪即瘦、透、漏、皱、丑。它漆黑如墨，也有灰色、浅灰、赭绿等色。石质坚硬素雅，色泽美观。造型有神龟、飞马腾空、虎吼、狮跃等，五光十色，千姿百态。石通灵性，抚石思古，令人神驰遐想。

这里，最让我叹为观止的要数静思园的镇园之宝“庆云

峰”了。庆云峰，高 9.1 米，宽 2.95 米，厚 2.24 米，重 136 吨，其石体之大，造型之奇，堪称独步江南，2001 年创灵璧石大世界基尼斯之最纪录。这一旷世奇石有 1600 余孔，窍穴遍布，玲珑剔透，透迤贯通，168 个过桥孔，洞洞相连，近观似万个蜂巢，远望如太湖之帆。若峰底举燧，则百窍升烟；倘峰顶注水，则千洞喷泉，自然天成，巧夺天工，可谓一石一景，一石一物，一石一天地，一石一世界，被推为静思园之标志。

面对两“思”，再静思，我忽然想起园林学家陈从周先生的名言：“造园如作文，须有主题与构思”。同里两园，可作印证。

同里以“退思园”最负盛名。园主是清朝安徽兵备道任兰生（字畹芗），于光绪年间建私人花园，当地人称之“任家花园”。不知何因，他被人弹劾而遭皇上革职，于是，回到同里后，开始筹建“退思园”，其含义为“进而尽忠，退而思过。”造这园子，他不是用来颐养天年，享受快乐的，而是为了静心反省自己在供职期间的过错。因此，这个园的构造，处处体现了他那复杂的心态。

退思园的园名，与苏州的拙政园、半园，有异曲同工之妙，都是官人所筑，都生了厌烦之心，都想寄情于山水，都将一种文人的心情融入园林之中，丝丝缕缕，更是精雕细刻。

虽有人作，宛如天开。我走进退思园，只见其虽具备了江南私家园林构造的所有元素，但整个占地面积并不大，只有九

亩八分地。建筑结构分为东西两个部分，西部为厅堂住宅，建有轿厅，花厅；过了备弄即为住宅，有十楼十底走马楼，以及下房五间。院落深深，自西向东，重重排列，而花园藏于东侧尽头。两部之间有方洞门相通，门洞上有两块砖刻，书有“得闲小筑”和“云烟锁钥”。洞门外，一个亭子临水而立，称作“水香榭”，专供游人观赏池内游鱼和荷花。出“水香榭”，往北即是回廊，壁上嵌有清朝书画家恽南田的石刻。西北角上镶嵌有一花瓶门，进门左转弯有一小楼，称“览胜阁”，接着向东走去，入四面厅，即到全园的中心——“退思草堂”，此处可以环顾四周美丽的景色。

过了草堂往东，有一琴房，可以想象到，当时的琴声轻扬，柳枝拂面，这里自有着无限的诗情画意。旁边另有三曲石桥，桥上架有紫藤棚。过桥设有假山，过山洞曲折盘旋而上，进入“眠云亭”。此亭居高而筑，由亭下山，左手转弯处见有一小轩，名“菰雨生凉”；出得小轩，绕假山拾级而上，只见对面有“辛台”，中间架有天桥，在桥上轻轻漫步，眼前会豁然开朗，让我为亲近这座美丽精致的园而暗叹不虚此行。

退思园不大，规格也并不太高，没有苏州名园那么繁复精致，也没有上海豫园那样华贵富丽，仅一地一园而已，但园小而巧，亦清雅而有韵致。亭台楼阁，曲桥假山，花木水石，书画雕刻，是按春夏秋冬四季和琴棋书画四艺，穿插布景，巧妙结合而成，给我一种时空变化无穷，而又浑然天成的美感。倘能居于其间，艺于其间，身心融于其间，细品慢玩，又当有无

穷诗意。观于此，我不得不叹服画家兼园艺家袁龙的情操之高雅、技艺之精湛！

这园子的一石一瓦，各种精心布局，处处都是畹芗先生心情、心绪、哲思的具象化，无处不体现了他那复杂的心态。但这座他也许没有特别看重的“退思园”，却成为中国乃至世界园林史上的精彩一笔。

然后，退而思之，我觉得园名有点题不对“文”。据说，“退思”取自《左传》中的“进思尽忠，退思补过”之意。这就有点不可思议了：如此风光旖旎的小园，是思过、补过之境吗？畹芗先生是官场不得意而退居乡里，筑园自乐，园中何有补过之踪迹？看来，“退思”之名，掩人耳目。畹芗先生避祸之意是不难理解的，只是藏富于江南四大米市场之一的同里，有这个必要吗？要知道，这里是尚富尚贵的一片富土啊！不过，当我了解了同里的历史，也就不觉得奇怪了。畹芗先生也许只是避祸隐福而已，尚思退而再任。闲居退思园两年多，因西北不安定，左宗棠谏议重新起用任兰生。慈禧诏其出山，任兰生受宠若惊，领兵出征，“进思尽忠”，卒于任上，总算成其夙愿，殊获哀荣。退思园，就此成为近代最后一座堪称艺术精品的官僚私人花园。

而今静思园，则是当代中国最大的一家私人园林，始建于1993年，历时十年建成，2003年对社会开放。静思园，诵读《园记》，可知园主陈金根造园的宗旨：“富而思文，静以致远。”园名充分体现其厚实的文化底蕴、宁静致远的人生境界，富而思静、自强不息的精神风貌。“盛世修园，乱世毁园”，园主陈金根一语中的，概括了园林史规律，阅尽了人间沧桑。

（2006 年 5 月 21 日）

虎跑往事

杭州，是我国历史上的八大古都之一，也是一座有着悠久历史和文化的古城。这里，山水秀丽，风景如画，威尼斯商人马可·波罗盛赞杭州是“世界上最美丽华贵”的“天城”，“上有天堂，下有苏杭”，使杭州成为著名的旅游城市。我每次到杭州时，总喜欢去虎跑的。

虎跑，位于西湖西南的白鹤峰下，原为大定慧寺和它的寺庙园林。在此有虎跑寺、虎跑泉、定慧寺、滴翠轩、弘一法师塔和济公塔院等，林木葱郁，小径迂回，环境清幽。那花坛、山石、方池的布置，都富有诗情画意。泉水自山岩淙淙流出，清冽醇厚，如白璧泻玉，旱而不涸，涝而不浊，无论冬夏，四季不绝。炎夏时节，置身这清凉的泉旁，看着明澈的清泉，听着潺潺的泉声，便觉溽夏渐消，遍体生凉。泉后，滴翠崖畔塑有巨虎，瞧神态，是那样虎虎有生气地刚从洞中出来，脚下还有一潭滴翠的泉水。

面对着清幽的山峦，逼真的虎塑，天然的山泉，不禁使我想起了虎跑泉的来历。

相传，唐代元和年间（公元 806 年至 820 年），有个叫释性空的高僧来到杭州，发现这儿风景灵秀，便想在此建造寺院住下，却又苦于周围没有水源，饮水十分困难，他准备迁走。后来，梦见神人告诉他："南岳有个童子泉，当遣二虎迁来。"第二天，果然出现二虎"跑地作穴"，刨土成潭，把泉水"跑"了出来，于是，泉水就以"虎跑"命名。从此，释性空就在这里定居了下来，虎跑泉因而得名，虎跑寺也就成了名山古刹。

这个传说，究竟是否真实呢？自然是不必过问的。民间传说跟神话一样，是现实生活在人们的头脑中引起的一种想象的反映。其实，今天我们有谁会信"跑地作穴"的神话呢？

现代地理学家已经揭开了虎跑泉形成之谜。虎跑位于沟谷之间，周围和它北面的一些大山岭的岩层，是由向东南倾斜的砂岩组成的。这类砂岩的砂子颗粒被紧密胶结，透水性很差。可是，虎跑一带的砂岩有较多的与层面平行的、近乎垂直和斜交的三种节理，给砂岩造成了许多裂隙，透水性就大为增加。地处这倾斜的砂岩层下方的虎跑泉，也就能够承受大量顺着节理、裂隙向下渗流的地下水。再加上这些山岭草木茂密，使降落到山坡上的雨水，不会迅速沿着地表流失，能够逐渐渗透成地下水，源源不断地供给虎跑泉以水源，所以，虎跑泉大旱不涸，水量充沛。

在地理学上，把虎跑那样从砂岩裂隙里溢流出的泉水，称为裂隙泉，它与由石灰岩的岩溶泉龙井、从松散的沉积岩的孔

隙中冒出来的孔隙泉玉泉，成为杭州三种不同类型的名泉。

据说，虎跑泉的水质，仅次于镇江金山寺的冷泉、无锡惠山二泉，有“天下第三泉”之称，堪誉为“双绝”的“龙井茶叶虎跑水”，更成了游杭州不可错过的饮品而驰名中外。

虎跑四周，群峰环峙，山峦层叠，岩泉淙淙，碧竹茵茵。虎跑寺中轴线布局，入山门后，过水池小桥，向右上石级，迎面有“虎跑泉”三字照壁，然后再向左转，便到天王殿、大雄宝殿，如今这里已改为茶室。殿后有长方形水池，池后便是悬崖了。

定慧寺在虎跑寺之北，从大雄宝殿向北，这里有五百罗汉堂，其东是院子，院子对面是钟楼。罗汉堂前的院子中有“虎跑泉”方池，泉水清冽，以其表面张力，可将角币浮出水面。院北有桂花厅，厅西有“虎穴”；厅东有滴翠轩。再往东就是定慧寺天王殿，现已改为商店。殿北是大雄宝殿，已改为餐馆了。

前年秋天，我又去了虎跑。在茶室里，我品尝着泉水泡的龙井茶，确有一番别样的享受。龙井茶叶已有1200多年的历史。相传北宋有一位辩才和尚，隐居于此，开山种茶，种出茶叶色香味俱佳，遂以“龙井”冠名。从此龙井茶声名鹊起，引得文人雅士慕名而来。杭州知府苏东坡等名士前来品茗、论诗、挥毫等，今存摹刻的“老龙井”就是苏轼的手迹。那位“风流皇帝”乾隆爷多次来龙井“附庸风雅”，题词盛赞龙井茶叶，还在十八棵茶树上，亲自采下些茶叶，夹在书里带回皇宫，让皇太后观赏，显示孝心一片。元代诗人虞集在游龙井时，曾写诗盛赞龙井名茶：“烹煎黄金芽，不取谷雨后，同来二三子，三咽不忍漱。”茶叶绿中呈黄，甘香清冽，味醇爽口。

他们对我说，龙井茶如果不用沸水冲泡，它就会上蹿，忽悠悠全跑到水面上，舒展开它的一旗一枪，探出雀舌般的蕊，仿佛争宠，久久不肯下沉，让人一时无处啜取，急切中等得煞是不耐。如果沸水冲泡，它同样会先上后下，氽起再飘落，但过程会提速很多，虽然方便了饮用，却有一股熟泡气，透着世故的混沌，影响了茶汤的口感。在茶室里，是先在玻璃杯中，冲入开水后，再往杯中放入龙井茶时，顿时一股清高的香气向我袭来，那杯中的情景也让我叹为观止。刚开始，嫩嫩的茶芽一一朝上竖着，叶柄下垂而悬浮于水面，排列整齐，如士兵列阵，轻轻一摇，忽升忽降，交替伸展，如舞者舒袖。色绿、香郁、味醇、形美，这就成了龙井的四绝。

龙井茶叶名闻四海，还因为有名泉虎跑相伴。清冽醇厚的泉水，香气袭人，甘美无比，若盛满一杯，放入镍币数枚，泉水高出杯面二三毫米而不外溢，为西湖奇观之一，因此，到这里来品茗的人很多。大家慢慢地品尝着，甘美的泉水，碧绿的芽茶，呷一口，香醇好喝，津津有味。通过虎跑传说的追溯，领悟到这些优美的西湖民间故事，将长久的与湖光山色相辉映，为西湖风景增添着诗情画意。此刻，我也略微领会到古代茶圣卢全、陆羽他们的乐趣和精神享受的丰厚。

偶尔，空中隐约出现了一二声虎啸，那是从虎跑泉东面的

动物园传来的。这座在西湖南山群中，虎跑附近所建的动物园，与西湖北山中玉泉周围的植物园相对称，在城市规划上是很具匠心的。更让我称道的是，虎跑名副其实地有了虎。

那么，虎跑在历史上是否真有过虎呢？据文献记载，虎跑、龙井、九溪十八涧一带，在整个西湖风景中是开辟得比较晚的。直到五代时，“九溪十八涧”还很偏僻，常有虎豹出没其间。白居易、苏轼在杭州为官时，虽都到过虎跑，但从唐代到北宋，虎跑还是人迹罕至之处，到了南宋才辟为风景点。那时候，虎跑有虎，我觉得是极为有可能的了。

虎跑到了近代，又增添了文化内涵，这就是近代著名文人李叔同（1880—1942）。他后来就在虎跑寺出家修行，法名弘一。他重整律宗，为佛教理论做出了很大的贡献，如今这里仍保留着他的故居。

喝着虎跑水泡的龙井茶，感觉自己和石阶，和天色，和院子里的桂花树一样，萧疏和清癯。这时才发现，这院子连着弘一法师的纪念室。七十年前，李叔同就在这里走出红尘。出走之前，他是否也泡过一壶龙井茶呢？茶是人泡的，泡好了的茶，叫人体谅清苦。法师是自己认定去做的，做了法师，到死脱不了悲欣交集。弘一的字，大家都说静如止水，我每次看见，总想哭出来。虎跑的水太多，总让虎跑飘着雨，飘着泪。杯中的龙井，总被这水，这雨，这泪，泡出清苦来。

“长亭外，古道边，芳草碧连天。晚风吹拂笛声残，夕阳山外山。天之涯，地之角，知交半零落。一壶浊酒尽余欢，今宵别梦寒。”一曲哀婉的《送别》，听了令人潸然泪下。每当我来到虎跑，来到李叔同故居，不免生此联想，感人至深。

李叔同故居，楼下三间分别为他的卧室、书房和诵经室，楼上作为李叔同研究会办公用房。李叔同早年在杭州两级师范任教。民国初年，这里是江浙一带新文化的中心，在此先后有鲁迅、沈钧儒、朱自清、夏丏尊、陈望道、李次九、刘大白等好多著名人物来这里任教。

此时，一缕夕阳，把庭院照得金光闪闪，犹如碎金铺地，一片辉煌。回头看，路是金色的，树是金色的，草是金色的，长廊、白墙、黛瓦，也是金色的，好一派金碧辉煌的景色。在金色的夕阳下，不知名的鸣虫争相吟唱，一阵阵在耳边回荡，恰似小合唱，让我倍觉愉悦和惬意；一次次从身边飘去，犹如赛歌台，使人欢畅又欢乐。

“夕阳无限好，只是近黄昏”。夜幕开始悄悄降临了。忽然，我记起了《牡丹亭》中的一句词“不入园林，怎知春色如许？”看园、听风、思景、悟道，忽然，一阵清风拂面，让我记起了苏东坡的一句诗“与谁同坐？清风、明月、我”。今晚的我，与谁同游？可不，清风、明月、我。这些也像龙井茶叶虎跑水似的，沁人心脾，让我心中充满了热爱大自然的情感。

（2001年5月12日杭州屏风山疗养院）

豫园有史足千秋

“玲珑玉垒千钧重，曲折楼台万姓游。坐使湖光增彩色，豫园有史足千秋。”这是时任中国科学院院长郭沫若游览豫园时，即兴挥毫赋就的诗。

上海豫园，建成于明代万历五年（公元 1577 年），具有明清两代南方建筑艺术的风格，是我国著名的园林之一，原由明代四川布政史、上海人潘允端，为了供奉他的父亲——明嘉靖年间的尚书潘恩而建造的，取“豫悦老亲”之意，故名“豫园”。布局精巧，景致凝练，曲折迷离，异石奇秀，烟云竹树相映而妍丽多姿，楼亭山水互映而清旷多奇，神韵跌宕于雕梁画栋之间，风骚迥异于岩壁沟涧之处，可谓是园中有园，景外套景，前后呼应，虚实互映。距今虽有 400 多年的历史了，但浓浓的文化元素，洋溢着中华民族盛世之年的浓浓气息。

从豫园商场向北，穿过荷花池上面的湖心亭和九曲桥，便是豫园的北大门。我进入大门，湫狭弗称，迎面看到的就是飞檐画栋、结构精美的三穗堂。三穗堂大厅高达 6 米多，为豫园

中最高、最大的厅堂。雕刻在窗格上的花纹，有稻穗、黍稷、麦苗和瓜果，具有浓郁的江南乡村的韵味。

穿过三穗堂便是仰山堂，是一座水阁式的建筑，上面一层叫作卷雨楼。我细细揣摩，发觉此楼觚棱凹凸，戗脊参差，建筑精致，气象恢宏，结构严谨，古色古香。卷雨楼得名于唐代诗人王勃“珠帘暮卷西山雨”的诗句。每当细雨蒙蒙，登临此楼，水光接天，湖光山色，在雨中若隐若现，极富诗情画意。仰山堂之名，是因为站在这里可纵观园内的大假山，故名为仰山堂。

由仰山堂向北，我眼前的境界豁然开朗，竹坞花栏，风亭月廊，山光水色，精神为之一爽，心胸为之澄澈。涉过溪涧，攀上蹬道，可登山顶的望江亭。站在此亭上，当年可以望见那江水滚滚东去的黄浦江。三穗堂的右首，穿过一条长廊，入口处有一对铁狮子，还是元代之物。进入花墙门，穿过石洞，就到了大假山前了。

大假山呈古锈色。山，并不高，但因具体而微，一样有苍苔翠柏，深邃的洞壑和嵯峨的怪石，看上去倒也显得嶂峦重叠，气势恢宏。据说，这山是用2000多吨武康石砌成。山上花木丛生，山下湖水漪澜。大假山的堆砌艺术，在当时堪称江南第一，至今，仍不愧为江南一带的假山之魁。

大假山背后，可谓荟萃齐聚：有萃秀堂、鱼乐榭、万花楼、亦舫、藏宝楼、快楼、打唱台、听鹂亭、两宜轩及古井亭等明清两代的建筑，是园内景色最为秀美的地方。萃秀堂前有

一泓池水，其水与大假山下的湖水相通，其间一小溪，水流清澈，婉转曲折，经过花廊、水榭、月洞门，变幻无穷，层层入胜。小溪旁的鱼乐榭上，我凭栏观赏隔水花墙，其景色迷人，诗情画意。

在大假山东侧与鱼乐榭相接处，有条“渐入佳境”的游廊。游廊粉墙上，嵌有“溪山清赏”和“峰回路转”的石刻。中间有一方形小轩，与小轩连接处是一条复廊，曲折回绕，中隔漏窗，楼台掩映，情趣盎然。

穿画廊，绕水榭，过龙墙，我离开大假山再向东行，就是小刀会的遗址——著名的点春堂。点春堂共分五个大厅，是豫园里旧式园林的中心建筑。它以宏丽奇秀而别具一格，整个厅堂，栋梁镂金错彩，其上悬挂着15盏玻璃宫灯，煞是好看。1853年，上海小刀会起义军在点春堂设立了指挥所，发出了反抗帝国主义的号令。

当时，有首民歌道：“东校场，西校场，兵强马又壮，欲投小刀会，来到点春堂。”但由于敌我力量悬殊太大，小刀会只坚持了两年，就失败了。今天，在点春堂里，还陈设着当年起义军使用过的武器、自制的货币和颁发的文告等历史文物，堂内，还陈设着晚清著名画家任伯年为点春堂画的巨幅国画——《观剑阁》，以及郭沫若先生于1961年瞻仰点春堂时作的诗。

离开点春堂，我穿过和煦堂，便到了玉华堂游览区。这里，最吸引我的是天然石峰玉玲珑。

玉玲珑，据潘允端《豫园记》载：“得堂曰‘玉华’，前临奇石，曰‘玉玲珑’……因以堂名。”这块发现于隋唐时期的太湖石，形成于300万年之前。它高约10米，宽2米，重达万多斤，却又古朴幽雅，姿态瑰丽，玲珑秀巧，剔透多孔。据说石体中有72孔，清代有文人记载：“尝以一炉香置石底，孔孔烟出。以一盂水灌石顶，孔孔泉流。玉玲珑之名，甚为奇观，实非虚誉。”这常为观者叹绝。今人试之未然，这也许是夸大了的描述。潘允端又称：此石“相传为宣和漏网”之物。明代著名文学家王世贞在《豫园记》中认为：它与昆山龙头石“皆隋唐之物也，不知何以得免宣和网。”

900多年前，宋徽宗大肆搜罗天下奇石，运往开封兴建“寿山艮岳”名苑。有的在中途流散，为私人所得。相传，玉玲珑就是那时的漏网遗物。

当年，在修建豫园时，费了许多周折，把这块奇石从浦东三林塘南园迁来。据《胡氏杂抄》所转载上海人王孟洮（字玖浦）所撰《记玉玲珑石》一文中称：玉玲珑石，为浦东三林庄南园之旧物。南园为储昱的别墅，原名“储园”，又名“芋西园”，因位于芋泾南岸，故称“南园”。该石最为储昱喜爱，特别当他晚年归居林下后，更是与它形影不离，“常摩挲此石以自娱”。

储昱字丽中，北宋大诗人储泳的六世孙，从周浦迁居三林芋泾后，又字芋西，明正德十二年进士及第，出任过庶吉士、礼部给事中，后改任江西右参议。储昱之女后嫁于潘允亮，住

上海县城。储昱故世后，潘允亮就将此石遗置到豫园中去。

在搬迁中一波三折：三林塘与上海县城虽相距只有十余里，但中间隔着黄浦江和南门外的陆家浜，搬运不便又费时费力。后渡江时，突然狂风大作，船翻，石落江中。潘允亮不得不请人潜水寻找打捞，可奇怪的是，在江底又发现了另一块石头靠近此石旁。于是，打捞的人将两块石头分别拉出了水面。众人一看都惊呆了：天下竟有这样的巧事，此石竟是玉玲珑石的座石。船过黄浦江进入陆家浜内河码头泊停后，又因离城门太远，就拆城墙另劈一门而入。可见，人们是如何的看重这块巨石。

玉玲珑，雅趣逸情，姿态婀娜，具有“嵌、漏、绉、瘦、透”的特征，像朵青黝云彩出现于园景之中，堪称天工奇石，是园林山石之上品，成了今日豫园的“镇园之宝”。

豫园，始建于明嘉靖三十八年（公元1559年），占地七十多亩，包括现在的豫园商场。清乾隆时，园售给邑庙，成为公产。康熙年间，已建有东园，即今之内园，便将豫园称之为西园，屡遭兵燹，“池石受殃，湖山尽废”，几经修建，东西园逐统一起来。著名的“补白大王”、我在陕北中学（今晋元中学）读书时的老校长郑逸梅先生，在《豫园话旧》中说：

“我在园铁庵主人家里，阅读过乾嘉时期名人所绘的一幅豫园求雨图，园占地很广，湖心亭、九曲桥等都圈在园内。两旁树木葱郁成行，饶清旷邈远之致，和目前的景色不同。”

鸦片战争爆发后到清末和国民党统治期间，豫园历经沧

桑，旧有景点多数被湮没。1956年，上海市人民政府拨了专款，历时五年，修缮并扩建了豫园，使这座江南园林得以重放异彩。如今，豫园成为接待国内外游客的旅游场所。凡旅游上海，倘若足迹不涉豫园，我想：那就是莫大的遗憾了。

已是黄昏，在这人文精神和自然风韵交相融合的豫园之顶，历史感悟和当代情怀，也在我的胸臆相互渗透。我往下望去，近处毗连的庙宇，沉浸在一片黛色的静穆中。远处，黄浦江像一条黛色的玉带，缓缓向东流去。蓦然，林立的高楼大厦上，灯火亮起，一时间，霓虹闪烁，五色焕然，路灯也把柏油马路照得雪亮，汽车灯光汩汩流淌。那是条条金色江河，它们沟通连接起这座玲珑的历史文化名苑，仿佛正把它向更广阔的远方飘送……

（1994年10月29日）

狼山掠影

船驶出吴淞口，溯江而上，不一会，枕卧于长江北岸的五座巍巍苍山，映入了我的眼帘，隐隐约约现出婆娑塔影，云蒸霞蔚，很有气派，其中以号称为“江海第一山”的狼山最负盛名。船上的人指点它那巨伏的英姿，告诉我说，这就是南通的狼山。据传，狼山自南北朝起，从海面上浮现，一直矗立于万里长江奔腾而下的波涛之中。唐代高僧鉴真东渡日本时，曾在此避风停留。直到北宋即公元1000年至1200年间，狼山才和南通陆地连在一起了。起伏的山体，千万年来任凭风吹雨打、浪击涛涌仍泰然处之，是由于它山脚和山腰有坚硬无比的“茅山砂石”，因其多呈紫红色，故有“紫琅”山之美名。

第二天，风和日丽，我乘上了开往狼山的专车。沿途，新建的工厂、村舍接连不断，点缀在绿油油的麦苗和菜花中。特别是菜田里，盛开的油菜花，一片片，金灿灿的，似一张张地毯铺在大地上。我仿佛进入了金黄色的海洋，涌动着金色的波涛，跳跃着金色的浪花，心灵在这金色的海洋里荡漾开来，感受着春天的气息……

南通本叫通州，后因京杭大运河的北端，也有一个通州，为了避免混淆，遂改为南通。南通市区到狼山的路程，只有18华里，可能由于向往心切，我总觉得车子开得太慢，不时地询问：“狼山还有多远？”

“快了，前面就是曹公祠了！”

这时，我想起友人曾向我介绍过曹公祠的来历。曹公，叫曹顶，南通余西人，盐民出身，是有名的抗击倭寇的民族英雄。据史书记载，在明嘉靖三十六年（公元1557年），曹顶在南通一次抗倭战斗中，壮烈牺牲了。人们为了纪念他，在埋倭寇的坟壕附近，修建了曹公祠。祠堂前还树立了曹顶骑马杀敌的塑像，其势英勇威武，锐不可当。游人到此，莫不肃然起敬，子孙后代不忘曹公的战功。在狼山的南麓，有“平倭碑”，详细地记载了南通人民抗击外来侵略的英雄业绩。

应接不暇的春景，描绘着狼山的秀，而神秘莫测的传说和接踵而至的香客，则传递着狼山的神了。狼山还有一个美丽的传说，在很早以前，山上有一条千年的狼精，为害四方。一天，来了一个老僧，对狼说，我想借你一块地方。狼问要借多大？老僧说，够放一件袈裟就行。狼心想，嗨，闹了半天才巴掌大一块地，就满口答应。老和尚一作法，袈裟鼓胀起来，将一座山都罩住了。狼大惊失色，方知来了菩萨，赶紧伏倒在地，情愿让出此山，从此改恶从善。不过它有一个小小的请求，希望能以它的名字命名这座山，作个纪念。老僧应允，这

是狼山的来由，也是说以前曾有白狼出没因而得名。

的确，狼山不高，海拔只有106.94米，却有中国佛教“八小名山”之称；狼山无狼，却充满了神话传说，风情万种。依江而立的狼山，就以这样独特的风姿，让国内外游客慕名而至，焚香祈福。

狼山，因这一带全是平原，乍有这么一座突起的山峰，似乎显得有点高，不仅高，而且还有点险。不信，你看看这一带地势，狼山与南岸的福山相对峙，向有“襟江负海”之说，是由海入江的第一道大门。自古以来，被人们称为“江海咽喉，崇川唇齿”，或峻峭，或妩媚，有历史，有故事，也是历代兵家必争之地。

说起来很巧，在山下遇见一位年近七旬的老人，他对狼山的情况甚为熟悉，愿和我一起到山上去转转。起初，我倒是有点担心，怕老人爬山受不了，他笑了：

“这山我经常上，有时一天上下好几次呢！”

有这么一位“狼山通”来当我的向导，真是天助我也。于是，我们拾级上山，沿着弯弯曲曲的山路，走走看看，边走边谈。老人一直走在我的前头，倒也颇感轻松，毫无吃力之感。

来到半山腰，环视狼山风貌，蓝天白云，鲜花满地，绿水潺潺。我放眼望去，满山净是看不完的春光美景。随着纷至沓来的游客脚步，我进入广教禅寺，层层叠叠的寺庙院落，一直延伸到山尖，烟雾缭绕，连绵不绝。几只以山为家的鸟儿，在春花烂漫的树尖，轻盈而舞，让我不由得放慢脚步，不忍打扰这春天里的精灵。那些参天的大树，已在我们脚下，滔滔的江水，在狼山脚下而过。老人不紧不慢地对我说，古人曾经在这里留下一副对联，上联是“行来木末犹平地”，下联是“未到峰头已半天”。老人接着说：

“你看，我们是不是走在树尖上？我们还没有攀上顶峰，人已到了半天云里了！”

我细细琢磨，觉得是颇有意思的。

“欲穷千里目，更上一层楼”。我们一鼓作气，登上山顶。这时，我已汗流浃背，气喘吁吁了。

如果说，狼山是小家碧玉般的秀美，那么登上山顶向南张望，我看到的则是大家闺秀般的壮阔。狼山脚下，浩瀚的长江如巨龙舞动，滚滚东去，烟波浩渺之中，帆影点点，汽笛长鸣。站在这里，看着脚下连绵不绝的长江水，我想，长江的流程也像人的一生，在起始阶段总是充满着奇瑰和险峻，到了晚年，怎么也得走向缓和实在。我再左右巡视一番，东侧有军山、剑山，西侧有黄泥山、马鞍山，呈月牙形排列在大江之畔；向南极目，有望不到对岸的波涛汹涌的大江；向北俯视，有一望无垠的绿茵般的平畴。面对这凭江临海、壮观开阔的境界，若爬上支云塔的最高处观长江，天水一色，风光绚丽，堪称江山胜览。因为此境确胜，自古以来引来不少名人雅士登临吟咏，壮怀激越，情趣万千，多少诗人画家留下生动的墨笔，讴歌描绘这山山水水的灵气神韵？

我俯首下望，只见狼山的脚下，人山人海，红旗如林。我以为是围堤造田，老人笑了，“那是在建码头，建造深水位码头！”老人告诉我说，“不久将有万吨级海洋巨轮在这里停泊，再修建一条铁路把南通和上海、南京连起来，到了那个时候，南通可不是现在这个样子，又要大变特变了。”

狼山的建筑重重叠叠，非常别致，既有民族特色，琉璃飞檐；又有地方风格，楼台亭榭。山上的支云塔，据考建于宋代。我穿过翠景楼，走过题名坡。这时，老人指着那些残缺不全的碑刻非常气愤地说：“不知有多少有价值的碑刻，在动乱岁月被破坏了，太可惜了！”他又对我说：“山上最有名的碑刻要数五代碑刻，现已列为省级文物保护单位了。”

狼山的闻名，还因有着1300多年的古刹——广教寺，这是国务院在汉族地区确定的重点寺院，还是传说中的大势至菩萨的道场，特别是狼山菩萨的灵验和“照远不照近”的说法，更是让苏浙沪一带的香客脚步撵着脚步地涌向狼山。当我看见满山的梵宫寺院，跪满一地的善男信女，无论言不言佛，此刻会成为一个虔诚的信徒。寺内法乳堂、藏金楼、幻公塔、平倭碑，周围香烟缭绕，游客络绎不绝。

狼山虽谈不上是名山峻岭，但自古以来激发起文人墨客的壮志。山下东麓有唐代诗人骆宾王墓，曾在动乱中被铲平。墓碑尽管可以砸掉，但史书中记载的文字，却是抹不去的。据《通州志》记载：骆宾王的墓原葬在城东黄泥口。清乾隆十三年，有人在黄泥口，发现了一堆黄土，半浸中，掘地得“唐骆”二字，“唐”字没有损坏，“骆”字下半截没有了。为了纪念这位历史人物，将“唐骆宾王墓”移葬狼山。

骆宾王是初唐文坛四杰之一，能诗善文，他当过武功、长安两地的主簿，后升迁为侍御史，武则天时出任临海县丞，不得志而弃官。至今儿童会唱的“鹅，鹅，鹅，曲项向天歌，白毛浮绿水，红掌拨清波”，就是他七岁时的作品。他的成名作是歌行体长诗《帝京篇》。光宅元年（684），徐敬业扬州起兵讨伐武后，骆宾王追随，任艺文令，掌管机要文书，并写了气势磅礴、连被声讨的武则天都惊叹的《讨武曌檄》，以此号召天下。不久“敬业败，宾王亡命”，不知去向，一说被杀，一说流落到了通州。半个世纪前，朝鲜爱国诗人金沧江流寓我国江南，寿终南通，也葬在骆宾王墓的上坡。于是，一中一外、一古一今的两位诗人，死后竟有幸成为“芳邻”，这一直为后人传为佳话。

另外，清末状元张謇墓也在狼山。他办实业，把狼山脚下搞成了一块充满近代气息的绿洲。他对狼山的期望，可从狼山山顶一副石刻对联来解读：

登高一呼，山鸣谷应；举目四顾，海阔天空。

狼山被郁郁葱葱的树木覆盖，空气清新，环境静谧，略显出几分神秘。我们穿越狼山隧道直达后山，鹅卵碎石铺地，两旁小溪流水潺潺，竹叶随风轻摇，股股清气，拂面而来，顿时，驱走了久住城市的喧嚣，不由得连做深呼吸。不远处一匹“白狼”，昂首而立，这便是传说中的白狼，我在此拍照留念。

当我辞别老人，结束狼山之行时，太阳已经西斜。狼山的一草一木，倍感可爱；老人那淳朴的情谊，给我留下了极为难忘的印象。

水，永远是一篇诗笺，它透出文化的灵气和智慧。南通的濠河是古城河，古老而美丽的濠河，犹如母亲的双臂，静静地环抱着南通城。夜晚，滨江花园美丽多姿，大街小巷灯火辉煌，而坐船在濠河风景区浏览两岸绚丽景色，颇有悠悠荡漾在袖珍美的浪漫之中。游山玩水，逛街购物，短短两天，我带回了当地别有风味的香脆饼、乳腐、萝卜皮、麻酱、桂花云片糕等土特产，也带回了对南通美好的记忆。

（1998 年 4 月 6 日于南通市川港镇川西村）

秋到永安溪

巍巍括苍山，潺潺永安溪，七千年历史积淀成一个非凡的名字——仙居。此地钟灵毓秀，人文荟萃。下汤的新石器文化、全国八大奇文之一的蝌蚪文、全国最大摩崖石刻大“佛”字等，无不闪现出古代文明璀璨奇异的光华。

“秋风起兮白云飞，草木黄落兮雁南归”。秋天的仙居和它的名字一样，是个美丽而宁静的地方，那里有秀丽的景色、鲜美的食物、好客的人家，橘红滚圆的柿子挂在树上，硕大的梨果结满枝头，雪白的棉花像云海，黄色的玉米金灿灿，鲜红的辣椒一串串，青青的红枣缀满树，和煦的阳光，柔柔的清风，满山层林尽染。

沐浴在秋天怡人的阳光下，游览仙居的曼妙风光，登高望远，观赏红叶，尽兴采摘，垂钓烧烤，体验农家乐趣……使我感到：江南好山水，精华在仙居。仙居之美，在于山水之灵性。山青、水秀、谷幽、岩奇……仙居的美丽淳朴，令我心驰神往。

（一）

仙居，这个历史悠久的千年古邑，位于浙江东南，原名乐安、永安。北宋景德四年（1007 年），宋真宗赵恒以其："洞天名山，屏蔽周围，而多神仙之宅"，诏改仙居。仙居风光，旖旎中兼有飘逸，故游者戏曰"此乃神仙居住之地"。

仙居境内，山川秀丽，风光迷人，山静水幽，奇峰异洞，古木修竹。"八景十六洞二十七岩"，名闻遐迩，有西罨、景星、淡竹林、公盂、十三都五大景区范围内的风景名胜区，集"奇、险、清、幽"于一体，汇"峰、瀑、溪、林"于一地。神仙居处处成景，一崖一洞、一石一峰，都能自成一格，处处蕴含灵气。南宋朱熹两次莅临仙居，惊叹："地气尽垂于此矣！"秀丽的自然风光，深厚的文化底蕴，淳朴的风俗民情，总是引人一去再去，而每一次去，味道都不同。我这次去，找到了一个属于自己的秋天的童话。

每一座山峰，每一处崖壁，都会有一个奇妙的答案，印入了我的脑海，把我的思绪引向远古的时代。在中国的神话故事中，总是离不开女娲补天的传说。这位人类的祖先在开天辟地的巨大工程中，把多出来的碎石丢在这片土地上，造就了这里的千峰回翠的清幽奇境，惹出一个个羽迹仙踪，找来造化自然的传奇色彩，擎天柱、仙人笔、狮子峰、飞天瀑、羞女峰……都是女娲留下的神话传说。

神仙居周围青山碧黛，松柏常青，龙潭飞瀑在奇峰云雾间，奇峰幽谷环列于袅袅雾霭之中，置身其景，大有飘飘欲仙之感。将军岩，是一处颇具魅力的巨型头像石雕。这一巨石，不需要刻意想象，炯炯有神的眼睛、高挺的鼻子、微微张开的嘴巴……大将军形神兼备。

有趣的是，在将军岩的对面，一块造型如惟妙惟肖“美人”般的巨石，曼妙而卧，只见美人头戴花环，非常安详地睡着，她的头、颈、胸，放在胸前的纤手以及微微拱起的膝盖，甚至眼睫毛、鼻子都依稀可见，无不显示女子的柔美与恬静，令我对大自然的鬼斧神工，赞叹不已。

我抬头看看这一对石情侣，真是英雄恋美人！将军和神仙一样难过美人关！再回头看身边一对对老年夫妇，我会心地笑了；石情侣只能两眼欲穿遥遥无期地相望，而那一对对老年夫妇却能相携一生，岂不是美煞神仙？

形态各异的奇峰异石，如丝如雾的高山飞瀑，雨后初霁的云蒸霞蔚……在凡人的想象中，这样的地方就是神仙居住的地方。景区上游，瀑布群和龙潭群，仅 500 米范围内就拥有连续十一级飞瀑和形态各异的深潭，实为国内罕见的奇观。大自然赋予神仙居的奇峰、奇山、奇石、奇崖，不时让穿行在景区中的我，驻足不前，叹为观止。

神仙居里的鸳鸯景，究竟有多少？我真想再去探奇寻幽这人间仙境中天地阴阳、对立统一的自然造化………

（二）

“小小竹排江中游，巍巍青山两岸走。”一到码头，呈现在我眼前的是长廊飞檐、红柱青石、卵石墙前的候漂厅，让我仿佛进入了画中。驾着仙居人土制的无动力的工艺竹筏，利用船桨掌握好方向，在时而湍急时而平缓的水流中，顺流而下，迎面而来的是一种期待——期待刺激！期待惊险！期待与自然搏斗！期待“有惊无险”后的轻松！在忙碌的都市生活中，我一直在寻找的就是这样的一种激动、一种区别于平凡生活的独特感受。因为远离城市的繁华和喧嚣，碧水、蓝天、青山，能让我品味到似水柔情般的逍遥温馨。

永安溪是仙居的母亲河，如一道晶莹的白练，蜿蜒穿越仙居全境。在永安溪 7.68 公里漂流河段的行程里，竹筏缓缓飘行，我倾听着清风敲打翠竹的天籁之音，点数着跌落山岩的青松，任水中的游鱼衔走平和而甜蜜的思绪……忽地，前面出现了一个巨大的漩涡，我不免有些紧张起来。驾筏的姑娘朝我们微微一笑说，不打紧的，那是水中开的一朵花，是花，还怕什么？到时候，我们两支竹篙只要轻轻地把花瓣拽住，你们就没有事了。果然有趣，筏至漩涡处，两个姑娘的竹篙一个快点，筏便箭一般掠过漩涡向下游飘去。我不禁舒了一口气。姑娘又笑开了说，你们是第一次来吧，也不奇怪。前些日，有一对外国情侣到中国旅行结婚，还专门乘过我们的竹筏，他们在筏上边歌边舞，边喝香槟酒，那才够浪漫呢！

山风徐来，我听到了一阵阵夹岸的山歌，那高亢激越的声韵穿过蛮荒，穿过岁月。在岸边的水草边，我还看到一头头悠闲的牯牛在啃着青草，奇趣横生的田园景色，让我生出一份淡然从容。江南的小村在雨中，湿漉漉却又被雨水洗刷得十分清爽。在溪中，我放眼四周，两岸翠竹掩映，绿树成荫，“狮子迎宾”、“糖葫芦山”、“古仓古洞”等桃源景色，款款而来，与两岸的草地、滩林、青山、蓝天、白云以及溪中的小精灵和悠扬的山歌，形成了一道道亮丽的风景线，让我看到了美得迷人的秋天景致。

两岸青山大都是一些杨梅树，溪滩野草丛生，偶尔间有青年男女在篝火野炊，孩童玩耍，村妇洗衣，渔翁撒网，还有嬉戏成群的鹅鸭，岸边崖石上刻着“绿水如蓝”。清澈碧黛的溪水上，我坐着竹筏，轻松地伸手去亲近这山间乡村凝聚出来的那份清新洁净，很自然的整个的身心都融会了进去，没能找出丝毫不自在的缘由。偶尔，略带凉意的水溅到身上，感觉到一番说不出也道不明的舒畅无比。

幽谷溪流，清澈见底，终年不枯，且水质达到国家规定的一级饮用水标准。一路溪道曲折，空气清新，花香鸟语，奇趣横生，让我融于自然，回归自然，穿梭于碧水蓝天和水光山色中，充分享受大自然的赏赐，品味到似水柔情般的逍遥温馨和两岸奇趣横生的田园景色。

清澈碧黛带来了生命中的平常心，在深秋的永安溪，我找到了最美的秋天。岸上，当地的老乡唱道：“永安溪水清又凉，漂流游客喜洋洋，仙居山水风光好，欢迎五湖四海客……”

至终点下筏，回头看，溪流如带，细想人生之路，又何尝不是在历经一次漫长的漂流？有时候，我们处于一种生活的相对平静状态，享受旅途的烂漫；而有时，生活的浪头会把你打得魂飞魄散，不知所措，我们唯一能做的，就是强迫自己镇静，坚定自己的信念，在触礁的地方，及时调整航向继续前行。生活就是一条湍急的河流，有时候，我们还来不及喘息，来不及环顾四周，就已经被命运推进了一个又一个漩涡或者激流。

俄国著名作家高尔基在《海燕》中写道："让暴风雨来得更猛烈些吧！"当我从漂流中，一路披风斩浪归来，仿佛战场上凯旋。但我清楚地知道：前方还有更汹涌的急流、更险峻的地形在等着我，只有不断地超越、前行，才能不断收获人生路上的美景。

（三）

仙居，山水秀丽，风光迷人，漫山遍野的淡竹彩林，一簇簇生命力极强的小枫树，在深秋里用一抹抹的红色，来展示自己一年中最后的美丽。左边一望无际的绿色竹林，在雨后清新的秋风里，哗哗作响，像在欢迎我的到来。不用刻意地去寻找，7 公里长的溪谷休闲区，到处都是深秋才有的那奇丽如画的翠竹秀林的奇特景观。

这里，蕴藏着丰富的动植物资源和完整的多样的生物圈，拥有 2000 多个生物种类。当我悠闲自得地漫步在这 7 公里长的小径时，感受到了生物的多样性和大自然的和谐旋律。呼吸着森林氧吧的负氧离子，我游兴未尽，再往深山老林迈进，进入森林探险区，体验原始森林的苍老和神秘。

拐一个弯，当一整片枫树林出现的时候，我就再也挪不开脚步了。这一整片枫林，却让我充分感受到了生命的辉煌。一整片的枫林同时用透红的叶子，来释放自己的能量，向人们肆意炫耀自己的艳丽。它那浓浓的红韵，感染了整个山谷。秋风拂过时，这片红色顿时翻滚、跳跃起来，即使是曲折幽深、令人生畏的群山的威严，此刻也被这翻滚跳跃的红色占尽了风头。不时有红色的叶子缓缓地飘落到山涧里，于是水面上就有了随波逐流的红色。水面上的红叶与水下静静的红叶一起，又染红了原本清澈的涧底。

水声潺潺中，古老的美女村呈现在我的眼前。整个仅四五户人家的小村落位于半山腰，它，以及它身后的高山上那以各种暖色调为主的彩色树林，自然而然就组成了一幅意境无比美妙的秋景图。放眼看去，一种摄人心魄的美感油然而生。

还有那路边上的栀子树上，缠绕着一种叶片棕黄的藤类植物，还有酸甜的带刺的红色野果，以及黄色的、绛紫色的野花，让我目不暇接。

静谧的原始森林中的这一切，洗去了久居都市每日都要面对的嘈杂，一身的疲惫在此消失得了无踪影。我认为深秋淡竹的美轮美奂，应该属于更多久居都市、成天忙忙碌碌的人们。

这里，我要特别提一下皤滩古镇。它位于县城西约 25 公

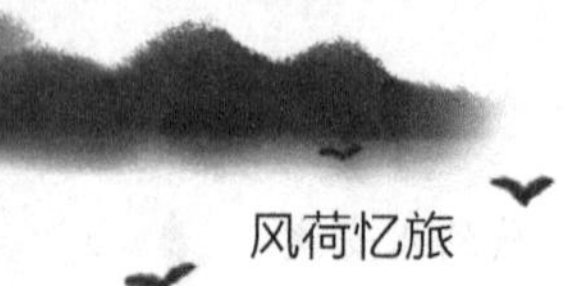

里处，早在公元998年前，就因水路便利成为永安溪沿岸一个繁华集镇，是古代海盐运往皖浙山区的水陆中转码头。近代公路的发展，使这个有着千年辉煌史的古镇一夜之间衰落了。如今，当我走近那1500米长、弯曲有致的“龙”型直街时，这里的一砖一瓦，都成了向我诠释历史的词汇……

千年的风云，千年的沉淀，千年的累积，街上仍旧是鹅卵石铺的路面，砌出花纹，千百年走下来，石头都磨得圆圆光光，中间的鲫鱼背，仍圆拱着，在斜阳的照耀下熠熠生辉，像古玩上的包装。那份古朴，那份执着，真让人赞叹。

街的两侧，有唐、宋、元、明、清和民国时遗留下来的民宅古居，斑驳的旧墙上，挂着灯笼，气势宏伟，布局精美。街上，至今还保存着260多家店铺，从店铺遗留的字迹招牌看，有理发店、布店、杂货店、陶瓷店、药铺、染坊，及古戏台……家家门前还留存着三四个台阶，展现着当年的气势。看来是一条繁华的主街，排门下全是整块大石砌成的柜台，如今排门都已排上，露出丝丝缝隙，唯有石柜在微风中静默着，似乎在回忆以往的拥有。

除了店铺外，老街还有不少书香门第，其中以长门堂和何氏里门堂为突出。古镇不仅保存了一条完整的“龙”形古街，还流传了一种千年绝活——针刺无骨花灯，在宋朝就流行。先用针在透明彩纸上刺出图案，然后粘贴、拼装，不用骨架，最后组成各种形状的彩灯，色泽艳丽，惹人喜爱，曾在巴拿马世博会上获过金奖，被誉为“中华第一灯”。现在还有两家在制作，也是老街上仅有商机的地方，用料考究，做工精细，灯一开，灯光从针孔中泻出，柔和、温馨，别是一番风味。还有古稀老人坐在沿街的竹椅上晒太阳。听当地老人说，皤滩还是永安唯一的一个五溪汇合点（永安溪、朱姆溪、万竹溪、九都坑溪、黄榆溪），在月圆之夜，可赏“五月倒影”之美，惜当天无月，我只能待下次再访其妙了。

此外，离古镇两公里的枫树桥村则遗有古代江南大族典型民居宅院——三透九门堂。古镇上的古街、老房，那深厚的历史文化底蕴，折射出祖辈的生活情态，让我体会到千年文化的内涵。

“天台幽深，雁荡奇崛，仙居兼而有之。”金秋时节，去仙居吧！总面积 188 平方公里内的 104 个景点组成的风景名胜，行走其间，有缘之人，无处不佛，无处不仙，无处不美。细细品味，观得本心，心性平和，自在愉悦！

天地有大美而不言，人间仙居等你来。

（2008 年 10 月 12 日）

诗意南北湖

是春唤醒了活力？还是新绿惹了我那驿动的心？对淡淡烟雨里的江南，总有一种刻骨铭心的喜欢，随着绵绵细雨的轻声呼唤，寻觅“多少楼台烟雨中”的景致。又是一天的晨曦，此时不同往昔的美丽，我来到了地处浙江海盐的南北湖，那感觉好像投身到春天的怀抱。是啊，杭州西湖名闻天下，但南北湖的秀美景色并不亚于西湖！

南北湖隐于滨海乡间，质朴天然，富有野趣。它的山不高，但绵延起伏，层峦叠翠，水也不深，但蜿蜒有致，近也悠悠，远也悠悠。它以秀丽不失雅致，婉约不失野趣的风情，享誉江南，成为名副其实的上海“后花园”、杭州“姊妹湖”，倍受世人关注。近几年来，风景区加大开发建设力度，景区面貌日新月异，游客人数逐年上升，呈现出良好的发展趋势。

南北湖风景区，坐落在拥绿叠翠的群山膝下，汪洋千顷的东海之滨，融山、海、湖为一体的风景名胜区，位于杭州湾北岸，是浙江省第一批省级风景名胜区，国家首批 4A 级旅游区，地处杭沪苏甬等大中城市的中心地段，距上海 120 公里，杭州 80 公里，苏州 110 公里，地域位置十分理想，交通便捷。总面积 30 平方公里，分湖塘、三湾、鹰窠顶、谈仙岭、滨海五大景区。山有层次，水有曲折，海有奇景，比瘦西湖幽深，比西子湖玲珑，能兼两者之长，真是湖山融沧海，一揽天下奇。

初春，寒气袭人，但南北湖的山体依然青翠。其中，南木山和鹰窠顶最为有名，也最受我们这些老年朋友喜爱。缓步登山，一路呼吸着清新的空气，上山后远眺东海，饱览壮阔海景，正好符合“福如东海，寿比南山”的美好寓意。这天天气晴好，我们还看到了著名的杭州湾跨海大桥，宛如一道彩虹飞架海面，气势磅礴，非常壮观。山上，还有“江南八达岭”之誉的谈仙石城，夜普陀之称的千年古刹云岫庵，天文奇观“日月并升”，还能看到举世闻名的钱江湖的起源处——钱江潮源，见证中韩友谊的金九避难处及湖心长堤、吴越王公园等 30 处景观。

“苍烟霭霭两湖开，夹岸千峰拥翠来”。南北湖是个潟湖，面积 1800 多亩，三面环山，一面临海，湖形曲折，有一堤横卧，将湖分为南北两半，故名南北湖。导游对我说，南北湖的历史可追溯到唐、五代十国。公园 907 年，钱镠建立吴越国后，命令在东南沿海一带，从嘉兴、松江到太仓、武进，“凡一河一浦都造堰闸，蓄泄有时，不畏旱涝”，南北湖水库就在此时修成。经过一千多年的历史变迁，这湖边山、湖中堤、湖

心岛，自然别致，相得益彰，那份滋润的江南情调，我觉得在大城市里是不可能找到的。

清晨，走进南北湖更是如走进梦境一般的水乡，晨雾袅绕在山间，亭台楼阁巍峨，树影婀娜，小桥流水。在这样一个幽静的世界里，灵魂仿佛接受着洗礼。踱过长堤近端的拱桥，寻一张靠椅临水而坐，湖上拂来的清风，轻轻吹在脸上，深深吸一口，凉爽清新的感觉，透彻身心。这时，我沉静在内心的另一个世界中，那里，因为有你而使我不愿再去面对尘世的庸俗和浮华。羡慕农家依山傍水，喜欢那一份静，那一片水，那一层袅绕的薄雾，还有那山间雀鸟的鸣，山鸡的唱。这里山好，水好，我想住在这里的人一定长寿。

水，清澈留驻了婷婷的水草，任鱼儿忽浅忽深地游动；山，茂盛葱郁留驻了山鸡雀鸟，在林间飞起飞落鸣唱情歌；亭台楼阁，在山水间等待，留驻游人的脚步，与烟雾袅绕的仙境相融。三两只野鸭，在湖的上空嗖嗖飞过，落在湖心的一块沼泽边，嘎嘎几声，给清晨的南北湖平添了野趣和生气。

走近了春天的江南水乡，伊人在水一方……一种超凡脱俗的优雅和禅意油然而生。应该说，此时的南北湖才是最美妙的一刻。

南北湖不仅自然风光秀丽，且自古就是文化名区，历代文人雅士辈出，杨梓、孙一元、黄宗羲等在此隐居，留下来无数的诗词歌赋，现在又根据近现代文化名人在这里留下的足迹，将这里辟成韩国民族英雄金九避难处的载青别墅，原浙江省作家协会主席、著名作家黄源的藏书楼和同济大学教授、著名园林学家陈从周纪念馆。这三个景点比邻而建，形成了颇有气势的“名人文化街”，透着浓浓的文化气息，讲述着金九与中国人民的友谊佳话；黄源先生热爱祖国，奉献家乡的感人故事；陈从周教授对园林艺术的追求及对南北湖独特情怀的追忆。这些深厚的文化底蕴和历史积淀，使南北湖风景区更富有情趣和魅力。况且，这三个景点的主人，都曾在上海生活或居住过，因此，不少沪上游客到南北湖时多会到此一游。

导游是位20多岁的清秀姑娘，她自豪地说:“我们这里有春茶秋橘冬鸟腊，夏至杨梅满山红，桃熟笋肥枇杷黄，松花寒露两鲟鲜。”是呀，谁不说俺家乡好！我被她热爱家乡的真情感动。

离开名人文化街，又至白云阁，登阁远眺，南北湖的山山水水尽收眼底，不知是山里下了雨还是起了雾，远处的山峦像蒙上了层层面纱的羞涩少女，而湖面的烟雾却是淡淡的，所以，湖与岛的轮廓显得清晰些，充满诗情画意，这就是我梦里的江南！放眼白云阁另一侧，只见层层叠叠的翠绿丛中，高高耸立着孔子塑像，使我不禁想起了先哲的教诲……南北湖风景区以其娴雅和野趣保留了江南一片真山水，使我有种“湖光山色海景”之感，享受世外桃源般的悠闲。

到了南北湖，我总忘不了去绮园。绮园位于武原镇花园弄，原为“冯氏花园”，为江南典型私家园林风格。据记载，清同治九年（公元1871年），园主冯缵斋于此建宅三进。次

年，他综合其岳父黄燮清经营的明代故园拙宜园、砚园两废园之精华，在自己住宅“冯三乐堂”后，辟地修建园林，建成了现在的绮园，成为浙江园林中的一颗明珠。

绮园占地一万平方米，水面约两千平方米，树木遮盖面积达7000平方米，整个园林几乎为绿树所覆盖，树木近千株。其中古树名木40余株，经数百年风雨。树木有耸立于山巅，有静障于山谷，有展翅于山崖，有俯仰于水畔。还有小竹丛丛，以及攀附高树的藤蔓，蒙络摇缀，翠盖如云。

整个园林的建造，我感到是园主妙用了“水随山转，山因水活”的叠山理水园论，有壶中见乾坤之效。园从西侧入口，中建花厅，前架曲桥，隔池筑假山，水绕厅东流向北，布局与苏州拙政园相近，水穿洞至后部大池。园内有潭影九曲、蝶来滴翠、晨曦罨画、海月小隐、古藤盘云、幽谷听琴、风荷夕照、美人照镜、百鸟鸣春、泥香三乐等景点。其幽径有山洞、岸道、飞梁、小船及低于地面的隧道等组成，构成了较为复杂的迷境，为江南园林所仅见。

绮园的园内假山分成前、中、后三区，有“横看成岭侧成峰”的诗境；“潭影轩”、“小隐亭”、“滴翠亭”、“风荷轩”，点缀其中；园内的桥也是一大看点，有九曲桥、四剑桥、罨画桥，除了联结山水，更构成独立的精致。导游告诉我，四剑桥由三跨石板构成，为我国园林桥景的孤例；罨画桥为石拱桥，将园中湖水分为两界，拱旁有联“两水夹明镜，双桥落彩虹”，与周边景物构成如诗画境。园南为住宅“三乐堂”，为白墙黑瓦七楼七底的典型江南民居，与园林相得益彰。

环南北湖的山脚下，一户户红砖小楼、白墙农舍的人家，错落有致地点缀其中。房前屋后，便是他们的果园，粉的桃花、白的梨花开的正盛，引得蜜蜂嗡嗡地闹着，大大小小的蝴蝶飞来飞去，我恍若到了传说中的世外桃源。

农家菜的香味，就从这里飘出。“醋炒鱼”是当地的一绝，从湖里现捞的活鱼，绿色无污染的原生态湖鲜，配上秘制的烹调手法，做出的鱼肉嫩汤鲜，绝对是味蕾的一大享受。而香莴笋是刚从菜田里拔出来的，竹笋也是刚从山上挖来的。用山里野生山笋和土鸡炖出的汤，喝一口，那股山野的清香令我回味无穷……这时，也正是品尝鲻鱼的大好时节，清蒸鲻鱼，肥美鲜嫩，最是诱人。

吃过晚饭，可去湖中小岛的茶室喝喝茶。南北湖有两座著名的水中小岛，即白鹭洲和蝴蝶岛。白鹭洲的“一壶天地”茶园临水而居，草坪上有把硕大的茶壶不断向一个大茶杯注水，真是独具匠心，游客纷纷留影。茶馆内烛火摇曳，乐声流淌，低头可赏月露池里的睡莲锦鲤，远眺可观南北湖波光粼粼。在彩灯和红灯笼装扮下，横卧湖中的长堤，就像一条美丽的彩带，湖中小岛就像火树银花的仙岛。蝴蝶岛则形似一只蝴蝶，岛上的听泉茶室，则卵石铺路，木屋古朴，野趣盎然，颇有桃源意境，可以喝茶，看风景，发呆，顺带还能了解一下已经消失的江南职业史，比如收荒匠、补锅碗匠、缝补匠等手工时代的一些旧貌。

游南北湖感慨多多，不仅饱了眼福、口福，还带回了不少土特产：刚挖出的嫩笋、蕨菜还带着山泥，另有粽子、年糕、豆制品等。

春游南北湖，兴味哪堪数。南北湖，我梦里的江南，我还会再来！

（2014 年 3 月 17 日）

美如梦境的木渎

我到苏州木渎的这几天，天空老是下着雨。木渎的雨，绵绵细如丝，雨伞是不管用的，雨丝像精灵一般围着我飞舞，把我的头发弄湿，也把我的眼睛打潮。

清晨，我深吸一口木渎那湿润的空气，心中产生了自己也弄不清的莫名的兴奋，又有种淡淡的忧伤。这就是江南水乡，中国唯一的园林古镇，是乾隆下江南六次到过的地方，空气中飘荡着吴越春秋、美女西施的故事。

江南是梦，是岁月凝固的诗文，是雨水编织的闲愁，怎能不让我怦然心动呢?

山塘街是古镇的老街，由西往东，左边是古宅庭院，右边是一条小河，传说西施在此洗妆，满河生香，故名香溪。香溪水东至木渎斜桥口，汇入胥江。胥江为伍子胥所建，是我国第一条人工运河。香溪、胥江，水流不息，山水相映，美不胜收。

雨后的木渎不冷，但显得有些凄清。铅华已落尽的山塘街上，错落有致的路灯下，罕见江南才子的身影，也没有他们吟

诗赏月，但好像还残存着当年小乔初见面时的印象。街上的行人，零零星星。老街上的原住民中，许多年轻人，都到繁华的都市去了，一些中老年人及小孩留守这里，留守着被逐渐商业化的生活习惯和美丽的传说。

被雨水浸湿的青石板，述说着岁月的风雨。沿着这条青石板的老街，我开始触摸一个 2500 多年历史的江南古镇那逝去的时光。

（一）

木渎地处太湖之滨，灵岩山麓，又恰在天平、灵岩、狮山等吴中名山环抱之中，既有小桥流水之韵，又有私家园林之秀。园林曲径通幽，特别适合像我这样的老年人边游边歇。从苏州到木渎，路程亦不远，只需二三十分钟的车程。

浓郁的文化，形成了古镇特有的气息，木渎一词就是一个故事。公元 498 年，越王勾践派遣水军攻打吴王，战于夫椒（今太湖中洞庭山）。越军战败，越王勾践请降，并献美女西施给吴王。吴王夫差为取悦西施，在灵岩山顶建造馆娃宫，又在紫石山增筑姑苏台，“三年聚财，五年乃成”，源源而来的木材，堵塞了山下的河流港渎。由于“积木塞渎”的典故，木渎由此而得名。由一场战争而决定一个地方的名字，并沿用至今，实在是一件戏剧性很强的事情。

历史上的木渎，曾是一个繁华的商业重镇，温柔的水、盘踞的路，将快意恩仇的江湖和刀光剑影的官场，阻隔其外。远山含黛，水汽氤氲，游人如织，草木如诗，木渎的景物，就像是一幅素淡清隽的水墨山水，山长水阔，风光无限。木渎是沟通苏州城和太湖的交通枢纽，在明清时期，木渎是苏州城西最重要的商埠。

《姑苏繁华图》是一幅写实性长卷，反映当时苏州“商贾辐辏，百货骈阗”的市井风情。画卷长1225厘米，宽35.8厘米，比中国十大传世名画之一的《清明上河图》还长一倍多。粗略计算，全幅画有人物1.2万人，各色建筑2140余幢，各种桥梁50多座，各种客货船400多艘，各种商号招牌200余块，完整地表现了乾隆盛世时期苏州市井风貌，具体内容为“一城、一街、一镇、一村”，而木渎占了一村、一镇，因此，民间流传着这样一句话：“姑苏繁华图，一半在木渎”。木渎当时的繁华，可见一斑。

作者徐扬，号云亭，苏州人，原业儒而擅长绘画，乾隆南巡时，被任命为内廷画院供奉。此画原名《盛世滋生图》，后改今名。图成于乾隆二十四年，即1759年，现藏于辽宁省博物馆。日本著名民俗学家福田亚细男在上海华东师范大学做报告，谈到近现代“绘引”的编撰，讲到中国时，所举的例子就是这幅画。他说他曾多次去苏州，发现苏州木渎与《姑苏繁华图》所画，别有二致。

一个在地图上连芝麻点也难找到的地方，竟会一次次地引起帝王的龙颜大悦，频频巡游，欲罢不能，至少说明这个静卧在太湖之畔的地方，一定有着诱人之魅力。能够享受到乾隆六

次大驾光临的古镇，除了木渎恐怕不会有第二个了。如果没有独特的真蕴在其中，怎么会引起皇帝如此大的兴趣呢？

当然，乾隆的一次次巡游，是不能排斥出于巩固统治的需要的。但是，假如木渎没有超乎寻常的吸引力，那么，日理万机的皇帝老子是断然不可能连续六次光临恩宠的。于是，我就猜测着其中的奥秘：也许，是因为木渎依偎着太湖，坐落于名山环抱之中的特殊的地理位置，造就了众多美不胜收的名胜古迹的缘故吧？也许，是因为木渎自古以来就是姑苏城西最为繁华之商埠的缘故吧？也许，是因为木渎的悠久，造就了它令人不可思议的人杰地灵的缘故吧？或许，是因为木渎成了一个太平盛世的繁华昌盛的缩影的缘故吧？或许……

如今200多年过去了，木渎古镇依然是吴西最大的商埠、姑苏第一水镇。然而，在工业化的浪潮中，古镇差点被毁掉。可不，20世纪80年代，我们的联营厂就在木渎，他们为我们厂生产机器的零部件，经济效益还算不错，因此，我常去木渎，看不出木渎的繁华，也听不到木渎美丽的传说。“从废墟中抢救美丽”，导游如此概括了改革开放后对古镇的保护工作。

历史、轮回、保护与现代工业文明发展，构建了古镇的骄傲、文化及无奈。

木渎之所以能如此拨动我的心扉？是因为它本身就是一种不可多得的文化遗产。对它的兴趣一浓，钟爱之情就会油然而生。木渎确似一颗镶嵌在太湖之滨的熠熠发光的珍稀明珠，以它少见的历史文化之久长，独特的依山傍水之秀美和小桥流水

之幽趣，构成了它秀绝天下的美妙与神奇，而密布在区区弹丸之地的 30 多家千姿百态的私家花园和名人古居，宛如锦上添花，将它点缀得更为雍容华贵、美不胜收。

然而，更令我肃然起敬的是，这方风水宝地孕育出了数不胜数的精英名士，从北宋到清末，就在这小小的一个镇的范围内，涌现出了 30 多名举人、25 名进士、1 名状元，而秀才更是多如牛毛。这不由让我衷心赞叹木渎人的聪明过人和勤奋好学。历史是人创造的，一方水土养一方人，而这一方人的聪明才智，将这一方水土装点得更加美丽而神奇。

“木渎的妙处在于它既有江南水乡的特点，又是中国唯一的园林古镇。”导游对我说。木渎自古浪漫，文人墨客、才子佳人的故事连绵不断。北宋著名的文学家范仲淹就出生在这个如诗如画的小镇上，民族英雄林则徐的弟子冯桂芬也曾幽居于此。

木渎依旧，斜桥依旧，郁巷桥依旧，姜潭渔火依旧，虹桥依旧……这就是木渎，无论身外发生什么事，它不会哀伤，也不会幸灾乐祸，始终如一地保持自己的神韵风采，历史的风风雨雨对它来说，委实算不得什么。它天生淡定，优雅妩媚，没有谁可以改变它：战争可以改变它的容颜，却不能改变它的心志；达官可以让它变得热闹，却不能让它喧嚣；青楼的脂粉可以改变河水的浓度，却不能改变它的浓度；悠悠岁月可以风化它的亭台楼阁，却不能风化它的气质。这就是木渎，血做的木渎，石做的木渎，水做的木渎。木渎将永远存在下去，因为它

的骨子里，流淌着时间的精髓，流淌着数千年不曾断流的神话与传奇。

（二）

木渎，是苏州私家园林的精粹总和，在明清时期就有私家园林 30 多处，迄今仍保留了 10 余处。目前对外开放的主要有 5 处：严家花园、虹饮山房、古松园、榜眼府第和灵岩山馆。这些园林，以其精巧典丽、文化意蕴深厚的“文人写意山水园”而备受时人称赞。假山、奇石、小桥、流水、厅堂、楼阁、碑额、楹联、花草、古木，共同构成了人间难得几回见的诗意景观。在园中游走观赏，就会惊异于设计者的鬼斧神工。小小的一方田园中，处处都是风景，而这风景又能大中见巧，小中见大，从园中的任何一扇窗中望去，便是取景精美的画面，而园中的任何一处景物，又有着诗歌般的意境，人在景中，意余象外，堪称是“无声的诗，立体的画”。

如果说徽派建筑体现的是一种耕读文化，反映建筑主人对文化的向往，那么，木渎园林建筑体现的是一种休闲文化，反映建筑主人对文化的把玩。木渎园林既秉承了苏州园林的精致幽深，又有其空旷高远、山林野趣的个性，充满了一种大气和贵气。

严家花园始建于清雍正年间，分春夏秋冬四季小园，布局精巧雅致，曲径通幽，被誉为苏州园林之“翘楚”。其第一任主人，是乾隆的老师、中国最长寿的诗人、《古诗源》的编写者沈德潜。沈德潜是清大臣中，最长寿的能人，活到97岁，追封太子太师，位极人臣，然究其一生，可谓仕途坎坷。沈家五代不仕，其父母早逝，从小衣食不周，可意志惊人，科考17次，可谓从青丝到白发众生，流年不中，四十不惑时，曾写诗道“真觉光阴如过客，可堪四十竟无闻”，到花甲之年仍未中，心中大志，依然不灭，所谓“还思假我年，勿使终无闻”的精神，感动上苍，终在67岁高龄一举进士及第。乾隆七年，授翰林院编修。其经历轰动朝野，自称爱才嗜命的乾隆看到苍苍白发的沈德潜，怜才之心顿起，挽着其手，穿行翰林院，共唱相和。

园中有一株玉兰树，是乾隆皇帝亲手种植。我站在园中，仿佛听到乾隆与他的老师沈德潜的吟诗唱和之声。道光八年，沈后人将此院落让给木渎诗人钱端溪。这位钱兄叠石疏池，筑亭建楼，取名“端园”。光绪二十八年，木渎首富严国馨重金买下此园，重葺一新，更名“羡园”，因园主人姓严，更缘台湾政要严家淦的故居于此，故当地人习称“严家花园”，此名流传至今，也是“严家花园”的来由。

丝丝小雨中的林园，精巧玲珑，清亮如洗。我走走长廊，眺眺楼台，体验着当年小姐少爷官人们悠闲或哀婉的心境。宽敞的水上楼台，碧波中红鱼儿簇簇拥拥，肥硕而热闹，映红水面一片，是清静园林中最鲜活的景致。小朋友纷纷买了鱼食，争相地喂鱼，鱼儿翻跃争食，恰如廊柱一对诗句：悠悠嚼水嚼悠悠，处处憨鱼憨处处。金鱼儿因着宅园圣地的闻名而安逸而

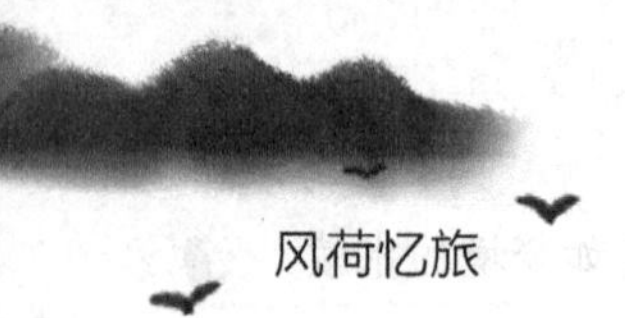

欢跃着，但给我印象最深的还是那棵老玉兰树，高高地直立在院墙的一角。

从严家花园出来，可坐摇橹船，沿香溪走水路，溯溪往东200米，就到了虹饮山房门口的御码头和御碑亭。相传乾隆首次南巡，就是在此舍舟登岸，并诗兴大发，口占七律一首，当地官员将诗镌刻于碑，置于亭内，名“御碑亭”。

虹饮山房，是乾隆年间江南著名山水园林，门对香溪，背靠灵岩山，占地广袤，建筑大气，有“溪山风月之美，亭池花木之胜”的美称。其主人徐士元是个落第秀才，常和朋友在园中诗酒为乐，且酒量极大，号称“虹饮”。园中有考究的露天戏台，据传乾隆六下江南到木渎，每次必到虹饮山房，皇帝每每在这看戏、品茗、吟诗等，直到夜深才回灵岩山行宫。厅堂有一镇宅之宝龙椅，以千年紫檀精制而成，象征至高无上的帝王之尊。虹饮山房分为东园和西园，西园收藏了清朝十位皇帝的二十多道圣旨，那些三五米长的贵重七彩绫和白绫上面清秀流利的满文和汉文书写，让我大开眼界。虹饮山房同样囊括了花木、湖山、亭榭、曲廊、小桥等所有园林的布局元素，在我眼里园林差不多都是这样的克隆，只是听导游说着宅园和主人的故事，让我感觉到它的达贵显赫，从视觉上虹饮山房更显得大气阔畅，风格雅致。

古松园是清末木渎富翁蔡少渔的旧宅，园里有很多奇特的石头，这儿更像一座石头园。据说，这些石头是太湖石。太湖石的特点是“瘦、皱、露、透”，园里有这么多巨大的太湖石，人们可以在里面钻来钻去。古松园，自然少不了松，在一幢小楼的天井里，长着一棵巨大的罗汉松，一簇簇松针中，挂着一个个松果。这里的松树很高，站在三层小楼上，也只能看到松树的腰。松树是长得很慢的树，一年才长一点点，这么高的松树，我想至少也长了500年了。雕花大楼精雕细琢，与洞庭湖东山大楼为同一大师作品，堪称南北姐妹雕花楼。

到“榜眼府第”时，因要绕一段路过一座桥，拐进错落的民居里，大概地处偏僻的原因，榜眼府第中少有游客，但宅主却是近代有名的启蒙思想家、政论家、洋务运动先导冯桂芬的故居。因冯在道光二十年得中一甲第二名进士而被称为“榜眼府第”。榜眼府第为前宅后园结构，是典型的清代宅第园林风格。他的宅第是一座很精致的花园，也充分显示了他的雄伟抱负，高尚情趣，儒雅风范。园中的镇园之宝为“江南三雕”，即砖雕、木雕、石雕，给我印象深刻。那幅写实性长卷《姑苏繁华图》，也是在这府第内画就的。

灵岩山馆位于“秀绝冠江南”的灵岩山麓，是清代乾隆年间木渎状元、陕甘及湖广总督毕沅的私家别业。园中楼台亭榭，依山势而建，九曲长廊，因地形而走，清池涓流，岸曲水回，是吴中著名的山水园林。

这些私家园林，都是园林的集大成之作，风格大气，幽深婉约，誉满天下。

（三）

第二天早上，天又下起了漾漾细雨，导游问我还要不要登

灵岩山。想到山上有西施住过的馆娃宫，我决定雨中登山。

灵岩山位于木渎镇西角，被誉为“吴中第一峰”，山水清佳，拔奇挺秀，山高180.2米，广1800亩。山上多奇石，因“灵芝石”最为突出，故名“灵岩山”。沿山塘街古御道而上，沿途树荫鸟语，遗迹众多，可见“西施洞”、“勾践养马处”等景。一路前行直达山顶，可见山顶花园，乃春秋时期吴宫御花园遗址。驻足四寻，可见“琴台”、“披月台”、“望月台”、“献花岩”诸胜。

走在古青砖铺成的山道上，我忽然发现，夫差是世上最有情调的人。试想，当年夫差下班后，一边登山，一边想着美人，这是多么美妙的心情啊！导游说，吴王井是夫差给西施照影梳洗的地方。西施跟夫差撒娇，要天上的月亮，夫差就建了玩月池。

关于西施的故事，早在我儿时就听过，来到这里，这故事又在我脑海中翻腾。春秋战国时，越王勾践称臣吴国，卧薪尝胆谋复国。在国难当头之时，西施忍辱负重，以身许国，她被献于吴王夫差，成为吴王最宠爱的妃子，把吴王迷恋得众叛亲离，为成就勾践霸业起了掩护作用，表现了一个爱国女子的高尚情操。2000多年来，西施的爱国行为，一直受后人的怀念和崇敬！

灵岩寺，坐落在山顶之上，是典型的中国佛教净土道场之一，寺院建筑规模宏大，气象庄严雄伟。相传这里是吴王夫差藏美女西施的“馆娃宫”遗址。梁代天监年间名为“秀峰寺”，后改“灵岩”，而后，又复改“秀峰”，再改“报国”、“崇保”。历史更替无常，最后，终于尘埃落定，又称灵岩寺，现在，已成为著名的风景游览地。中国佛学院灵岩山分院，就设在这座著名的寺院内，担负着培养我国新一代的佛教接班人的重任。

离开木渎时，想起了诗人郑愁予的《错误》：我打江南走过/那等在季节里的容颜如莲花的开落……我达达的马蹄声是美丽的错误/我不是归人，是个过客。

的确，木渎为山美水美人更美的风水宝地，许多达官贵人、文人雅士的私家花园坐落其间，更把木渎的钟灵毓秀推向了美的极致，留存许多宝贵的文化遗产和深远的历史积淀。

木渎的美景，外国没有，天上没有，只有中国苏州的木渎才有。来到木渎，于此流连，发一番思古之幽情，不亦乐乎？

我想我会再来，到时候，再约上三五好友，乘上游船，斟上一杯木渎米酒，尝着当地卤汁豆腐干、桂花状元糕，在大红灯笼的晃荡中，在摇船的咯吱声中，沉醉入梦。

（2012 年 6 月 18 日）

甪直之角

难识的地名、难忘的水乡，难得的古镇，这就是甪直。春天去甪直走一走，小桥流水人家，绿柳红花古街，有梦境的感觉。

甪直，位于苏州古城东南18公里，北靠吴淞江，南临澄湖，有着2500多年历史，古称甫里，因唐代诗人陆龟蒙号甫里先生隐居于此而名。唐代以后，因河道形状像“甪”字而称。镇内河道纵横，素有“五湖之汀”（澄湖、万千湖、金鸡湖、独墅湖、阳澄湖）和“六泽之冲”（吴淞江、清洋江、南塘江、界浦江、东塘江、大直江）之说。镇里还有一条2000多米的古街和近2000米的水乡驳岸，沿岸还有不少雕刻着精美图案的拴缆桩，为江苏省首批四大名镇之一。

我到过周庄，到过同里，也到过南浔和乌镇，同样的水，同样的桥，同样的热闹熙攘，却都是过眼云烟，能够留在脑子里的只是些微的不同。凭着东溪桥的桥联：“一泓月色含规影，两岸书声接榜歌”，我才记住了同里的幽深和淡定，因此就忽略了甪直。说到旅行，会选择敦煌云南，甚至埃及巴西，谁会提议甪直?

“甪”，这个字看上去，我总觉得有些别扭，总感觉少了右边的一个角，寻着它找开去，在《宋书·符瑞志》里发现有这样的句子:“甪端，日行万八千里，又晓四夷之语，明达方外幽远之事。”原来，是古代传说中的独角神兽，可辟邪镇风，佑一方百姓平安。因此，甪直人把“甪端”作为镇标，高耸在古镇入口处广场中央，是有着很深内涵的。就此一字，稍加追究就得到了新的知识，可见近处亦深藏着奥妙无穷。

由此，我决心抽出一些时间来读那些崭新地立于书柜里的老书。还有，一定要去甪直，亲临陆龟蒙的避世之所，体验叶圣陶的“斗鸭池看残迹在，眠牛泾忆并肩行”的一直未为忘情之地，见见被著名社会学家费孝通先生称为“神州水乡第一镇”的文化名镇，尽情地领略那依旧古朴醇正的迷人风光。

到甪直，古镇区不能不走，古镇现有9条主街、58条巷子，纵横交叉的6条河流，街坊临河而筑，走进老街，那股月色千年带着历史沧桑的况味，就泛上了我的心头。

甪直的老街，卵石铺路，宽约4米，两侧是接连不断的商店，和住宅连在一起，前店后居，一派旧时农家商号的情景，生意兴旺，游客络绎不绝。街市上摆设的店铺，熙熙攘攘，工艺刺绣，精雕细刻的杂玩，百货小商品，琳琅满目，应有尽有，凸显千年古镇经久不衰的繁荣态势。

在中市上塘街，有纵深200米的廊棚，民间俗称过街瓦河

棚，青砖铺地，飞阁回轩，碧水浮图，杨柳青青，回旋逆转，人在画中。江南古镇的美，美在朦胧和古朴：是树下的棋，是花间的酒，是庭中的茶，绿水萦绕白墙，繁花洒落青瓦，蜿蜒曲回的小河，在浅吟低唱。每逢晨雾暮夕柳絮轻拂之日，站在廊棚下观看悠闲而过的三五人群，大有一种恍若隔世之感，尤其雨天，在此观赏雨点溅入河面渐渐扩大的涟漪，望着那咿咿呀呀往来的小船，那摇橹而过的农妇，还有江南地带特有的农妇头上的土布包头巾……穿行在碧水绿色之中，默默阅读这千年江南的历史和亘古柔情的飘零，一泓清水所承载的，是似水流年的痕迹和沧桑。

我还听说，角直活脱脱就是一条龙的形状。龙离不开水，而有水的地方让人产生莫名的诱惑和渴念，因为角直最有特色的是水巷：一为前街后河，人家枕河而居，临河有门有踏级；另一种，则是两巷夹一河，河两边是驳岸，并有河埠供人上下船或日常取水之用，驳岸边设有条凳，供人小歇。

角直的小巷居家，大多是粉墙黛瓦，青砖翘脊，木门木窗，当中间杂的石库门高墙，多为明清时期的老房子，古色古香。其中，既有大户人家，他们的居室常在三进以上，厅轩堂楼齐全，有的还有走马楼和花园。室内，或作雕饰，或陈书画，尽显主人的文化品位，也是江南水乡民居的另一类型。鳞次栉比的普通民居虽简朴，却也并不单调，既有平屋，亦有楼房，远望高低起伏，错落有致；近观，户户门上，张贴春联，舍内陈设，并不复杂，农时用具一应俱全，倒也简朴而不失情趣。

甪直最大的特色是文化底蕴深厚。它除了有保留完好的名人故居和古朴的街道、商家及民居外，还有多处属国家或省级的文物保护单位，如一代乡绅、同盟会会员沈柏寒住宅，近代洋务政论家、中国新闻业之父王韬纪念馆，有教育学家王乘六、叶圣陶……还有教育家叶圣陶笔下《多收了三五斗》中作为背景的万盛米行及萧宅，等等。古镇上还有许多遗迹，如白莲花寺、孙妃墓、吴王宫等。其中保圣寺，是江南一座著名的千年古刹，不仅气势恢宏，9 尊塑壁罗汉更为一绝，传为唐朝塑圣杨惠之所作，是难得的古代雕塑的“重量级”瑰宝。此寺建于梁天监二年（公元 503 年），是南朝四百八十寺之一，距今已有 1500 多年。寺内还有古银杏及百年枸杞和紫藤，至今鲜活，在秋季挂满果实，其活力可见一斑。1961 年，保圣寺罗汉塑像被列为全国首批重点文物保护单位之一。

甪直有“桥乡”之称，仅在镇内 5.6 公里的河道上，最多时有宋、元、明、清代的桥，竟坐落着“镇桥七十二顶半”，这恐怕连意大利的“水城”威尼斯也自叹弗如。现尚存 41 座，桥型各异，造型独特，有多孔的大石桥，独孔的小石桥，宽敞的拱形桥，也有装饰性很强的双桥，左右相邻的姐妹桥和狭窄的平顶桥。其中，镇东正阳桥，是镇上的一座古桥，长 52 米，宽 5 米余，高 12 米，共 68 级台阶。镇里的“双桥”多达 5 组，其中以“三元桥和万安桥为代表”。那座三元桥，俗名三官桥，花岗岩石砌梁式平桥，建于明代万历年间，桥联：“东溯眠牛净绿水，西临斗鸭挹清风。”该桥与建于乾隆年间的万安桥，构成了典型的三步两桥。镇内桥街相连，河水相通，素有“小巷小桥多，人家尽枕河”之说。如这时在曲折迂回的廊桥上停下脚步，悉心观看“小桥、流水、乌篷船”这江南水乡独特的景致，就会生发出别样的情趣。

人在桥上走，船在水中行。摇船的水乡女，站在船头，头戴斗笠，束着拼接衫，拼裆裤，摇着橹，从桥下悠悠而过。橹声流水的风光，将你融进一个优雅而漫长的世界，留恋之中，你的心情随着河水一样起伏和平静。龙形的甪直就这样在水的滋润、浮载之下，让现代人流连在街市悠长的青石板上，感叹它曾经的荣辱升沉，品味它小桥流水人家的人生新意象。

“到过甪直看过桥，不看船缆也白跑。”甪直最值得欣赏的，是驳岸处的船缆石，最多之时，达上千个，因“文革”破坏之故，现存五十余个。这些用来系船的木桩，上有匠人雕刻，有民间吉祥图案，也有采用民间传说的。细细观赏这些幸存的船缆石，可发现其雕刻精巧，手法有阴阳、浮雕、立体，造型丰富，多为吉祥图案，如寿桃、如意、蝙蝠等；也有反应古老传说的，如狮子滚绣球、刘海戏金蟾等；还有简单的图案，如猫眼、象鼻、立鹤、奔鹿、灵芝等，都能体现出民间艺术的质朴美，并使得石驳岸有了“灵性”。

这里有家冯斌作文博物馆，许多苏州人都知道，不少外地人也晓得。但馆内有个“作文客栈”，而且三间套房用了三个现代作家的名字，可能知道的人就不多了。不过我可以预测，这个带着浓郁书香气息的客栈，也一定会让有个性的旅人们所津津乐道。

关键是这三个现代作家很吸引人，名震天下。哪三个？叶圣陶、丰子恺、夏丏尊。这三个人不仅是作家，而且都是教育家，都与作文有着深刻渊源。叶圣陶不用说了，它青年时代初上教坛，第一篇作品即中国白话文中的第一部长篇小说《倪焕之》，就是在此完成的；丰子恺、夏丏尊文章好，画好。他们的春晖中学离这里不远，水脉都是相连的，而且，三间套房就是以这三个大家的书斋名字来定调的。叶圣陶有《未厌居习作》，那么纪念他的这间就叫“未厌居”；丰子恺和夏丏尊在春晖中学任教时，各自风雅地给自己的书斋题名“小杨柳屋”和“平屋”，那么，纪念他们的套房就干脆将二者移植过来。

进得客栈，未及入房，看门楣的“未厌居”、“小杨柳屋”、“平屋”，就已与先贤亲近起来。据说，套房里面的书，都是这三位大家所著，生活用品呢，也是三位所喜欢的。住下来后，灯下翻书，庭院里踱步，一定风雅得可以。说不定夜里做梦，能与这些文学大家相见握手呢！

叶圣陶先生，这位集教育家、文学家、出版家与社会活动家于一身的一代大师，曾于1917年至1921年间在镇上的中学执教，他的许多名作就诞生在这里。据当地一位老先生的介绍，叶圣陶早年曾在此先后创作过不少以该镇为背景的小说，如《寒晓的琴歌》、《多收了三五斗》、《高高银杏树》等。那老

人热心地将我带到保圣寺后的草坪上，指着中间两株几乎遮住半边天的银杏树，称那就是叶圣陶在《倪焕之》第一章中写到的“高高挺立的银杏树”，接着又说，昔日叶圣陶往返于苏州、角直，常搭乘快船，所以，他在《角直闲吟图》题记中，有角直“四面环水，必假舟楫乃达”之句。而现在的叶圣陶纪念馆、叶圣陶墓，为古镇增添了浓郁的文化色彩。

古镇上有陆龟蒙的墓。陆龟蒙系晚唐诗人，与皮日休为友，相互唱和，世称“皮陆”。他晚年长期居住在角直，赋诗撰文，研究农具，尤喜喂鸭，人称“江湖散人”。慕其名，罗隐等吴中文人学士，聚集于此，相游唱和，盛极一时。陆龟蒙墓占地约一亩，立碑两块，墓前池水一泓，传为昔日陆龟蒙斗鸭处。后人为表达纪念之情，挖地凿石，筑“斗鸭池”，建“清风亭”，取陆龟蒙“一生清贫，两袖清风”之意。墓旁有千年银杏数棵，伟岸挺拔，古意盎然。站在陆龟蒙墓前，如果心静神凝，我是多少可以闻到一点唐诗味的。

历史的变迁，似乎没给这座古镇留下什么破坏性的伤痕，一切都保存得完好，一切又都做得井井有条。操着吴侬软语的角直人，既不夸张，也不张扬，心平气和，恬静而又安详地继续演绎着昨天那幕古典戏剧，只是赋予了它新的时代特色。

漫步前行，远离浮华，任阳光在肌肤上静静流淌，任诗意在心间轻舞飞扬。当我乘车离开时，频频回首凝视，角直古镇的轮廓，虽渐渐变得模糊，但那小桥、流水和人家却鲜明地浮

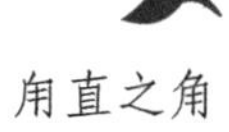

现于眼前，还有那延续数百年的淳朴、宁静和悠闲之风韵，仍清晰地印在了我的脑际……

（2012 年 4 月 21 日）

水乡乌镇

江南，是梦开始的地方。乌镇，是一幅画，粉墙黛瓦，小桥流水人家，月映杜鹃红；乌镇，是一杯酒，清醇悠香，浪漫轻盈，醉倒过许多文人墨客，留下了很多篇章。梦一般的乌镇，充满了浪漫的气息，一场萍水相逢的风花雪月，一个迷了路的秋波。老街的石板路上，处处充盈着离奇的情感故事……

下着霏霏小雨，去乌镇。乌镇是一代文学大师茅盾先生的故乡，是《春蚕》的诞生地，距杭州也不远，只有个把小时的车程。在雨里，从杭州到桐乡，再从桐乡到乌镇，换一次车，增添了我那一份曲折寻觅的兴味。

（一）

水乡乌镇，地处杭嘉湖平原，是一座有着悠久文化的水乡古镇。在茅盾先生曾参与编写的乌镇镇志上，记载着两千多年来的历史，积淀深厚的文化底蕴，汇聚江南水乡风情，留存诸多人文古迹。那种古老与清静、时光与流水、悠然与斑驳组成的一幅天然图画，令我不得不去怀念，去追忆，去感叹。

水乡乌镇，缕缕细雨，越发水意淋漓，更江南，更婉约，更古典。湿漉漉的石桥，湿漉漉的石径，湿漉漉的船篷，水意弥漫，那宽窄不一的河道，到处闪着清寂的水光。打眼一看，黑的瓦，白的墙，灰的水汽，眼前的乌镇，原本水墨般的景色，湿润成一幅意趣盎然的中国画。

当我觉得房子太多太挤的时候，视野里便会闯进几株亭亭的翠树，石桥下、石阶边也会挤出几丛灌木，那水墨的中国画便一下子艳丽起来，变成了湿淋淋的水彩画！水面平静时，这画是静的，倒影与古屋连成一体，当风乍起或船行处，这画便是动的，影子或一弯一曲地蠕动，或破碎成模糊的一片……有时，这画也会添些人物，伸进水中的青石上，间或有女人蹲在那里洗衣。

乌镇如画，更如诗，但不是唐诗，不是宋词。唐诗斑斓，宋词清绝，我想它该是淳朴而直白的《诗经》，穿越几千年的时空，在我耳畔轻轻地吟诵。铺满青石板的小巷是通幽的曲径，飘过小巷上空的是流云，我的足印，每次踏在上面都会有清脆的回响，又似乎觉得，是这个古镇才给了所有故事不一般的风情。

沿小巷迈入乌镇，小巷里，铺着历史风雨里洗过的条石的街道，是湿湿的，小桥石阶的凹处，也积上了浅浅的一泓雨水，河埠边的树上虽不是发芽时节，却在长青的叶片上挂满了雨珠。此时的乌镇，充满了湿润，进入了一种让我全身放松，

心情也放松的境界。

如酥的细雨发润了，石板色泽发乌，却又映着天光，泛起亮晕，偶尔照出行人的身影，浅薄模糊，一晃即逝，恍若另一个时空里的影像碎片。小巷两边，高高的木板房相依相偎，深色的木壁已经发乌，屋门紧闭，窗半掩，里面演绎着乌镇宁静的日子。我走在乌镇那人影寥寥的长长小巷里，是走在风景里，更是走在江南这个不一样的小镇鲜活的日子里。

眼前一亮，木屋与木屋之间，就闪出一段明晃晃的河道，于是在小巷边，出现了一个连接屋后河道和屋前小巷的埠头。简单的，只是几个台阶延入河中，台阶石缝里挤出一蓬青草；讲究的，设有廊棚长椅，可以想见这儿曾有的热闹喧哗。在这小巷里踢踏踢踏地闲走，偶有小船从巷边的埠头滑过，印象里，留下一朵红的伞影，或一抹乌的船影。

乌的瓦，乌的巷，乌的船，还有乌的糕，乌的枣，乌的豆，构成这个古意浓浓的乌镇。乌，是岁月的颜色。黑瓦灰檐下的窗口门边，时而亮出的一盆红花，几盏红灯笼，在乌色的背景中，显得格外安逸妥帖，不动声色地添了几分富贵气。因此，当我走进这里时，仿佛感觉自己融入了这个古镇！

（二）

屋前是小巷，屋后是小河，木屋一部分悬在河上，下面木桩或石柱支撑，这木屋叫水阁，水从屋下，从后门后窗前流过。乌镇人临河而居，枕河而眠，该是与水最亲近的人了。水阁，听起来都是叫人惊喜的建筑。水阁窗外，河水缓缓，柳色青青，船影往来，橹声隐约。平静的河面上，布满细细的雨痕。小船划过，亮亮的波纹荡起，随船延伸，扇形散开。雨落在水阁的黑瓦上，好似水墨大家吴冠中的泼墨，黑瓦颜色更深了。一大片错落绵延的黑瓦屋顶，让人无端地想起日子的深远安稳。嗒，嗒，雨珠漫不经心地从水阁檐上滴下，像有一下没一下滴答着时间。

水乡的水上游也别有风味。几条小船早已静静地等在那里了，上了一条五六个座的乌篷小船，等我们坐稳，岸上的人轻轻一推，船就在欸乃声里徐徐而去，划起来，吱吱作响，像轻吟一首古老的歌谣。划船人的动作显得十分干练，给我一种朴实的感觉，乌黑的瞳仁凝视着一池碧波，显出对这片故土的深深眷恋。我静静地看着身旁缓缓流淌的细水，仿佛人就置身其中。一棵棵垂柳倒映在水里，好像一双双碧绿纤细的手，轻抚着脚下的青砖，我用手一碰，那柳树、小楼的倒影就像碎了一样。船从一座拱形的小桥桥洞中穿过。这座小桥砌得精致小巧，经历了多少年的风雨洗礼，如今桥上的雕龙仍清晰可辨。

狭长的河道上，一艘艘小船来来往往，有渔船、运货船，也有游船。河两边就是居民住的老屋，有屋顶尖尖的二层小楼，也有只有一层的平顶房。蓝底白字的木牌，在微风中讲述着乌镇久远的故事；钉在墙上的报箱，揭示古老和现代和谐的共存方式。有的人家在门口河边拴条小船，也有的人家在屋顶上摆放一盆花，至今还能看到有人在河边淘米、洗衣服。让我

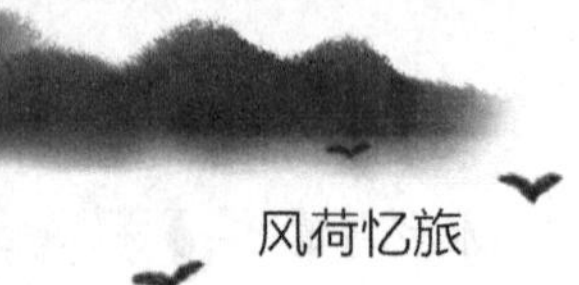

印象最深的就是一户种了一株桃树的人家：那株桃树长在小河边的一座黑砖砌成的院子里，淡粉色的花瓣，静静地打着转儿，缓缓地飘落在水面上，如镜般平滑的水面上，立刻荡起一圈圈细小的涟漪，而没多久，水面就恢复平静。船从这一座座小石桥中穿过，一路上，那些粉墙黛瓦像梦一样从脑中闪过。

细雨霏霏中的暮霭，已笼在整个水乡古镇上，笼在整个太湖流域上了。乌镇西栅的灯光有些昏黄，与这水墨般的景色十分吻合，连小桥、石墩岸、临水的水阁线条轮廓灯，都与这河里的欸乃声十分和谐。在市西河里夜游全程要一个小时左右，在船里静静地听橹击水声，看朦胧而参差的绵延四里的临河水阁，看临河明清老屋木窗里漏出来的灯光，与同伴聊着水乡往事。一脉水吻着一脉水，一条巷延伸着一条巷，一处墩衔着一处墩，簇拥着、铭刻着乌镇那独有的精髓与妩媚，从历史的风烟中，哼着娓娓的眠歌姗姗而来。

走进一条幽静的小巷，两侧古旧的木板墙默默无语。再往里走，我来到了江南木雕艺术馆，馆里收藏了上千件明清时期的木雕艺术品。精雕细刻的那些栩栩如生的山水人物、花草虫鸟，展示了生活场景、伦理道德、民风民俗等方面的内容，表现了乌镇曾经的繁华，更昭示着中华民族木雕艺术的源远流长。

在乌镇品茶，更让游客销魂。我看，小河中简简单单立几根石柱，搭上木板，便成了依水傍河的茶阁。河边常有三五级石阶，伸入水中。茶阁临水面或是格花木栏，或是板壁花窗，

茶客或依栏，或凭窗，水乡美景，尽收眼底。那小桥流水，那灯笼和小船……再低头看蓝花茶碗内，几朵淡黄的杭菊缓缓舒展，轻啜一口，清香扑鼻。

千年岁月沧桑，积淀了乌镇独特的、人文的、历史的、当代的、古代的、再现的、陈列的美，林林总总，让我愉快地穿行在明清老屋的文化遗存里。本来，文化作为乌镇的根基，恐怕一个茅盾纪念堂也可涵盖了，但在乌镇看到的还远远不止这些，中共一大绕不开的人物王会悟纪念馆，不仅再现了这位传奇女子的一生，而且展出了难得一见的许多珍贵史料。茅盾纪念堂边上的孔另境纪念馆，也以同样的方式，展示了这位学者兼革命家坎坷的一生，还有漫画家丰子恺。除了他们之外，还有无数文人墨客倾慕于乌镇的绝代风华，游学或寓居于此，谢灵运、夏同善、沈约、张杨园、范成大、洪昇……真是千秋灵耀、人才辈出之地。

（三）

乌镇是有魔力的，它的魔力就在于它如一块温润的玉，只要是踏上这片土地，浮躁的心便会沉下来，纠结的情感也会变得简单，吐纳之间，澄明而宁静。这时的我，迈过门槛，会不由自主地“三省乎己”，透视自己生命的得失，对平静、简单的生活，也会表现出不同寻常的热爱。

乌镇，美得真实淳厚，无论远观近赏，都经得起推敲。有人说：“是深厚的人文积淀和亘古不变的生活方式，让乌镇成

为东方古老文明的活化石”。

的确，在这里，你完全可以和历史作近距离的交谈。透过洞开的门扉，我望见似曾相识的八仙桌，冒出水蒸气的木制的锅盖和应被叫作灶王爷的神像；试一试蓝印花布的旗袍，古韵瞬间轮回；在牛角梳上雕花的大姐，时不时抬头望一眼浮云；画坊里的画工，见我在欣赏他的团扇和水墨画，便放下画笔，招揽生意……

新修的白莲塔、将军庙等，让到乌镇的每一个游人会想起此地曾有过的神话般的传说。在大大小小的72座桥中，最有个性和魅力的是直角相交的桥里桥，和老街上的厅上厅等水乡建筑交相辉映，焕发出新的和谐的热情，与相识、不相识的人相会。

据说，乌镇依然保持有许多我们现在只能在书上读得到的民俗节日，例如元宵走桥、立夏称人、中元河灯、长街宴……虽然遗憾今天不是这样的节日，但我分明感受到乌镇人自己的节拍。他们从祖先那里承继下遥远的古老的淡定，耐得住斗转星移，沧海桑田。乌镇依然保存了江南人的生活特点，男人去茶馆，老人去庙场，女人淘米浣纱。现实生活像门前的流水，日复一日，年复一年，老了房屋，老不了的是流水，老了岁月，老不了的是记忆。

江南水意浓，这样的雨天里，乌镇的水意浓到十分了。满含水意的乌镇，秀在骨，秀在神，给我的印象，是幽静、淡雅、古风悠然，任风云变幻，至今依然展示着小桥流水、美轮美奂的绝代风华。青石板路已看不出年纪，乌镇永远都是她自己。唯其宁静，所以澄明；唯其淡泊，所以致远。

“一样的古镇，不一样的乌镇”。乌镇用那如诗如画的灵秀，营造出一个与众不同的江南风味。

（2001 年 3 月 23 日）

莫愁湖拾零

莫愁湖很美，她的美是一种雅致，一种葱郁，一种藏在深闺的含蓄之美。“莫愁湖边走，啊！春光满枝头。花儿含羞笑，碧水也温柔……”

当年朱明瑛演唱的这首《啊，莫愁，莫愁》，红遍大江南北，让多少人沉醉其中，莫愁湖也随着歌声，飞进了千家万户。这美妙而熟悉的歌声，使我很想了解莫愁湖的风风雨雨，很想领略莫愁湖的秀丽风光，很想观瞻莫愁女那美的风姿……因此，我这次到南京，自然少不了到莫愁湖一游！

到达南京已是下午6点左右，出了车站，我在街头等车。南京的大陆性气候在深秋特别显著，脸部在瑟瑟寒风里，有如被割的感觉，好不容易搭上一辆出租车，我就坐车来到水西门。这一带过去是水码头，当年，铁路尚未开通时，这里已经非常繁荣，曾是南部水运货物的集散地。

南京的旅店，还是相当的好找，热心人也不少。我找了个中等旅店，安顿下来，躺在床上，可是无论如何也睡不着，索性走出去。街道两旁的店铺还保持着传统特色，如丝绸店、米行、咸肉店等。这儿主要的色泽是黑与白，黑的屋瓦，白的粉墙，连柱子也是黑的，显得古朴、素净。一些百年老店，仍以传统的礼貌待客。突然，我发现一家席棚式的小饭馆，牌匾上写着“六朝小吃馆”，好雅致的名字！

我走进小店坐下，点了小笼包、肴肉、咸板鸭，真不愧是南京的名产，味道好极了。饭后，我又漫步在街道上，车水马龙，熙熙攘攘，好不热闹。我突然有种时光倒流之感，恍然进入了六朝繁华的金陵城。

翌日拂晓，吃过早餐后，我坐上人力三轮车径直前往莫愁湖。莫愁湖位于南京水门外，总面积 47 公顷，周长 5 公顷，被誉为“金陵第一名胜”，是一个景色非常秀丽的江南园林。

进了门，经过一座木桥，再经过一条街右拐，出现一片开阔的空地，前面是个庙，走近才读出是“华严庵”。从庵门进去，但见中外游客络绎不绝，人们欢声笑语，好一派热闹景象！华辕轩前耸立的山石旁，松竹掩映，鲜花竞放，人们都在这里摄影留念。同华辕轩对峙着的就是有明朝风格建筑的胜棋楼。楼分两层，青砖小瓦造型庄严，工艺精美，始建于明洪武初年，重修于清同治十年（1871 年）。门楣上悬挂的“胜棋楼”横匾，是清代状元梅启书写，笔法饱满苍劲。我兴致盎然地登楼，环顾楼内，安放着明代的红木几椅、古玩玉器、象牙、雕刻、龙袍和衣冠，极为珍奇。最令我神往的却是正中安放的一张棋桌，这就是明太祖朱元璋和他的开国元勋中山王徐

达的下棋处。当然，这些都是复制的，但也颇有趣味。

据说，徐达棋艺高超，但屡下皆输。有一次，徐达站立起身，对皇帝说："陛下！这局棋和了！"朱元璋求胜心切，不愿和棋，徐达躬身行礼说："请陛下到这边来，请皇上细看全局。"朱元璋仔细一看，发觉对方已用棋子布成"万岁"二字，不禁暗暗佩服徐达的棋艺高超，才明白自己不是徐达的对手，欣然将此楼与莫愁湖都赠予了徐达。后人将此楼取名为胜棋楼。最为有趣的是，在一个大屏风的南面还悬挂着朱元璋的画像，两旁是明代著名女书法家肖娴的隶书对联："钟阜开基，石城对弈。"北面则是中山王徐达画像，极为传神。这一对戎马半生的君臣，给莫愁湖公园增添了不少怀古幽情。

我在胜棋楼，只见一湖碧水，波光潋滟，亭台楼阁，如诗如画，抬头远望钟山龙盘，石城虎踞，真是"水面荷花堤上柳，半城山色半城湖"。

但是，我却仍思念着那位小家碧玉莫愁。从小就知道南京有一处莫愁湖，曾被古人称为"江南第一名湖"，而且知道湖名的由来是纪念一位传说中的古代女子莫愁的。稍大读了南朝梁武帝《河中之水歌》，那里写道："河中之水向东流，洛阳女子名莫愁。十三能织绮，十四采桑南陌头……"那朴素清新的诗句，引起我对这位古代女子的好感。传闻，这位洛阳女子远嫁金陵，婚后不久，丈夫就被征戍辽阳。她孤单凄凉，满腹悲愁。但她有一颗极为善良的心，对苦难的人们极愿帮助，获得人民的尊敬与爱戴，"莫愁"的名字就成了一种鼓励与安慰。

我因而很早就向往着莫愁湖。

现在，我终于来到紧靠这胜棋楼的莫愁的故居郁金堂。伫立在郁金堂前，我不由地神驰千百年前，那位洛阳女子在这里是怎么样生活的呢？恰在这时，我的眼前一亮，在赞荷厅的荷池内，我分明看到莫愁在姗姗走来。再细看，只见池内亭亭玉立着一尊高达两米余的汉白玉莫愁雕像，她那曼妙柔美的身姿，自然梳理的发髻，白嫩圆润的脸庞，含情脉脉的神态，仿佛刚才还在用双手撩起衣襟，捧着桑叶，含笑而立，而此刻手挽着竹篮，飘然而来。

哦，这才是我在心中珍藏已久的莫愁的形象，感谢创作出这样一尊精妙无比的雕像的北京那位石雕名家，使我们这些后代得以瞻仰我们祖先的风姿，产生息息相通的情感。

关于莫愁有三个传说，第一个是沈万期的诗句“河中之水向东流，洛阳女儿名莫愁”，说明莫愁是洛阳的女儿，远嫁到南京；其二为《唐书·乐志》记载“石城有女名莫愁，善歌善舞倾城颂。”说明她是本地女儿；第三个见淇容斋的《随笔》，上面记载她既非洛阳人，也非金陵人，而是安徽安庆女儿。莫愁究竟是何地人，我因资料有限，实也无法查清断定，只待读者自辨了。

走到湖边，此时正好感之口很渴，旁边有一座湖楼，我就在二楼找了一个临窗的位置坐下，边喝茶，边观赏着那娟秀古美的莫愁雕像……

金黄的阳光透过窗玻璃洒进来，在墙上留下一道道火红

的、美丽的条纹。我坐在这里静静品着香茶，犹如漂浮在熔岩之中，暖洋洋的。开了窗户，湖风飒然，举目向湖面望去，湖水碧澄，皎若明镜；湖畔万花缤纷，林木葱郁，沿湖楼堂亭榭，巍峨错列，回廊扶疏，曲折有致。但是，我心中有一种说不出来的惆怅之感。沿着湖水远远向西望去，还有点烟水茫茫的意思，茶楼里有不少楹联，其中有一副对联：山温水腻，风雨常存，几人打桨轻游；局冷棋枯，英雄安在，有客登楼远眺。

还有一首写莫愁湖的诗，也很有意思：烟水荒寒不可收，昔年曾做冶城游。湖山自有佳时节，儿女宽心且莫愁。

诗人的情感总是相通的，坐在这儿总能体会到相同的诗境。我忽然觉得过去和现在、古代和今天的间距，是如此的相近，只要我们愿意，就可在两重世界间神游。

同时，我想起了大文豪吴敬梓当年对莫愁湖的生动描摹：“水色萦回，石城横亘于前，江外诸峰，遥相映带。中有梁氏园亭，盛夏轩窗四启，清风徐来，令人忘暑，殊不羡渊明北窗下也。”这真是神形毕肖的描绘。

然而，最使我难以忘怀的还是那荷花深处的莫愁雕像。

出了茶楼，沿着湖畔，我慢步前行。风尘仆仆，长路人倦，在这时忘却城市的喧嚣，和乡野的宁静。总是在风景里，生命不息，旋转不止，或许有人安逸于一处明净的湖水，湖畔落日余晖，湖边小桥人家，人家里夫唱妇随，而有的人想要寻求的是一种心灵之外的意境。原来，幸福与快乐永远没有定型的模板！

人间虽然多愁苦，想起“莫愁”心不烦。自从见到你，从此与愁无缘，信心倍增，勇往直前，因为你融化了人间的悲苦心酸，还给了人们无忧的心灵！

莫愁湖畔的传说，莫愁湖畔的烟丽，都在历史的河床里沉淀下来，变成了如今游客那悠闲的寻幽脚步，还有那湖水里悠悠荡荡的涟漪……

（1998 年 10 月 20 日）

为西塘而歌

西塘，千年古镇，处处碧波荡漾，家家临水入影，人们都说古镇西塘白天很美：美得像一首诗，漫步在古巷小街上，感觉极似读一本闲书，我能读到它幽远古朴的韵致；美得如一幅画，烟雨朦胧，黛瓦粉墙，飞檐漏窗，苍苔绿藤，我能触摸到水乡勾人魂魄的精灵；美得似一杯酒，清醇香甜，牵肠挂肚，我能看到文人墨客醉倒的身影。西塘的美，西塘的歌，在西塘悠久岁月的琴弦上震颤……那是大地编织着的风景，风景飞旋出袅袅的天籁，在改革开放的今天，西塘又焕发出那迷人的青春。

（一）

西塘，依水而建，依水而居，依水而存。水脉千年的西塘，犹如一条产于乡间的丝绸，缥缈而静谧。那里多见的是白墙乌顶，舟影波光，在薄雾的晕染下，西塘恰如一幅淡彩悠然的宣纸画，廊棚长长，古弄深深，小船悠悠……我一下子被

这如诗如画的水乡美景吸引，似乎进入了久远的江南时光隧道……

西塘河港纵横，九条河道在镇中穿行，或隐约，或轻灵，或穿桥而过，或蜿蜒门廊而行。西塘之特点在小，桥小，河道小，房子小。小中隐着精致，藏着用心。西塘的巷弄，就是西塘的脉络，循着脉络寻去，西塘的历史，就可一一翻开。它泽被后世长达两千多年，这么长的源头，绝非一两个故事，就能道尽其中况味，只怕再品百年、千年，也品不尽。

西塘的弄堂是保存完好的，无论其式样、格局、色泽都很旧，每一条弄堂都散发着撩人的明清时代的气息。在这座 1 平方公里多的古镇里，竟有 122 条深而窄的弄堂，长者 200 多米，短的仅 3 米。石皮弄、米行埭、灯烛街、油车弄、紫炭弄……有的狭弄仅 30 多厘米，由于高墙林立，终年不见阳光，深入其中，或恐惧，或孤独，很有探险的余味，而两边随时有门洞开，让我领略一处幽院，一家友好的表情，或一个嫣然的微笑。

傍晚的西塘，人来人往，繁华的西街上，商家店铺，红火热闹，而拐进窄窄的、长长的小弄，似乎进了另一个天地，听不到人声鼎沸，更无车马熙攘。两侧的青砖马头墙，高高地立着，把巷弄挤成仅容只身穿过的峡谷，让我感觉这悠长而蜿蜒的巷弄，有点孤寂，有点落寞，有点陈旧，更有点唐诗宋词的韵味。走着走着，唯一能听到的就是自己的足音在巷弄里回荡。在这里，尘嚣变得悠然，凡俗化作清淡，所有的喜怒哀乐都被幻化成宁静依然，彰显李白笔下“不敢高声语，恐惊天上人”的诗情画意。仰望天空，唯见一溜狭长的蔚蓝；平视前方，宅弄深深，曲径通幽，不知何处是尽头；俯瞰脚底，被人们匆忙的脚步磨砺成像皮一样平滑的路面，诉说着西塘千年历史。

这些小弄里，最著名的要数“石皮弄”，全长68米，由216块石板铺成，最窄处居然不足一米，最宽处也仅一米多。石板薄如皮儿，取名“石皮弄”真是贴切至极。我走了进去，前面有一个老太太，踯躅前行，走到尽头，便是出口。我不忍走开，想再转转。据说，“石皮弄”两旁是大户有福之人的院宅，定名为“种福堂”，寓意为后人种下了万千之福，因此有“石皮弄里走一走，一生福气不用愁”之说。

我到西塘是初夏，阳光飘灵的星期一上午，西塘人很少，一些美术青年散落在西塘的各个角落。站在他们的身后看画布上静态的景，再看或远或近动着的景，西塘的美就有了另一层美学上的意义：恬淡、适宜、小家碧玉般的可亲可爱。

明朝诗人周鼎有一首写西塘的诗，诗曰：旭日满晴川，翩翩贾客船。千金呈百货，跬步塞齐肩。布褐解市语，童乌识伪钱。参差鱼网集，华屋竞烹鲜。诗中，可见旧时之西塘的繁华景色，与今日相比，毫不逊色。

西塘那一家又一家客栈、饭庄、店铺、作坊、茶馆、酒吧，在向游客兜售西塘的特产：熏青豆、芡实糕、麦芽塌饼、臭豆腐、一口香粽，还有江南纯手工打造的各色工艺品。东西并不昂贵，这里卖的是江南情调。老人说，元代在此已有集市，古镇的历史可以追溯到春秋，西塘古称胥塘、斜塘，又名平川，是吴越两国相争的交界地，故也有“吴根越角”和“越角人家”之称。正所谓“春秋的水、唐宋的镇、明清的建筑，现代的人”，这是对西塘最恰当不过的形容。

我从写有“西塘”的门楼走进去，到售票处买了票，看着“生活着的千年古镇”票面的景点路线图，一个人独行，不知所踪，还是随性走吧，就这样懵懵撞撞的，像一个喝醉了酒的人。

西塘的空气很闷热，很湿润，仿佛繁华都市的烟尘，也被这充满浓郁清香的空气给荡涤得干干净净。“菩提本无树，明镜亦非台，心中无一物，何处染尘埃”，想来西塘人生活在这么干净的空气中，会少了好多恼人的欲望，多了些宁静和安逸……我不禁有些想得痴了。

我忘了自己是怎么走进古镇的，穿过绿幽幽的小径，整个西塘笼罩在雾蒙蒙之中，眼前的景色都在烟雾中，不知是天气热，还是雾气浓，将我的心打湿了。

从那个不起眼的小街进去，一片繁华错落的现代气息，渐渐渗入小镇深处。尽管这是下午，但游人颇多，大都喜欢停立在临水边、廊桥处，遥望远边，那流水人家，那桥洞下穿过的船只，看似只是一幅留住这西塘之美的画卷，实际上，我想这些人同我一样，都是为了寻找一个梦。我禁不住欣喜，欣喜来自于眼前的舟楫、河桥、粉墙黛瓦，最重要的还是因为亲近生活着的古镇和生动灵秀的人物。

走累了，沿河的走廊下有美人靠，坐一会。在西塘听不到大声说话的人，都正坐在沿河的长廊下，眯眼观景。一塘的水光反射在脸上，这份宁静可真让我有点恍然隔世了。一路上，始终被一种悠闲、平和的气氛感染着，这样漫无目的、尽兴游玩是最轻松和快乐的！让我仿佛置身于梦中……

西塘的河流中，绿波荡漾间，小桥横舟，薄雾似纱；傍晚时分，夕阳斜照，渔舟唱晚，灯火闪烁，酒香飘逸，一派典型的江南水乡写照。此地还有望仙桥、五福桥、鲁家桥、卧龙桥、里仁桥、永宁桥……一座又一座不同风格又充满灵性的桥，仿佛在说着一个个不同而古老的故事，让我有一种穿越时空之感。置身桥面，方知“水从碧玉环中过，人从苍龙背上行”之妙。西塘有104座桥，默默地倾听那千年流水低吟，桨橹浅唱，见证着两岸旧事新人、繁华沉淀，以沧桑的姿势，在水的环抱里，影动波摇，翩若惊鸿。所以，我私下里，把江浙一带的拱桥，一律视为喜出望外桥。

然而，西塘的夜景更美，竟让我不知是在天上，还是在人间。

（二）

夜幕降临，下了一天的淅淅沥沥的雨知趣地退去，沿河人家都点亮了临水的灯笼，红彤彤的一片。那灯笼温暖且善解人意，不仅倒映出水乡美丽的景致，而且将自己也融合在水中，使整个水乡西塘变得流光溢彩。三五成群的游人嬉闹着来到河边，点燃“许愿船”上的烛芯，许下心中最美好的祝愿，轻轻放流。一时间，河面上星星点灯，盏盏若梦。水岸两边，大红灯笼倒映水面，游船泛过，弄得水面波光粼粼，美不胜收……《课中课 3》摄制组锁定西塘作为场景，我觉得实在是不足为怪了。

廊棚是西塘的建筑代表，是西塘人的脸面。“长廊三里覆，无须垫角巾”。我漫步在烛光深沉、流光四溢的 1300 多米长、2 至 2.5 米宽的廊棚中。廊棚从街面延伸至河边，圆木柱支撑着一层斜斜的屋面，俗称“一落水”，现已成为游人休闲的所在。这种遮日挡雨的特殊建筑，是西塘特有的景观，连之为廊，断之乃棚，廊棚数量之多，长度之长，是江南其他古镇所无法与之媲美的。连绵不断的廊棚，如同一条长长的带子，弯弯地缠绕在碧水边……

这中间一大半集中在市河北岸，从永宁桥北堍一直绵延到塔前街。本来这中间有来凤港将其阻断，但一座名为“送子来凤”的廊桥将其连接了起来，木架瓦顶，遮风避雨，翻轩两层雕花刻纹，雅致出色。沿河一侧设置特色迥异的靠背长椅，让游人栖息。依水成排悬廊而挂的大红灯笼，更让“烟雨长廊”平添喜色。脚下是青石板铺就的长长街廊，伴随着偶尔发出“嗵咣当”的响声，依稀中看到南社诗人在饮酒赋诗，那击节而歌的就是柳亚子先生。走在卧龙桥上，让人顿生一种飘飘欲仙之感。水面时而摇过一叶小舟，一声声“卖花哟”的吆喝，甜甜的、酥酥的、柔柔的、嗲嗲的吴侬软语，似乎在为西塘而

歌，竟使我魂不守舍，慌了手脚。

抵不住桨声灯影的诱惑，我便乘舟于灯火阑珊的河面上划行。两岸朦胧的灯影在水中荡漾，左右摇摆的船橹发出“咿呀”、“咿呀”声响，静谧的西塘在灯火的抚摸下，如一只古老的摇篮，轻轻地吟唱着小夜曲。游船后面跟着演奏船，一路上悠扬动听的民歌曲子，划破了水的涟漪，宛如满河顽皮的精灵跳跃，这不由使我想起了朱自清笔下的秦淮河，竟然有种恍若隔世的感觉。船拐进了一条窄窄的水道，几株桃树从深深庭院中探出枝芽，疏影横斜，落在青石板路面上。幽深的古弄和拖着长长花辫的丁香姑娘，此刻已进入了梦乡。斑驳的马头墙，青黛的屋脊，静静的小河，朦胧的灯火，黑黝黝的桥头，恰似一幅精美的水墨画，徐徐地展现在眼前，充满着灵气。船不知不觉来到了环秀桥边，一阵悠扬的丝竹声打断了思绪，古筝音色，优美流畅，轻柔婉转，莫不是风月名姬苏小小在拨弄琴弦？是在为西塘而歌吗？我情不自禁地探头相望。

离船上岸，走在寂静的古镇街上，脚底的青石板像一条小河，蜿蜒而去，墙皮上苔痕、水渍遍布，如一幅巨型印象派画，想来时光的蚀刻，岁月的笔迹，都可在这里一一检索吧！越往巷弄深处，越觉静穆空灵，仿佛一条时空的隧道，带你走进明清的传奇。太多的春花秋月、悲欢离合的故事，沿着情感的岁月在青石街廊、老巷古弄之间，倾情演绎着；太多文人墨客的传奇，回响在深长的巷弄，仿佛一曲古老的歌谣，荡漾在小镇的心头。那些无处不在的古朴宁静气息，让我感受到了水

乡独特的浓厚风情和丰富的文化底蕴。于是，似梦似幻中，古村落之韵律，久久地回荡在心里，就有了缘定今生的感觉。

这万般灵秀的土地，让我们的词语个个鼓翼长啸。天风浩浩，任诗意的神奇，在大自然舞台上，欢歌不辍，吟诵不已。

此外，这里还有种福楼、尊闻堂、薛宅及醉园等，皆为原汁原味的建筑。第二天，我顺着老屋高深的屋壁望上去，只见天井中透出来的金色阳光在缓缓地移动，似流金撒在了那斑驳的墙壁上，保留着古老而又独特的风姿，让我欢喜，让我悠然。

（三）

西塘，这个被誉为“活着的千年古镇”，依然淳朴，却不再封闭，依然闲适，却不再沉寂。鸟瞰全镇，晨间，小桥流水，薄雾似纱，两岸粉墙高耸，瓦屋倒影；傍晚，夕阳斜照，渔舟扁扁，河畔桅篙如林，灯笼高挂，灯火闪烁，犹如一幅幅丹青，触目所见，似诗如画，是一座保存完整的典型水乡古镇。在这里，没有城市的喧嚣，没有快节奏的压力，让人的心灵得到悠闲和宁静，体味到江南水乡特有情调下的自然生活。一路上，我始终被一种悠闲、平和的气氛感染着，这样漫无目的、尽兴游玩是最轻松和快乐的！让我仿佛置身于梦中……

西塘，你的歌声里，还有最新鲜的阳光与芬芳、美食……这里的黄酒是有名的，最初叫三白酒，所谓三白即“米白、酒白、坛子白”。最有名的三白酒叫“梅花三白”，是酒却不烈，味甜

而鲜，爽口浓郁。在西塘的老街里，随时可看见挂着酒幌的店铺。俗话说：做酒有三味，即水为血、曲为骨、米为肉。西塘的酒必是如此之严格严谨，否则哪会有古人的：“望子高悬券肯赊，酿成三白趁梅花。青丘底事归心急，懒驻扁舟问酒家。”这位诗人归心似箭，但到了西塘却挡不住梅花三白酒的诱惑。

西塘的小吃店，鳞次栉比，香味扑面，诱人口馋。“梦里水乡”饭馆贴着河岸，有着众多的特色菜肴，譬如椒盐南瓜、三鲜锅仔、老鸭馄饨煲、清蒸白丝鱼、霉干菜扣肉和酱爆螺蛳等，再来一瓶“梅花三白”吧，俗话说：“啜啜螺蛳过老酒，强盗来哉勿肯走。”

两天的游历中，我踏上了柳亚子先生曾经喝过的酒楼，走进了种福楼祈福，跨过了著名的安仁桥，尝到了芡实糕、千层饼、水豆腐，品尝阿婆茶……尤其值得一提的是荷叶粉蒸肉，滑软爽口，香而不腻，肉香从镬中飘出，弥漫在街巷中，久久不散。

回头望去，一个酒馆高高的酒旗在微雨的夜色中沉寂，一户人家正借着灯廊把酒夜话，那软软的吴侬软语，轻轻在对岸的墙面上产生回响，又在水面上荡开去……

西塘的纤巧是表面的，为何这么说？是有缘由的，缘起木雕。走进张正根的木雕馆，才让我见识了江南水乡平静的外表下，隐藏着多么大的一种生命气象！馆内，最醒目的当是一进门的那尊孔雀开屏。这一尊孔雀是无声的，无声缘自它本是一棵百年老根。每一根纤细之翎均来自树之根，树之魄，不是天

然生成，不是流水线的成果，可我却偏偏看见它羽翼翩跹，展翅鸣音，生动之情、可爱之意，在触手可得间。不得不感叹赋予它生命的那双手，那双经年累月抚摸它雕琢它、给它以生命形态的手！那该是一双何等模样的手，竟可似化腐朽为神奇，让生硬变得柔软，让暗淡变得光辉。

转身慢慢往回走，太阳渐渐收去了流金般的光线，回过头来，身后的旅友，还在巷弄深处徜徉。黄昏、西塘、小巷、穿红衫的女子，好一幅静谧又灵动的江南水彩画！而墙角，一朵无名的黄色小野花，正悄无声息地绽放着。酒博物馆、木雕馆、砖瓦馆、纽扣博物馆，历史悠久的古物，柳亚子等文人墨宝，小巧精致的倪天增故居，都使我流连。

小心翼翼地修缮水镇，全力呵护文化财富，用心珍惜历史遗产，这就是西塘的魅力所在。老镇故事中孕育着美好的未来。明天，你还得构筑怎样新的歌谣？新的梦境？我期盼着。

（2012 年 5 月 23 日）

阅不尽的锦溪情

“斜阳诗思绕寒汀，何处秋风欸乃声；水漫蒹葭情不及，锦溪桥下白烟生”，这是明代江南才子文徵明咏锦溪的诗句。没想到500年后，在一个乍寒还暖的初春，我漫步在这片古老的土地上，看着江渚蔓生的蒹葭，心底咀嚼着“蒹葭苍苍，白露为霜”的句子，想象古代的锦溪，两岸遍植桃李，花开之时，红粉点点，红叶纷纷，映照着金色光芒，五彩缤纷，五色斑斓，灿烂有如织玉带，这或许是锦溪名称之由来吧！

淀山湖周边的三大古镇，锦溪或算是最“原汁原味”了。那天的雨，时断时续，灰雾色的光照，衬着古镇清淡的墨意。锦溪没有非让人流连忘返的古迹名胜，也少有朱门雕梁的深宅大院，多的是青砖黑瓦的窄街小巷、依河而建的翘檐长廊、古意盎然的青石拱桥和枕水人家，所以，游锦溪，最开心的便是我“心舞情随任西东”了！

“三十六座桥，七十二只窑”，有着两千多年历史的江南古镇锦溪最具名气的，我感之既不是桥，也不是窑，而是民间博物馆，还有就是陈妃水冢。

锦溪，旧称陈墓，东临淀山湖，西依澄湖，南靠五保湖，北有矾清湖、白莲湖，距昆山市八公里，是一个水乡古镇，人们称赞为“东迎薛淀金波远，西接陈湖玉浪平”，宛如“金波玉浪”中的一颗明珠。据悉，远在新石器时代，锦溪已有先民生存繁衍，创造了灿烂的史前文明。如今，拥有众多名胜古迹的锦溪，以如诗如画的水乡风貌，令到此赏玩的中外游客从容游览。

“镇为泽国，四面环水”，“咫尺往来，皆须舟楫”是锦溪的真实写照。这里的水巷、河埠、拱桥、骑楼、廊坊、街市和悠久的历史文化蕴藏所调集凸现的水乡神韵，宛若一幅动人心魄的绝妙画卷，自古是文人骚客荟萃之地，南宋名人卫径，诗人梦窗，特别是明人沈周、高启、文徵明、祝允明、唐伯虎等，都为之留下了诵景思物的千古诗文。现代的沈从文先生把锦溪喻为“睡梦中的少女”，而刘海粟大师则赞誉她的美丽恬静为“江南之最”。法国画家方科来到锦溪后，干脆在这里住了下来，他说：“这里是最中国的地方。”

锦溪的美，首屈一指的是桥。普庆桥、众安桥、太平桥、天水桥、十眼桥、溥济桥……满目皆是，走上一座桥，就能看到不远处另外几座桥，可谓十步一桥，桥桥相连。明代大作家归有光是昆山人，对锦溪的湖港水桥，情有独钟，曾写下七绝：“柳带萦桥水面齐，沙明日暖鹧鸪啼。春来两岸桃花放，不是渔人也欲迷”。

锦溪的桥，哪一座都值得我细细观赏，认真揣摩，再由衷地赞叹一番。最具特色的还是古莲桥，就在古莲池上那高高的长廊中央，桥头、桥尾和中间，分别都立了三个小巧精致的亭子，远观恰似灵燕飞在桥上，端的诗情画意，巧夺天工。该桥有九孔十柱，全长五十二米，造型古朴别致，为远近水乡所罕见。此时，又有了淅淅沥沥的小雨，让我过瘾的是，在锦溪拍照，真可谓“有雨趣而无淋漓之苦”。丽泽桥在锦溪的深处，右端长着二三棵遮天蔽日的老樟树，左侧排列着几家妙趣独具的小茶馆，站在桥上，我就等于把自己嵌在江南水乡的诗画中了。桥上的廊棚，恰到好处的把湿润的雨点，挡在身外，温顺地碎在河面上。

锦溪的精华之处，莫过于五保湖上的陈妃墓了。相传，南宋孝宗建都临安时，他的宠妃陈氏途经这里，深爱此处美景，恋不忍离。陈妃不久芳龄早逝，孝宗大恸，把她水葬于此，并在她身畔修建莲池禅院，亲手种下龙柏、银杏、罗汉松，佑她万古长存。陈妃不同于一般的胭脂花粉，她是女中豪杰，曾陪孝宗整顿天下，撑起摇摇欲坠的南宋江山。在此后长达830多年的时光里，锦溪曾更名为“陈墓”，直到1993年才恢复古名锦溪。游客们到了锦溪，大多要乘上乌篷船，摇入湖中，绕水冢一周，再缓缓摇进锦溪，领略古镇的别样风情，但很少见有人上岛去。我想，这是人们不愿意惊动这个美丽的传说啊！

踏上锦溪两岸的石板老街，我才知道，锦溪不过是一宽仅容两只乌篷船并行的狭窄水巷，两边房屋，高低错落，层层叠叠。自然是上了年纪的房，有极富内涵的瓦当，和雕着图案的木格窗，黛瓦飞檐，哪一幅都入得了画。花窗隔扇，店铺拥挤，商号林立，虽长达 6 公里，水面却清澈无尘，溪上架有若干形态各异的古雅小石桥，加之香樟树吐出的清芬气息，岸边石缝里开出的明黄的迎春花，真是让我流连。就连大作家沈从文也爱其淳朴与清雅。1976 年夏，沈从文先生曾在锦溪亲戚家小住，他迷恋锦溪，每天站在十眼桥上凭栏远眺，直到晚霞映红了五保湖与锦溪水，直到湖上的水鸟归巢，孤帆渐远……十年后，锦溪的亲戚进京探望沈从文，他说：那些石桥、老街应该好好保存，都是锦溪的宝啊！要是有时间，身体允许的话，我真想再去锦溪……身临其境，我完全陶醉在思古人之幽情的意境中了。

歇歇走走，老街上，店铺林立，人流汹涌，游人时髦的衣衫和街畔古旧老屋，相映成趣。这是一个和现代生活接轨的古镇。古镇上，到处是各种各样的民间博物馆，大千世界那千奇百怪的收藏，被陈列在各式老宅厅堂中，形成全新的风景。

这时，我不觉又走过了一处古砖瓦博物馆，这才想起“七十二只窑”的说法，又想起镇口巨石上刻着的“中国民间博物馆之乡”的题字，仔细一数，仅仅一平方公里的锦溪镇景区，居然有根雕、篆刻、紫砂、奇石、古钱币、书法艺术、明清家具等优秀地方文化艺术和民间传统工艺的 14 家博物馆。记不起是哪一家博物馆，大门上的一副对联实在让我难忘：第一等好事还是读书，数百年旧家无非积德。

锦溪的民间博物馆中，古砖博物馆十分有名。说起“砖瓦”，我就不能不提龚竹钰老先生。龚竹钰从16岁起收藏砖瓦，一生和砖瓦结下不解之缘。他创办的“中国古砖瓦博物馆”，其展品跨越5000年，不但多于南京博物馆的砖瓦收藏，而且砖瓦花样百出，堪称一绝。有巴掌大的窗花砖，有浸润千年的墓砖，有世上罕见的“琴”砖和保存完好的汉代井砖，还有在窑中要烧120天，又在桐油中浸泡100天的金砖……丰富的藏品引起专家学者的关注。修复园林寺庙、亭台楼阁，需要仿古砖瓦，古砖瓦博物馆便是一座资料库。如今，锦溪生产的仿古砖瓦，不仅畅销全国，而且远渡重洋运往美国。

钱币珍藏馆收藏着近万枚古今中外的珍贵钱币，馆主黄风子也因此被人戏称为“有钱人家”。因为祖上开过钱庄，他20多岁就迷上了古钱币收藏。黄风子告诉我，他有三件镇馆之宝：“阴阳鬼币”，是从一位东北买卖玉器的老人那里得到的，当时，老人旱烟枪上挂着一串铜钱，其中一枚就是“阴阳鬼币”，他花了50元买下烟枪，得到了“阴阳鬼币”；而那张1944年毛主席头像首次出现在纸币上的钱币，是20年前他在陕西收破烂时，在一个农民家的废纸堆里发现的；那枚双面“袁大头”形象的银圆，是“文革”期间在一个废品收购站里捡到的。三枚镇馆之宝，看似得来不费功夫，却需要大量的知识积累和丰富的收藏经验。

古董馆的主人薛仁生，是个很特别的苏州老头。在接待游客时，他常常穿着长袍马褂，戴着瓜皮帽。他对我说，馆内藏品是他的父亲和他一生的心血。年轻时，薛仁生利用做供销员机会，走南闯北收藏古董。这里的每件藏品都有故事：檀香木半化石已有6000多年历史，极像太湖石，且散发异香；战国时的四轮车布满圆形铁钉，是从山西地下15米出土的；东汉铜雀台瓦当，是从角直古镇拆迁户的破墙中发现后买下的；古人写书法时用的水盂，自唐至清各个朝代都有，被行家称之为独一无二。

不能不提到长廊。江南的古镇，多的是长廊，而锦溪的长廊，又有着不同，它附设了美人靠。你走累了，这么倚在美人靠坐一坐，任清风随意吹吹，低头看下去，青绿的河水，涓涓不息地流着。乌篷船一只只，从你身边轻摇过去。船娘们的歌声前后相接，少有好歌喉，有的甚至唱走了调。可是，不要紧的，你听着，竟觉得悦耳得很。这就像吹在你身上的自然风，闻得见花香，反倒有种天然的味道。

走走看看，古镇已近黄昏，夕阳的余晖照在湖面上，随着湖面的波动，煞是好看。我坐在长廊的椅子上，看着太阳慢慢下山，看流水，看归舟，看树，看云，也看着沿长廊的商家将各色的霓虹灯打开。彩若锦带的小溪，将沿街的商铺温柔地环抱起来，灰墙、黛瓦，在灯光闪烁下，繁华之中，不失典雅。我享受这静谧，享受这清风扑面的水乡古镇的慢节奏。如果说，傍晚的锦溪是一幅油画，我想，那清晨的锦溪则是一幅国画。

为了欣赏锦溪清晨的景色，我在第二天6点钟就起床，骑车直往锦溪。小溪边，勤快的村姑在洗衣服，咯咯的笑声，让沿小溪的柳树笑弯了腰。柳树舒展自己妩媚的身子，用纤纤玉手去挠还在沉睡的古莲桥。古莲桥仿佛穿上薄纱，虚无、神秘。沿着小溪，我慢慢骑着车，用手中的相机，将那一幅幅看来平淡无奇、却十分生活化的场景装进了镜头。一位长者划着一条小船，船尾坐着一位老太，垂柳下的小船，缓慢而又安详。冯英子先生称锦溪“淡抹浓妆总相宜”，名不虚传！

古镇内的茶馆，星罗棋布，我晒着午后的阳光，来一壶香茗，细细享受这千年古镇的慢生活。

锦溪确实是一个活着的、生气勃勃的古镇，有太多的故事，太多的美，让我感悟的是一种远远超越对外在美的享受，正如余秋雨先生在评论“江南小镇”一文中，意味深长地说：“江南小镇的美色，不仅仅在于它的自身，而更在于无数旅行者心中的毕生描绘……”

（2007 年 8 月 30）

桐城的六尺巷故事

在安徽游历时，途经桐城，我想起了从古传扬至今的六尺巷的故事，于是，决定下车，前去游览。

桐城市的城区并不大，走走看看，看看走走，经路人的指点，在桐城的西后街，我寻到了这条貌不惊人、极其平平常常的小巷。小巷两旁樟树浓郁，桂花清香，巷子六尺多宽，百来米长，路面有些高低不平，用鹅卵石铺就。

六尺巷的由来，是有一段佳话的。据史料记载："张文瑞公居宅旁有隙地，与吴氏邻，吴氏越用之。家人驰书于都，公批书于后寄归。家人得书，遂撤让三尺，故六尺巷遂以为名焉。"

这里的张文瑞公，即是清代康熙年间，担任文华殿大学士兼礼部尚书的桐城人张英（清代名臣张廷玉的父亲）。他老家与邻居吴家为邻，两家院落之间有条巷子，供双方出入。后吴家要建新房，想占这条巷子，张家人不同意。因两家宅基都是祖上基业，时间又久远，对于宅界，谁也不肯相让。双方将官

司打到县衙。又因双方都是官位显赫，名门望族，县官也不敢轻易了断。于是，张家人千里传书到京城求救，要他出面干预。张英看罢来信，只是释然一笑，挥起大笔，写诗一首：

千里家书只为墙，让他三尺又何妨？
万里长城今犹在，不见当年秦始皇。

张英命人快速寄回家。因为房地产是很可贵的家产，家里人一见书信，喜不自禁，认为张英一定会有一个强硬的办法，或是一条锦囊妙计。当家人拆开书信，看到的只是一首诗，后来大家一合计，认为既争之不来，确也只有“让”这唯一办法，遂主动后退三尺筑墙。张家的忍让行为，感动了吴家，与其争地的吴府老爷也慨然让出三尺。吴家既感佩宰相气量，也不失小城淳朴古风。当地人知悉后，纷纷传颂此事，引为美谈，并给这条小巷子，取名“六尺巷”。

在“前法治时代”的传统等级社会，“官大一级压死人”，朝中有人不仅“好做官”，荫庇之下，族亲实际上在方方面面都会“好有势”，而张英呢，不以权重，不与民争，以和为贵，清直做人，着实让人感佩。这样的故事之所以成为美谈佳话，也反证其稀罕，在传统社会并非常态。张英不失为“谦谦君子，温润如玉”，失去的是祖传几分宅基地，换来的却是邻里和睦和流芳百世的美名。

站在巷口，我看到有棵老槐树，有两人环抱之粗，高耸十几米，枝叶繁茂，遮蔽了一片荫凉。树下，石桌石凳，围树而造。几位老人，悠闲地摇着蒲扇，正在谈笑风生，见我走近，其中白发苍苍的一位，神情淡定地说：“争一争，行不通；让一让，六尺巷啊！”我回之以微笑。老人如禅的话，一语道出了六尺巷传唱千古的缘由，这与中国传统的儒家思想，一脉相承，因此，倍受尊崇，影响深远。

六尺巷的故事，核心词是官德，但不限于官德，用权要慎。这个权字，不仅是做官掌权，扩而言之，每个人都可能会遇到自己得理的时候，各行各业也存在“靠山吃山，靠水吃水”的问题。这是一个度的问题，需要节制内省，而不是贪得无厌的修筑、扩展自己的领地。哪怕是“理直气壮”，也要得让人时且让人。无论做官还是做人，永远都要保持一份清醒的克制。

缓缓漫步，我走入巷中，鹅卵石光滑的地面，如同在脚底间游走。此起彼伏的蝉鸣，从槐树上传来，在巷子里左跌右撞地回荡，声声敲击耳畔。望着斑驳的墙壁，我情不自禁地伸出手去抚摸，青砖石上，沟壑纵横，残留着历史的沧桑，不知不觉，仿佛时光流转，又回到了那几百年前。我仿佛听出的不是争，不是权，不是以官欺民，不是鱼死网破，而是一种阳光般的豁达，月光般的宁静。我仿佛亲眼看见，张吴二府，化干戈为玉帛的感人情景，成了中国传统道德最有力度的诠释。

现今，当地政府在六尺巷旧址前，修筑了一座高大的石牌坊，上面刻着“礼让”两个大字。礼让是心灵的丰盈，精神的成熟，生存的智慧；礼让是对别人的释怀，对自己的善待。能弯曲的树，不一定是廉价的木，如榕树；有礼让之心，不一定是柔弱之人，如张英。礼让是大海，有海纳百川的胸怀；礼让是蓝天，有高清迈俗的境界。礼让的别名是：宽容、自信和超然。当下，我们重温这个“六尺巷”的故事，依旧很有意味。

踩着鹅卵石，一寸一寸地扶着石壁，我向前走……眼前饱经风霜的六尺巷，令人思绪万千，浮想联翩。这时，我想，如果没有当年的那首诗，如今怎么会有这条幽幽的六尺小巷呢！油然间，我悟出：一个真正懂得礼让、宽厚待人的人，那么，他往往能得到人们的崇敬。六尺小巷，已成为标尺，成为典范，成为桐城朴素而回味无穷的理想……

（2014 年 8 月 13 日于风荷苑）

绿色海岛崇明行

“Country roads，take me home，to the place I belong……”这首歌我百听不厌，每一次音乐旋律在耳边响起时，我就会想起自己于1962年在海军农场筑海堤的地方——崇明岛。我在美丽的崇明岛修筑海堤达半年之久，这是我刚参军到海军部队的三个月后。

崇明岛地处长江口入海口，长江奔泻东下，流入河口时流速变慢，所携大量泥沙于此沉积，从唐朝武德元年露出水面的两个小沙洲东沙、西沙至今，形成一个河口沙岛。经历了1300多年的涨坍并合，最后形成巨型沙洲，似一条巨大的春蚕，头西尾东，卧于长江入海口的金涛碧波之上，具有得天独厚的生态环境、地理位置，仿佛巨龙衔着的一颗璀璨的明珠，素有“长江门户”、“东海瀛洲”（朱元璋语）之称。

崇明岛东西长80公里，南北宽13—18公里，面积1229平方公里，海拔3.4—4.5米，是我国仅次于台湾和海南的第三大岛，也是世界上最大的河口冲积沙岛。考其岛名，崇为

高，明为空阔，意为高出水面又平坦宽广的明净平地。崇明岛土地肥沃，林木茂盛，岸线绵长，物产富饶，是未经历大规模城市化进程的“绿色岛屿”，走跨越传统化的“生态型现代化”之路，被誉为“具有全球意义的绿色城市样本”。

事实也是。我再次踏上崇明岛，满目是树木葱茏，绿草如茵，一片青翠，到处绿色田野、幽美的河塘和广阔的江海水域，满怀是自然空间、天地为庐的意识。“翳然林木，便有濠濮间想也。觉鸟兽禽鱼，自来亲人。”（《世说新语》）行走于林荫月下，耳畔似有歌声缭绕：“这绿岛像一只船，在月夜里摇呀摇……”

崇明之所以称绿岛，是因为生态好，水洁、土净、空气新鲜。崇明东平国家森林公园，是华东最大的平原人工森林。园内林木繁茂，湖水澄碧，野趣浓郁，环境优美，是人们回归大自然的胜地。崇明东滩湿地，是长江口规模最大、发育最完善的河口型潮汐滩涂湿地，也是亚太地区迁徙水鸟的重要栖息地，候鸟们的天堂。已经寻到的鸟类，有 18 目 54 科 265 种。每年春秋两季，都有上百万只水鸟从澳大利亚、新西兰或西伯利亚飞来，在西滩休养觅食，恢复体能，然后继续北上或南飞，到很远的地方繁衍成长。魅力崇明正逐步走向生态、经济、社会效益的统一，快速促进上海市城乡一体化进程。

崇明有许多生态村。我去的前卫村，只有 753 人，却是全国著名的生态示范村。村里有古村落、动物园、休闲广场、垂钓中心、生态农业展示区等十几项游览观光设施。人在村里

走，就漫步于碧水绿荫之间，感觉到人与大自然的和谐。崇明岛还是“有机、生态、健康”种植、养殖的典范。崇明老毛蟹青背、白脐、金爪、黄毛，鲜味独特，面拖蟹是当地风味小吃。崇明老白酒，也是有 700 年历史的本地酒，其酒质醇厚，酒液晶莹，绵长而后发的酒劲，温润而柔和的口感，让善饮者称道。著名作家高洪波先生饮后有诗曰：

白酒偏具琥珀光，穿心入口化愁肠；

会须一饮三百杯，错认崇明是故乡。

错认崇明是故乡的不光是酒，还有人。崇明是长寿之乡。全县人口 60 多万，60 岁以上的老人却有 17.4 万人，占总人口的 25%；崇明人均寿命为 80.26 岁，高出全国人均水平 8.26 岁；崇明百岁以上老人 140 多位，80 岁以上老人 2.9 万人，占总人口数 4.2%。这三项已达标，崇明遂名列全国十大长寿乡之中。这些，都得益于崇明水、土、草、木自然环境的荫庇，因为崇明是原生态绿岛。

崇明其实有三岛，除主岛崇明外，还有长兴岛、横沙岛，面积 1411 平方公里，占上海面积的五分之一。当年，我们是乘登陆舰到堡镇港上岸，步行到合兴北边的海军农场的。那时，除了进出岛的交通不便，崇明岛内的交通也非常落后，公交线路少，等候时间长，于是，一些崇明人在自行车后座上加一块宽宽长长的木板，做起载人的生意，每载人一次收费二三角钱。这种载人的自行车叫“二等车”，在现代社会的汽车洪流中，我是很怀念这种低碳环保的交通工具的。

作为上海市下属的一个县，崇明的古韵遗风与大上海的流光溢彩，互为风景，相得益彰。五十多年后，到崇明，我是乘大巴去的。汽车出城穿过两个海江隧道，如同穿越时空，穿越梦想，穿越古今，一路畅通地向崇明进发。长兴岛隧道长 8.5 公里，直径为 15.4 米，比巴黎到鲁塞尔的隧道大 60 厘米，属世界最大。隧道最深处在水下 55 米，分为上中下三层，出隧道旋即驶上了上海长江大桥。隧道的悠长与跨江大桥的雄伟身姿，令我惊叹不已。“南隧北桥”全长 25.5 公里，科技与憧憬相结合，让天堑变成美丽壮观的坦途，隧桥完美结合，为上海这座传奇的城市又增添一道神奇的风景。大巴从长江隧道出来，“咦，哪里来的大风车？”看到江边那一排排高大整齐的白色巨型风车，我的视线一下子被吸引住了。

“这是风力发电机，效率很高，每一个大风车每天发的电可以供一个家庭使用一个月。更重要的是风力发电没有燃料问题，也不会产生辐射或空气污染，是一种绿色能源。”身边的一位朋友笑着对我说。“这么厉害！”我惊叹不已。这时，一座雄伟的人字形塔出现在眼前：“长江大桥！”

“一隧穿越两岸，一桥飞架南北。”上海长江大桥也大，长 9.5 公里，横跨如彩虹，逶迤如巨龙，蔚然壮观。听介绍说，长江大桥人字形桥塔，体现了天人合一的理念。大桥全线呈 S 形，这种桥梁的线形布置，考虑了对水流的影响最小，又与桥梁功能要求的线型结合起来，使之在造型优美的同时，还满足了环保上的要求。这样，崇明岛既是浦东的延伸，上海的后花园，又有这一座大桥和江苏省的启东、海门连接，成为串联沿海地区大通道的中心基点。

据说，还要造横沙岛到南通的大桥，我却在心里希望不要建桥，通隧道为好，既环保又不破坏景观。因为现在的隧桥开通后，崇明岛上游客骤增，仅开通 12 天的客流量，就达到开通前年流量的一半。崇明、南通大桥一通，客流量自然更多。这样轰轰隆隆的车声和嗡嗡嘤嘤的人声，会不会破坏绿岛的生态，惊飞栖息的水鸟呢？我呀，真有点担心。

崇明岛的东滩湿地，总面积 326 平方公里。它是欧亚大陆东岸发育完美、生态群落演进成熟的河口滨海湿地。2000 年，列入“国家重要湿地名录”、“国际重要湿地名录”，也是“国家级候鸟保护区”。每年有上百万只候鸟，把这儿作为南来北往迁徙的驿站，同时又是国家一级保护动物——中华鲟洄游的必经之地。岛的西滩也有西滩湿地，岛的中部建立了华东最大的人工平原森林区——东平国家森林公园，岛北侧辟有湖面，有两个杭州西湖大的北湖，使崇明岛真正成为“生态立岛，决不动摇”的西太平洋最大的花园岛。如是观之，集多种湿地类型于一身，并集中了多种与湿地环境相适应的野生生物，彰显着近乎完美的河口湿地典型的崇明岛，实在是不能以金钱和物质衡量的大美之岛。目前，崇明人正在进行可说是史无前例的一项事业，即到 2020 年把崇明建成一个现代化的生态岛区。

红日西沉，绚烂的天际飘浮着一片晚云，金晖下的崇明岛，显得更加神圣，岛上开始人声沸腾。江边陆陆续续来了不少游玩后准备回归的人。当地做小生意的居民，一下子冒出那么多，卖毛脚蟹的，卖小鱼的，更多的是卖崇明的小吃——崇明糕和米团子的。刚出蒸笼的崇明糕，洁白绵软，诱惑着人的味蕾。

崇明糕的历史可谓源远流长。崇明的俗语里有：自有崇明在宋朝，同龄就是崇明糕。糕的主要成分是糯米，时而掺和了大米，再加核桃、芝麻、桂花等，做成不同口味，糯软、香甜，在崇明的大街小巷都有卖，八月十五的月亮似的，一斤一只，或是二斤一只。在一家店里，我还见到五斤一只的。

在准备上车返回时，我买了不少的崇明糕，沉沉地提在手上，带回家送人。一日崇明，就裹在这香甜糯软的糕点里了。

崇明，绿色的宝岛，令我遐想，更令我神往。

（2011 年 4 月 22 日）

那弯弯的上海弄堂

夜已深深，新村风荷苑的小花园里，只我一人孑然独行，若有所思，仿佛在等候或寻找什么……

告别棚户区，迁入高楼林立的新村，算算日子，该有十多个年头了吧！花开十多春，叶落十多秋，往事如过眼云烟，该忘记的都已经忘记了，不该忘记的，似乎也应淡然或释怀了。然而，不知为什么，在很多个深夜，孤单的我，总辗转反侧而难以入眠，总会一个人悄悄地来到新村的小花园里，默默地来回独行，把一种心的寂寞问候，将那条曾经的小弄苦苦怀想。怀想中，曾经的小弄容颜依旧，还是那个因搭建了太多的灶披间而曲曲折折的小弄，那弯弯的模样，远远的，熟悉的，亲切的，在我记忆中蜿蜒，渐渐蜿蜒成为一种刻骨铭心……

弄堂是上海特有的地标称谓。我那时住在“苏州河十八湾”边的光复西路 1091 弄，小弄不长，才百多米；小弄不短，有几代人走过，有的人走向了生命的彼岸。

街衢巷陌如同一座城市的血脉，渗进以后，就根深蒂固，

引领我们走进它内在的生活。于是，我喜欢在这苏州河十八湾边的大街小弄里穿行，走进四季的繁华与凋零。我喜欢雨后穿行在悠长的小弄深处，橘黄暗淡，曲径通幽。屋瓦上的天，似乎总是灰蒙蒙的，却弥漫着浓郁的烟火味，让我感到既熟悉又温暖。扑面而来的风，混杂着炊烟和泥土的气息，有着一种触手可及的凉和暖，那是可以随时感知的生活原味。

我想，若将都市比作花园，那么，小弄便是一抹绿。五十多年来，小弄一直悄悄地静卧在“苏州河十八湾”里，一如绿叶衬托红花般的，远远衬托国际饭店的高大，没有怨，没有悔。记得二十多年前，默默无闻的小弄因暴雨积水，一屋“汪洋”而立马扬名于沪上……

小弄曾是我的幼稚园，我的精神乐园。很多回，小小的我走在小弄的路上，不小心摔一大跟头，虽痛，却有很多的呵护和关怀，决不会感到孤独。女孩子开开心心地玩起了“跳房子”，或是跳“橡皮筋”，男孩子你追我，我追你，疯得大汗淋漓。简单而快乐的游戏，是孩子们心中真正的金色童年，于是，就有了心底真切的笑。

我长在小弄堂，闻惯了小弄的幽幽熏香味，看惯了四周布满的片片黛色，听惯了弄堂里叽叽喳喳传着的流言蜚语，还有水斗旁洗洗刷刷，家长里短的主妇们，笑声不断，乐声不绝……久而久之，便对弄堂产生了一种眷恋，总喜欢呆呆地坐在椅子上，聆听周遭，感知一切。每一桩，每一件，轻轻敲上去都是历史的回响在耳边。

小弄里的人爱养花，爱养鸽子，也许这是因为他们本身就热爱生命的缘故吧！弄堂里有足够的空间，让人们去摆弄这玩意儿，石台上各式各样的花花草草都是细心养护的，一笼笼鸽子全是干干净净、白白胖胖的。每天清晨，养花人和养鸽人，总爱聚在一起，琢磨琢磨养花之道，交流交流养鸽心得。我也喜欢时不时地夹在他们中间，听听这，听听那，因为这是小弄里特有的“生态评书”。

小弄里的居民食堂也是难忘的一幕。每日三餐时分，食堂里人流穿梭，吃惯了家里饭菜的小朋友自然十分向往大食堂吃饭，因为里弄食堂的掌勺大妈，都是民间高手，手艺一点不比饭店差，尤其是花色糕点深受小朋友的喜爱。

小弄还是一个流动的市场，戗剪子，磨菜刀，换大米，卖锅饼，卖冰糖葫芦、豆腐梆子，各种吆喝，夹着爆米花的“砰砰”，真给力。民间手艺人、做小买卖的，每天都在小弄里穿梭。记得那时每天走过小弄，总能碰到许多形形色色的小商小贩，我好奇地东张西望，眼睛总是不够使，险些耽误了上学。

或许只有弄堂，才能让你感到纯真如此之近，只有弄堂，才能敢于对你毫无掩饰地敞开心扉，无论是文雅还是粗鄙，让你感受到的只有真实。城市的霓虹灯多而杂乱，灰色的马路拥挤不堪，人潮穿梭在红绿灯交替之间，日复一日，年复一年，忙忙碌碌。弄堂，这座大城市的一角，它却没有世俗的喧闹，只留下那份朴实，那份温暖，那份和谐。

著名作家萧乾先生说：“老北京的小胡同，承载了北京人

的生活百态。”那上海的小弄堂，又何尝不是如此呢？小弄堂里的人家像个大杂院，拥挤但和美。小孩子不像现在，学英语练钢琴去补课班，而是听听老人讲古说事，知道点家长里短过日子的常识，也就活泼壮实，“天天向上”了。

我曾为小弄的朴真和实在而欢歌，因为我喜欢小弄的幽静，小弄的超脱，小弄的情趣……细细地品味春日的小弄，真是好有味。

后来，旧房改造，告别小弄，旧时邻居，各奔东西，留下了一段挥之不去的珍贵记忆。岁月不居，十年飞逝，曾经怀拥小弄的棚户区，而今高楼林立，到处是生态绿地、天然水景、高档会所……地铁 11 号、13 号线，在小弄堂的地下飞驰而过，有人说，小弄消失了。

但我始终不信！

苏州河边的小弄无名，一如新村的寂寞。小弄苦乐，人之荣辱。此刻，明月高挂，夜已深深，在长风新村风荷苑的小花园里，借着淡淡月光，我依依不舍地给那条曾经最美的小弄，起了个略略泛黄、能够永存的名字：生活。

留住城市的记忆，见证上海“苏州河十八湾”的大发展，愿上海的文化，上海人的传统，都能伴随着一条条美丽的小弄堂，代代相传。

（2013 年 10 月 9 日于风荷苑）

摇橹声里

白墙黛瓦，依河成街，小桥流水，橹声欸乃，是江南古镇再寻常不过的景致，然而只有周庄的船娘最有风情。她们一叶扁舟，一柄木桨，头上包裹着头巾，身着蓝色的印花布衫，黑色的绵绸大脚裤，双黑色的自纳的布鞋。在游人如织的目光中，她们竟悠闲自若地坐在船头，沉浸在一上一下拉动的针线的世界里，她们就是周庄另一道迷人而质朴的风景——船娘。

船娘——顾名思义就是摇船的女人。她们生在周庄，长在周庄，周庄特有的水土滋养着她们成长。且不说她们白皙而柔嫩的肌肤，饱满而动人的身段，那水乡女人骨子里的那份柔情与丰韵，就足以令大都市里的那些精雕细刻、浓妆艳抹的女人羡慕不已……殊不知，那就是水乡船娘特有的女人味道，浑身透出那朴实的乡土气息。

入夜漫步周庄，一排排依水而建的灰瓦粉黛的古代民居，一座座渗透着历史沧桑的新颖别致的各色古老的石桥，一条条蜿蜒曲折、四通八达的静静流淌的小河，一串串火红的让人感

到格外温暖的大红灯笼……这些一如中国古代山水画的场景，本身足以令人陶醉和遐想了。一位老成大器、名闻遐迩的画家吴冠中看了后，无不称赞地说：“黄山集中国山川之美，周庄集中国水乡之美。”

周庄是水的世界，周庄是乡的世界。我站在那弯弯的小河的石桥旁，看停泊着成片的大大小小的、两头儿尖尖的油纸伞一样颜色的小船。船头上散坐着专心致志地纳着鞋底的船娘们。她们不论是年轻还是年老，单她们给心爱的人做鞋的那张倾心，那份精致，那个洋溢着幸福的笑脸，和那一拉一收的弧形优美的姿态，便给这水乡的古镇，平添了一份无法用语言来诉说的妩媚与妖娆。

有游人上船的时候，她们就会放下手中的活计，羞涩地回头一笑，待游人坐好以后，她们就拿起橹，在水中轻轻地一划，船儿便听话地开始悠悠地在水面荡漾，轻轻划出一波波曼妙的涟漪……哼着江南小调的船娘虽然有点年纪，但笑容温柔，“周庄呀古镇，真呀真正好，小桥流水真正美，哎呀，乘一只小船河里摇，哎呀周庄，小桥知多少……”吴侬软语，唱腔甜糯。随着船在行驶，周庄景色如画卷般徐徐展开。杨柳爆出新芽，绿叶笼烟；桃花尚未盛开，含苞的花蕊，却若少女跳动的青春；春梅正艳，倒是与垂柳勾勒了另一番红绿相间；迎春花开得很盛，丛丛绿冠下金灿灿的连成一片，绚烂耀眼；玉兰、山茶、海棠、芍药和绿丛中的无名小花姹紫嫣红，湖畔尽收纷繁七色。

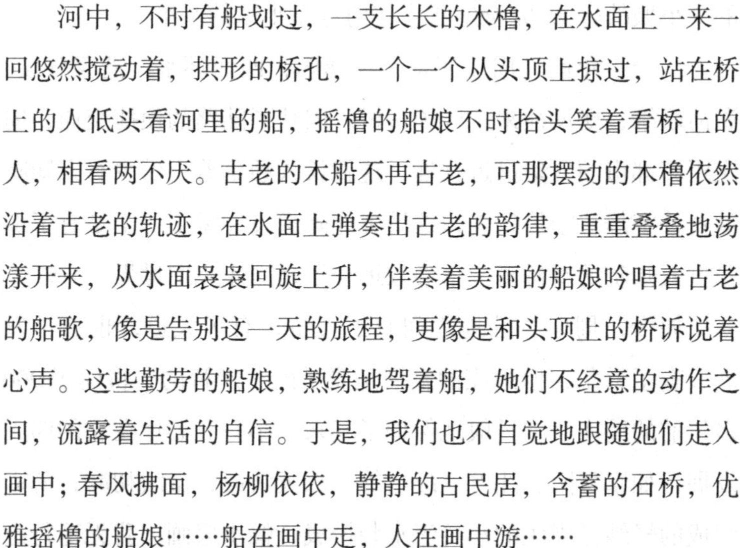

河中，不时有船划过，一支长长的木橹，在水面上一来一回悠然搅动着，拱形的桥孔，一个一个从头顶上掠过，站在桥上的人低头看河里的船，摇橹的船娘不时抬头笑着看桥上的人，相看两不厌。古老的木船不再古老，可那摆动的木橹依然沿着古老的轨迹，在水面上弹奏出古老的韵律，重重叠叠地荡漾开来，从水面袅袅回旋上升，伴奏着美丽的船娘吟唱着古老的船歌，像是告别这一天的旅程，更像是和头顶上的桥诉说着心声。这些勤劳的船娘，熟练地驾着船，她们不经意的动作之间，流露着生活的自信。于是，我们也不自觉地跟随她们走入画中；春风拂面，杨柳依依，静静的古民居，含蓄的石桥，优雅摇橹的船娘……船在画中走，人在画中游……

难得的是，船娘的手勤嘴也勤。我们的小船从河面纳入水巷，穿过一座座桥洞，而船娘一路摇来，一路唱着，几乎没有停歇过。唱完了本地山歌，又唱“西边的太阳快要落山了，微山湖上静悄悄”，“妹妹你坐船头啊，哥哥我岸上走”，中间还唱起了沪剧《芦荡火种》里的“摆出八仙桌，招待十六方”，越剧《沙漠王子》里的“手扶琴儿心悲惨，自己的命儿找自己算”。这些歌曲唱得全无顺序，船娘却毫不忸怩地拿起脚旁的一瓶水，笑着说：“不好意思，我喝几口水再唱。”说完，一手摇橹，一手握着水瓶喝上几口，纯朴自然的举止神情，让我感到特别的亲切，听来也别有韵致。

不一会，她又放开嗓子用情地唱了起来：“小城故事多，充满喜和乐……”船娘边摇边唱，在她别样的演绎下，邓丽君

的《小城故事》，完全融化在江南这座小镇的水里了。

二十多年前，周庄还是一片泽国，四面环水，港汊分岐，湖河联络，咫尺往来，皆须舟楫。因缺了陆路的便捷交通，周庄距离都市的繁华虽近犹远，这就长久独享着一份少有人知晓的古朴宁静。宁静致美，这份美让陈逸飞发觉了，于是有了那张世人知晓的双桥画。宁静致远，于是周庄飞向世界。

如今，周庄与陆地之间有了大桥，有了大道，也有了发展，有了繁华，但周庄的发展是聪敏的、理智的，将建于900多年前的周庄，宝贝般地保护了起来，小心翼翼地在它的四周发展，如富贵园、沈万三故居等。那天清晨，微曦初露，薄雾织成的轻纱把周庄的小桥流水装扮成一幅水墨画，我无论行走在古镇的哪个角落，都会有步入仙境，时光倒流的感觉。周庄一如亭亭少女，粼粼碧波是其身披的锦缎，轻轻晨雾为之薄施粉黛……

于是，城市中的那种喧嚣与嘈杂，那种虚伪与造作全随风而去，留下一个清新而素雅的我。燥热而郁闷的心，忽然之间也变得那样的淡泊与宁静，那样的幽雅与透明，一种从未有过的轻松，开始弥漫在我纤弱的周身，不知不觉整个人竟也痴了起来。恍惚之间，我似乎也成了一位年轻而美丽的船娘，驾一条两头尖尖的小船儿，纵情漂游在那碧波荡漾的水面……

那天从船埠头上岸后，我坐在镇中的廊檐下，就这么定定地看着周庄，从一块石板、一株小树、一只灯笼，到一幢老屋、一道流水。这么看着的时候，一条条小船从依身的水巷里穿过，发现每条船上的船娘，没有不唱着歌的，有山歌，有流行歌曲，有各种地方戏，甚至还有吴侬软语的苏州评弹，船上不时爆发出一阵阵掌声和喝彩声。

周庄是水文明，船文明，它慢悠悠地摇来，又慢悠悠地荡去，欸乃声中，飘溢着周庄人的明澈之心，淡泊之性。现在，我们讲实现中国梦，讲美丽中国，我喜欢一篇文章中的一句话，说美丽中国是一种由内而外发出来的气质。身处转型期的我们，带着内转的眼光，就会发现，很多过去我们迫不及待要摒弃的东西，其实蕴涵着现代的意味。周庄贞丰街上，有很多我们曾经熟悉的老门店，纺纱的、织布的、打铁的、水磨豆腐店，还有酒作坊，那些传统的东西，正一点点的被找回来……

周庄，如今是更美了，因为中国第一部呈现江南原生态文化的水乡实景剧《四季周庄》，在周庄“小桥、流水、人家”这一经典的江南环境里展开，将江南水乡的柔和之美，凸现在了我的面前。不过，我觉得周庄的美，还是那船娘好唱歌，这情景分明成了周庄又一道特别的风光。乘船游周庄，眼中是优雅的水乡景，船下是潺潺的流水声，优哉，游哉，别有韵味，让我难忘。

（2013 年 4 月 19 日）

清凉属莫干

知了声声，嘶鸣着炎夏的酷热，为了不至于被闷热逼仄得喘不过气来，于是，我外出避暑，乘车来到莫干山，犹如进入了山口峭壁上石刻大字形容的那样的清凉世界。

（一）

莫干山，位于浙江省北部的德清县境内，属天目山余脉，沪、宁、杭长三角的中点，是国家重点风景名胜区，素来以竹、泉、云和清、绿、静的环境著称，与北戴河、庐山、鸡公山并称为我国四大避暑胜地。其中心景区包括塔山、中华山、金家山、屋脊山、莫干岭、炮台山等，植被覆盖率高达 92%，围抱成一个优质的氧吧。2012 年，《纽约时报》对全球的山水做了个盛大选美，莫干山入围 45 强，位列第 18。

汽车沿着盘山公路蜿蜒而上，渐近山顶，便置身风涛云海之中，放眼四望，是树的林，竹的海洋，满目青山，重峦叠翠，一座座奇峰，被竹覆盖。那一株株修长挺拔、青翠欲滴的莫干竹，立于轻纱般的云雾间，凉风掠过，秀影摇翠，远远望去，似海涛翻腾，碧波奔涌。啊，这碧绿的海，这翠竹的海，绿出了一道秀丽的景致。

“莫干山的云雾，有点像庐山，可没有庐山的气势；莫干山的山峦，有点像黄山，只是劲松换了修竹。”同行中有人说。我不知这是赞赏还是贬低，可无意中却道出莫干山的个性。是的，莫干山的云雾，也极具特色，因时而异，变幻万千，动若浮波，静若堆絮。站在云海上，餐雾饮露，枕云席絮，令人有“遗世而独立”之感。泉也是一胜，飞瀑流泉数也数不清，可谓峰峰有水，步步皆泉，泉泉流珠。挤在莫干山的林海里，只见修竹夹道，绿荫环径，风吹影舞，芳馨清逸，宛如置身碧水中，挥一下胳膊，就能听到哗哗的竹叶如水声，这就越发衬出清水流云的俊秀。我欣赏一只松鼠对我目不转睛地凝视，还有大帮的小雀儿，假装没有看见我，自顾自在林中变着调地歌唱。与世无争，与人无患，自然界的乐声，在我耳边慢慢旋转，原音真切。

莫干山的历史，可以追溯到春秋末期。当年，吴王阖闾欲争盟主，得知镆铘干将夫妇乃铸剑神手，限令三个月内铸两支宝剑。时限将尽，而铁水却只在炉内沸腾，怎么也凝聚不了。于是，镆铘舍身跳入炉中，殉祭炉神，铁水凝固，宝剑才铸成，雌剑号镆铘，雄剑称干将。源远流长的传说引出了纪念，莫干山因此得名。莫干山四季皆有景，洋溢着淡淡的浪漫情怀，不过以“夏季清凉”最为人称道。

我望着这撒向天边的4000多亩竹海，此时此刻，怎能不想起元帅诗人陈毅的《莫干山纪游词》。他那吟词之音，至今犹回荡于青峰翠谷间：莫干好，遍地是修篁。夹道万竿成绿海，风来凤尾罗拜忙，小窗排队长。

竹的碧绿，竹的挺拔，竹的坚贞，受到人们的赞赏，而竹的有节，更为历代文人画家所称道。李贺说："笛管新篁拔玉青"。李商隐说："于陵论价重如金"。爱竹画竹如痴的郑板桥写道："咬定青山不放松，立根原在破岩中；千磨万击还坚劲，任尔东西南北风。"对荷、兰、松、竹的赞美，不仅频见于千百篇诗词中，也是画家们的必修主题。他们以此寄托自己的情思，正因为竹子的品格是他们情操的写照。你看：那安于山野生活，随处可以扎根的性格；那节节向上，生机勃勃的气概；那受养于大地的甚少，而贡献于世界的甚多；那困难压不折的坚韧精神，和我们这个时代的英雄们的品格，是多么相似啊！

（二）

莫干山，海拔761米，位于天目山东端，景点精巧而集中。当天下午，我在荫山街、芦花荡公园等处走走看看，自然也去了较远一些的怪石角、石门卡及屋脊头。

第二天，清晨的莫干山，亦幻亦真，从阳台上望得见的山峦，被云雾遮去了大半。天上下着小雨，山岚雨雾轻轻飘在头顶。乳白和黛青画出了自然的泼墨山水，一点一点变幻着画卷的内容。莫干山多的是大树，树龄非常古老，与城市里的树不

同，你要一直往上看，才能窥见被割裂的一小片一小片的天空。但我要是试图在山上找出什么了不得的景点，还真是有点难度，难怪有人失落地在竹林小径的一棵竹子上，刻下了“唯有大树山中立，莫干山上无稀奇”两句诗。其实对都市的我来说，走在漫山绿意中，听听脚边的溪水声，已经是要感念诸佛慈悲和自身的造化了，还有什么嘈杂烦心的事来扰乱，放不下呢？

漫步向前，不知几时，猛然，耳畔忽响起了奇特的声音“哗哗……”脸颊被一片无名的凉爽掠过，便如清风拂过镜面般湖水的涟漪，风么？竹么？……是她！是她！是三叠而下的剑池飞瀑，将水的冰爽不时地传递过来，闻之，心里已渗透了阵阵清凉的韵意。还没等我走近，她的秀发却已轻轻拂在我的颊上、额上。她是如此的轻巧曼妙，薄雾中微现她那离合的神光，却令我无法捕捉她的身影。在若即若离中，一缕阳光，不经意间挑开了她的面纱，我的心不由快速地跳动，似乎舒了一口气，却又快速地屏息，不由向前，向前，直至铁栏，令我驻足。只见她色泽雪莹，摇摆在山风中，慢慢散去的雾萦绕着，伴着那缕阳光，由晶莹极其自然地过渡到金黄，没有一丝矫饰，更无半点拼凑，忽而一顿，悠然一敛，随后便如飞花碎玉般喷溅而出，在风中飞散开来。那是干将在利刃下喷溅的悲壮么？那是尺间眉欣慰挥洒的热泪么？还是那勇士首噙着昏王头，奔赴那熊熊飞溅滚汤的千古绝唱么？……

然而，我只看到，那仙女抛向人间的花瓣，随着那扯成丝

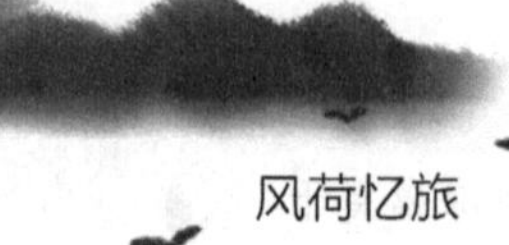

丝缕缕的雾，飘洒而自然，在那阳光的活泼泼的水汽中涌动着七彩斑纹……一时间，我的眼中只有她的影，鼻翼间只有她的气息，拂过脸颊的是她的发丝，烁烁活泼的是她的明眸，忽如感到手背一凉，更是她在牵你的手了……所到处，留下的是颗颗晶莹剔透的水珠。把她们捧在手中，便如娥皇女英洒落在湘妃竹上的情泪，“思君如满月，夜夜减清辉”，它们也应该是如此动人吧……

（三）

这时，淅淅沥沥地下起了小雨，大伙儿都欣喜地叫道：“趁雨去游剑池！”带着依依的别情，我便沿着布满石子的溪道，执着地走向剑池。

剑池是莫干山的中心，是莫干的精华，也是当年镆铘干将铸剑之地。仰望石像，美丽端庄的镆铘持剑在前，体魄雄健的干将抡锤欲出在后，只见两人严肃的神情中透露出成功的喜悦。临近此地，便听到飞瀑之声。雨中的瀑布声，显得更加清脆悦耳。那飞流疾下的瀑布，远望如白鹤翔舞，近看似抛珠撒玉，虽没有“疑是银河落九天”的气势，却更使我觉得亲近。飞瀑泻入一泓水潭中，那清澈碧绿的潭水，像醇香的青梅酒，看上一眼也会叫我心醉。随着碎琼乱玉落潭之声，时光走过，历史不灭，化为了干将夫妻山中挥锤铸剑的一瞬。

那时节，该没有从竹林里时时传出的少女们的欢声笑语吧！该没有散布在翠岭中的一幢幢西式避暑小别墅吧！更不会有蜿蜒曲折的盘山公路了！可是我想，在那奇峰幽谷间一定会有竹。干将镆铘也许受到竹的启迪，才铸出那挺拔锋利的宝剑来。铸剑者死于暴君的狂虐下，留给后代一段美丽传说。也许，莫干山为了缅怀这对善良夫妻的节操，才把青竹流传，一代一代地传了下来……

就在令人叹为观止的连绵竹海中，一栋栋的别墅掩映其间。那别墅，依山就势布排，高低错落有致，或对山相望，或隔溪而建，或上下而立，或左右为邻，与周边环境极其和谐统一。有的耸立在山峦峰顶，可极目远眺，观日出日落，云雾变幻，定会心旷神怡吧；有的坐落于溪边泉旁，可枕流漱石，看水涨水消，鸣泉飞瀑，一种幽深清妙的感觉自是会从心底漾起；有的则掩藏在修竹花木丛中，可品竹赏花，听鸟歌蝉唱，竹浪扬声，优哉游哉的意绪如洋溢在闲庭信步之中。一栋栋的别墅，成为莫干山的一种景致，令人目不暇接，感叹不已。

莫干山别墅的建筑风格，更是丰富多样，如镶嵌在绿荫中的一幅幅画图，多彩多姿。既有尖顶的哥特式，又有巴西里加的模拟品；既有马洛克的遗风，也有拜 占庭的产物；既有北欧的陡坡屋顶，也有俄式建筑的风貌。有的庄重，有的轻巧；有的舒展，有的雄浑；有的优雅，有的厚实。色彩不一，风格各异，一栋别墅，便如一枚凝固的音符，将莫干山点缀出一番异国风情。望着望着，心里拥有的是一种别有情趣的审美享受。

（四）

最让莫干山成为人们津津乐道的风景胜地的原因，据说是有这400余座洋房别墅，成为度假之地、消夏之都。这些别墅大都有近百年历史，也与名人到访有着密切联系，诸如：皇后饭店，毛泽东在杭州起草我国第一部宪法时曾到此下榻，张云逸也曾在此疗养，陈毅多次前往探望；武陵村，蒋介石与宋美龄在此度蜜月，令人遐想彼时的美景，自然还在此召开多次会议；白云山宾馆，为民国时期国民党政府第一任外交部部长黄郛所建，周恩来与蒋介石在此进行国共和谈；静逸别墅，国民党元老张静江所建；林海别墅，杜月笙、张啸林在此留下许多秘密……一栋栋别墅，在述说不一样的故事，也似乎在怀旧的意绪中激发出莫干山旧时的荣耀和豪华。

自然，炎热的夏天里，莫干山的冰凉就可想而知了。那漫山遍野的翠竹，构筑出一望无际的绿境，将凉快的含义，浓浓地映示出来，望着就凉意连连。如果在某一栋的别墅里住上一宿，就可以领略一下异国风情在莫干山上的演绎，是如何在这静谧的天地里生辉，抑或怎样的闲适。假若站在二楼的阳台上，背后是他国别具特色的建筑样式，面前是深绿起伏的修竹，会有一种什么样的感叹？

这个民国时期保留下来的别墅群，被高大浓密的林木拥抱着，与这座山已有了骨肉关系。墙是青石的，窗是木的，瓦是红的，每一种颜色，都被时光洗了又洗。暗扑扑的旧，不招眼的旧，游客走了，这种旧，长起了灰尘，初看荒凉、灰败，细

看满是历史的呼吸。室内也是，铺着木地板，光线静止暗淡，屋顶漏进来的柱形光束里，纤尘毕现。想来，要是在过去，像我这样的平头百姓，也许是不能涉足于此地的吧！如今，我却如一个后来的匆匆访客，打开这里的扇扇门窗，查探那些陈年往事，还似乎能够听到四壁的对话，窥见早已消逝的秘密。走在莫干山的林径小道上，似乎仍聆听到荡漾着历史沉淀的回声。

翠竹满坡，清泉竞流，我漫步山间，又穿过昔日别墅，忽觉山水依旧，天地依旧，而曾经的别墅主人却不知所去。他们之中不乏一代枭雄，如今却都化作烟云。仰望莫干山天空，我忽生“人生易老天难老”的感慨，更觉这“天”字上面两横，太像镆铘、干将二剑，一剑悬在人顶，一剑横在人喉。

人，你能逆天吗？

我走过祖国不少大大小小的名山，景致都是那么妖娆，环境都是那么幽静，无论什么时候想起来，都会让人魂牵梦萦，如痴如醉，然而到了莫干山我才意识到，原来山水跟人一样，有了不寻常的经历，就会显得厚重而深沉；有了不平凡的故事，更会显得神秘和奇特。莫干山可以说是一部浓缩的中国近代史、一幅百年风俗画、一座20世纪中国立体模型。如果门窗能够张口说话，那么几乎每扇窗都会告诉我：在这里的每座房间里，都曾经发生过或演出过与近代中国密切相关的不少人间故事和话剧，只不过有的惊心动魄，有的险象环生，有的委婉动人，有的甜畅温馨，有的耐人寻味。

转过“芦花荡”，拾级而上，中华山峰便在头顶。途中，

我误入一家院落，前进无路，忽然从石屋里转出一位长者，见我的装束，笑着问："上海来旅游的？"当他得知我要攀登中华山时，从室内叫出他十多岁的孙子，做我的义务向导。出发前老人建议道："去中华山，万不可不去怪石角。来莫干山不去怪石角，等于没来过莫干山！"听完这话，小孙子有点犹豫起来，说："那他误了吃饭，怎么办？"爷爷笑道：

"哈，要玩的人，是不吃饭的！"

怪石角要去的，瘦长的石板路，一群颐养天年的柳杉。经过了艰苦的"长途跋涉"，我来到怪石角下，仰望那几块标志性的嶙峋怪石，感到并无绝佳之处，可是，一旦登上石顶，豁然开朗，纵目远眺，竹峰云海，皆在脚底。苍穹下，山川翠谷隐现于云烟之中，对空长啸，声音传得极远，极远，似乎随着烟云，穿过层层竹林，飞向祖国的山山水水……

（五）

莫干山上的风雨雷电、云雾山川，都是很有个性的。山上的风，因无所顾忌而特别的疯狂；山上的雨，粗大急剧，如刀似箭，暴虐不驯；山上的云雾，正如刘大白先生的诗云："朝朝暮暮，尽是风风雨雨，挟着些云云雾雾，向高山喷喷吐吐。"莫干山那万千蝉鸣更为神奇，晴天时，每早骤然齐声大放歌喉，到黄昏时，又一齐戛然而止，好像有人指挥似的。

秀美莫干，特色山地，参天大树，让我不禁想起苏东坡的诗："行遍天涯意未阑，将心到处遣人安。山中老宿依然在，案上《楞严》已不看。欹枕落花馀几片，闭门新竹自千竿。客有茶罢空有无，卢橘杨梅尚带酸。”我陶醉于这梦一场的意境，画一般的山水，诗一样的村落。置身其中，热乎乎的表象早已消隐，感受到的是一番清凉世界。这样的景地，这样的精致，无不都渲染着深深的凉美。

莫干山不以雄伟取胜，不以峻险称奇，却以清凉精致而迷人。神奇的山水，神奇的幽雅，有着神奇无穷的魅力！

（2013 年 7 月 30 日）

雁山荡影

（一）

雁荡山，明代大旅行家徐霞客曾经有过一段难忘的游历：公元 1613 年的一天，在浙江省东南部茫茫括苍山脉和浩瀚的东海之间，有一片连绵起伏的群山，徐霞客在攀登山峰时，遇到了千丈绝壁，用来垂吊身体的强索被突出的岩石磨断，几乎葬身深壑。这座山的山顶有湖，芦苇茂密，结草为荡，南归大雁多宿于此，故名雁荡山。当年，徐霞客也许并不知道，这座山就隶属于一个叫乐清的地方。

雁荡山，据说是中国十大名山之一，也是世界地质公园，以奇峰、怪石、洞窟、飞瀑、流泉称胜，形成于 1.2 亿年前，素有“中华夜景名山、世界地质奇观”之美誉，是世上唯一滨海的山岳风景区。大自然的鬼斧神工，劈造了雁荡山的奇、险、绝。在雁荡山观景，必须要置身于各种美丽的传说中，因为它“日景耐看，夜景销魂”，“一景多变，移步换形”，在国内名山大川中也算独树一帜。

八月的雁荡山，天高云淡，金桂飘香，花草林木，姹紫嫣红，景色绮丽而动人心魄！当我站在古刹能仁寺西北的高处，见到一水从锦溪奔来，自岩门冲出，正当它将要坠入40多米以下的霞映潭时，溪水触石分流，比肩并挂，构成了一挂形如燕子尾巴似的瀑布，人们称之为燕尾瀑。

与燕尾瀑相反，在雁荡山的山脚，有一瀑布顶端分流，下面复合为一，作“丫”字形，仿佛是一条随风飘拂的罗带，人们称之为罗带瀑。从显胜门西行10里，有飞瀑高100米，自悬崖倾泻而下，半途撞击在一块岩壁上，水珠散飞，纷纷扬扬，发出窸窸窣窣的声响，这是散水岩瀑布。若遇阳光斜照，瀑水五颜六色，因风作态，使我感觉到那散落的仿佛不是水珠，而是一串串飞舞的花瓣，稍纵即碎，四散飘零。

诗人舒婷赞誉：“雁荡，雁荡，一改中国山名威严理性，而带几分放浪，几分抒情，多念几遍，令人悠然神往。”盛夏八月，我有幸来到了雁荡山。我的温州乐清的朋友，曾多次邀请我前往雁荡山游览。说实话，我喜欢乐清二字，清丽如水，而雁荡，有着词的意境与豪情，散溢出一种古韵的气息，吸引着我前往。

（二）

刚踏进雁荡山的山门，天空中便乌云密布，雷声隆隆，一阵突如其来的阵雨倾盆而至。幸而我深知这里气候多变，多雨，有备而来，还不至于变成落汤鸡。雨中，沿平缓的山阶，

兴致盎然地向上攀去。路两边是极其茂盛的林木、翠竹，到处是无边无垠的绿色。其间溪水潺潺，水中怪石兀起，阵阵清脆悦耳的鸟鸣，夹杂在风雨声中，在耳边一起回荡。

不知不觉中，雨停了，一路上，我仰首望去，一座座奇形怪状的山峰，或如万马奔腾，或如慈母抱子，或如情侣相依，或如一柱擎天，形态各异，栩栩如生，气象万千。最令我叫绝的是，无论从哪一个角度，哪一个侧面，都会看到不同的景象，给我诗情画意般的享受。

远远地传来巨大的水声，似雷鸣，我不由得加快了脚步，向前奔去。闻名已久的雁荡山大龙湫瀑布，就这样出现在我的面前：一道白练，三越重崖而下，构成上、中、下三个姿态不同的瀑布。上段叫上折瀑，身藏白云生处，不轻易露面，需要有很大的毅力，不畏攀登，才能领略它的秀丽姿色。下段叫下折瀑，嫣然恣肆，日夜轰鸣不息，令我感到惋惜的是，瀑身不高。唯独这中折瀑，蔚为壮观，引人入胜。

中折瀑的下端是一个圆形的水潭，圆潭三面危崖壁立，形状就像一口高不可攀的大竖井。来到潭边的石路上，我抬头仰望，只见瀑布从 196 米高的“井口”岩端，如同一条白色长龙飞身跃下，凌空翻转，辗转腾挪。虽然水势不太大，依然潇潇洒洒，开始只是一道宽宽的水柱，渐渐的，水柱越来越大，慢慢散开，化为阵阵飘飞的水雾，飘然而下，那是一种轻盈，也是一种洒脱。

瀑布溅落在一潭碧水中，清澈见底。游人们纷纷围坐在潭边，观赏着，嬉闹着，我把双手放进潭水里，一阵清凉，顿时溢满全身，好舒服！浑身的汗水，仿佛在一瞬间消失得无影无踪，好惬意！我闭上双眼，用耳朵去聆听，用心灵去感受，人们的欢笑声和瀑布的冲击声，融为一体，悠远祥和。

我往里走，站在瀑布背后朝外望，晶莹密集的水珠，织成了一幅长长下垂的水帘，刚好遮住一线天空。阳光透过东面的岩隙，照在飞洒的瀑布上，折射出绚丽的光彩，使那墨黑色的峭壁上，不时幻化出虹霓，里面闪现出楼阁，真是仪态万千，神奇极了！郭沫若先生在1964年游雁荡山时，曾在诗中赞美道："奇峰传百二，大小有龙湫。我爱中折瀑，珠帘掩翠楼。"说它是雁荡山第一胜景，我觉并不为过。此外，还有大小龙湫等共十八挂瀑布。

前人说："欲写龙湫难下笔"，身历其境，有此同感。有人说它千尺玑珠，有人说它天外飞来，都说到了它的特征。一股清泉，从千尺崖顶壁而落，跌宕而来，却有一种婉约之美。瀑布呼啸，有乐之旋律，飞溅的水珠，让徐徐山风如柔曼的素绢，环绕于山崖石壁，最后化云为雾，泻入碧潭。这一切，都因为其有190多米的落差。清代诗人袁枚抓住了这个特征，写过一首精彩的《大龙湫之瀑》诗：

龙湫之势高绝天，一线瀑走兜罗棉；
五丈以上沿是水，十丈以下全是烟；
况复百丈至千丈，水云烟雾难分焉；
初疑天孙工织素，雪梭抛掷银河边。

另外，曾唯的《雁荡山志》这样记载：“大龙湫自石壁绝顶泻下，高五千尺。一名大瀑布……”元代崇文阁秘书监丞李孝光的《大龙湫记》则写道：“仰见大水从天上坠地……山风横射，水飞着人，走入庵避，余沫进入屋，犹如暴雨至。水下捣大潭，轰然万人鼓也，人相持语，但见口张，不闻作声，则相顾大笑。”

（三）

观雁山云影，听瓯海潮踪，竟也惹出不少神思来。耳不绝于奔泉之声，目相接于奇石之色，雁荡风光怎不吸引人们纷至沓来？歌吟水湄，诗酒唱和，兴来放怀高歌，怎不容易激发人的情怀与才思？

实际上，名流大家都喜欢到雁荡山游历，戚继光、汤显祖、徐霞客、杨宗业、袁枚、魏源、康有为等文武才俊，都曾以文墨挥洒留驻，仿佛当年的永嘉太守谢灵运于不经意间在北雁荡踩下的屐痕。再往近处数，蔡元培、马寅初、郁曼陀和郁达夫两兄弟、黄炎培，以及黄宾虹、邓拓、潘天寿、郭沫若等，更是不甘落寞，所到之处，必欲题之记之而后快。张大千、谢稚柳、方介堪、于非闇及黄宾虹、潘天寿等国画大师，还以绒条代汉字，以晕染代韵律，以深厚华滋代粲花之论，为雁荡山景摹形写状传神，留下的一卷卷画轴，永远大气淋漓。

有着这么多的文武泰斗接踵赶来，一代接一代地穿行在雁荡狭窄的山道上，一走就是上千个年头，心急火燎地欲与龙湫之水套近乎。这里的景致若非十分了得，那些“万般皆下品”的读书人，又怎肯如此认真地执着于颠簸，以一段绝非寻常的生命历程，作为投入的代价？

春夏积雨之时，龙湫水又如“怒涛倾注，变幻极势，轰雷喷雪”（徐霞客语），则又是一番威武的形象了。

雁荡山的飞瀑流泉，不仅给了我以美的享受，而且还造福于人类以物质财富。雁荡山的泉水，清冽甘甜，含有各种矿物质，可制成各种上等的饮料。同时，它还使周围6万亩水田和更为广阔的果树、林木、茶园得到滋润。近年来，人们在这里建起了多座小型水电站，为乡村实现电气化提供了能源，为雁荡山更增添了光彩。

雁荡山的瀑布秀丽，山峰则更奇。雁荡的山峰多是拔地而起，但它们不同于玲珑多姿的桂林的山峰，而是高耸入云，气势磅礴，如旌旗招展，远远看去，如一面大旗迎风招展，故有人因此认为，雁荡并不逊于美丽奇绝的黄山。

（四）

游雁荡山，只要沿着平地的石子路，缓缓前行，各色奇峰妙景尽收眼底，不必耗太大的体力。雁荡山102峰，奇石林立，千岩竞秀，石峰都有名目，如“听诗叟”、“望月牛”。这些带有诗意的石头，是很耐人寻味的。“迎客僧”高可百尺，披袈屹立，让人引起雁荡佛国的联想，只可惜的是，十八古刹早已荡然无存。为了发展雁荡山的旅游事业，如能仁寺、灵岩

寺、净名寺这些有代表性的寺院，是应该考虑修复的。雁荡多数山是“以像闻”，如“鹰嘴”、“骆驼”、“天柱”、“合掌”，等等，甚至有“上山鼠”、“下山猫”这类巧合的形象，猫鼠隔山对峙，有点戏剧性。有些山石，可以有几种名目，即“像物赋形，步移即换”，看那山叠嶂，壑纵横，坡陡高，树苍翠，岩斑斓……千姿百态的雁荡山，此真谓“横看成岭侧成峰。”

钟灵毓秀，雁荡山也产生过诗人。南宋王十朋写雁荡山的诗作很多，其中一首有这样几句：“雁山五经眼，兹行尤可观。初冬天气佳，雁归山未寒。”……“瀑泉飞玉龙，羽旗导翔鸾，石柱屹天外，卓笔书云端。”把雁荡山的特点都写到了。这位梅溪先生是乐清人，雁荡是他的家乡，然而，如果不是有本《荆钗记》传奇写了他，人们可能并不知道这位廷对第一的状元郎。

雁荡山的地貌，据说亿年前，经火山反复喷发后形成的，素有“东南第一山”之誉。上体呈现出独具特色的峰、柱、墩、洞、壁等奇岩怪石，可称得是一个地貌博物馆，这一点在灵峰、灵岩上都有体现。来到雁荡山一定要看灵峰夜景。白天里的灵峰，我一眼望去只感觉山外有山，谷中有谷，虽形状各异，林立峻拔，但感觉少了神韵。当夜幕降临，灵峰的景色完全变了，变得让人销魂：诸峰剪出一片倩影，“雄鹰敛翅”、“犀牛望月”、“夫妻峰”、“相思女”等一一显现，不仅形似而且神具。

灵岩中最令我赏心悦目的是美若仙境的观音洞，其建筑设计与雕刻艺术，都会让人折服。这里最早是唐代高僧善牧的地方，洞内的佛楼倚着岩壁而建，高达 9 层，而且内塑四大金刚，殿后有 377 级石阶，直达顶屋。顶屋为观音殿，其余为僧舍。我从洞顶往外望，天空仅留一线，人称“一线天”。洞内尚有洗心、漱玉等泉水，最顶层的大殿旁还有一处洗心池，水质清纯甘洌。

作为大自然的造化神韵，雁荡山夫妻峰所蕴含的含义，需要更多人去感悟。这一自然美妙的奇景，显得幽深、静谧，充满诗情和浪漫，夜晚的夫妻峰，更为显得美妙。相偎相依的夫妻峰，让无数文人墨客留下了脍炙人口的诗篇。关于雁荡山夫妻峰的传说有许多，但我觉得不管其如何描述，这充满诗情与浪漫的景致，体现了人间最美丽真挚的爱情，感受到大自然的鬼斧神工和匠心独运。

（五）

神奇的大自然，孕育了阴柔娟秀、清丽精致的雁荡山，赋予了它的灵气、神采和芳姿，此时竟也牵动了我的心弦，在那思绪飘过、眼眸瞥见的一刹那间，就已定格成永恒。我也知道，雁荡山，不以雄伟取胜，不以峻险称奇，却带着几分清秀、浪漫的情感，充满天然韵味，以清凉、精致而迷人。神奇的山水，神奇的优雅，有着神奇的无穷魅力！

在雁荡山，每到一处，都会给我以美不胜收的感受，真正让我领略到了一种与众不同的风景：雁荡山的山很美，美在出类拔萃，美在袅娜妩媚；雁荡山的山很秀，秀中有险峻；雁荡山的山很奇，奇中有幽奥……如果说北方诸多山脉如泰山、华山等以雄伟高峻而著称，那么，雁荡山则以更为含蓄、深沉、秀美的韵味，让我感叹不虚此行。

当因时间关系，不得不坐车离去之时，回首遥望那郁郁葱葱、幽远深邃的雁荡奇景，我的心中充满了留恋和感动。那山、那水、那峰，连同这被大自然洗荡过的心境，都被铭记在我的记忆最深处。

（1995 年 10 月 6 日）

魂牵梦绕扬州情

诗里扬州，画里扬州，梦里扬州……三月已是吹面不寒杨柳风了，一年中的这个月，正是扬州的梦醒时分。汽车从苏北沿着京杭大运河的公路直奔扬州，我默念着李白的名句“烟花三月下扬州”，兴奋之情，好似去会已久违的老友。

没有摩天大厦的淮左名都扬州城，厚重的历史却如拔地而起的万丈高楼。140 万字的历史小说《雍正皇帝》开篇的第一句便是“游三吴不可缺扬州”，千古不朽的诗意如“天下三分明月夜，二分无赖是扬州”、“二十四桥明月夜，玉人何处教吹箫”……简直把扬州推向了极致，让我为之惊羡。《红楼梦》、《桃花扇》、《儒林外史》、《花谱》等历代名著，都与扬州有关。扬州八怪开一代画坛新风，且为人们称道。

别以为这些只是文人的夸张，游过扬州之后，方知他们言之不虚。传说隋炀帝为观赏扬州琼花而开凿运河；马可·波罗笔下赞扬州：“城甚广大，所属二十七城，皆良城也”；吴敬梓醉吟“人生只合扬州死”，选取这儿为终老之地……

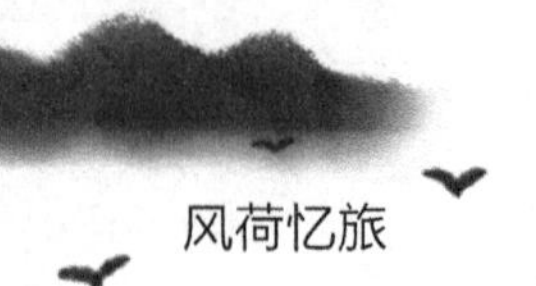

扬州实在像梦一样的美丽，文人墨客，是非要到扬州一游不可的，历代风采是可想而知的。

（一）

“扬州的名称，就来源于水。”扬州得名于史书记载的“州内多水，水扬波”，而州内的水，最美、最多、最知名的当然非运河莫属。熟悉这些诗歌词句吗？“嘹唳塞鸿经楚泽，浅深红树见扬州”（李绅）；“沉舟侧畔千帆过，病树前头万木春”（刘禹锡）；“楼船夜雪瓜洲渡，铁马秋风大散关”（陆游）；“泗水流，汴水流，流到瓜洲古渡头，吴山点点愁”（白居易）……在他们多情的笔下，扬州的水，被赋予了诗意的内涵。

“京口瓜州一水间，钟山只隔数重山。春风又绿江南岸，明月何时照我还？”王安石这首脍炙人口的名诗，至今仍为人们吟诵。扬州西南约十五公里，在急流奔腾的大江与浪平波软的运河处，是古往今来的瓜州渡口，也是江南游人进入扬州的门户。这里的江面，曾回荡过杜十娘怒沉百宝箱的悲剧；这里的浪花，曾映照过唐代高僧鉴真乘古运河入江，东渡日本的帆影……

春风十里扬州路，卷上珠帘总不如。扬州，一个山清水秀、空蒙迷幻的梦里水乡。鉴真从这里出发，千辛万苦的六次东渡，将中国文化带给日本，成为日本律宗初祖。可是，这位律学高僧怎么会想到在他圆寂 1174 年后，就在离扬州仅几十公里的南京，日寇竟举起了屠刀血洗了南京城。南京的“南京大屠杀纪念馆”，记录着被永世诅咒的侵略者的罪恶；而扬州的“鉴真纪念堂”，却让中华民族的友善，在人类历史中，彪炳千秋，感动万代。

扬州古称广陵，位于江苏中部，长江北岸，与镇江隔江相望，古木参天，亭桥如画，山环水抱，建成已有2500多年。古文化的积淀深厚辉煌，形成一股强大的威势。第一个为扬州扬名的是大禹，据《尚书·禹贡》记载，大禹治水时分天下为九州，扬州为其中一州。盛唐时期，扬州已是“江淮之间，广陵大镇，富甲天下，”也是东南第一大都会。一些代表着中国文化高峰的诗文圣手，如李白、欧阳修、苏东坡等，都到了扬州，为扬州大做广告……到明清，扬州成为世界上10个拥有50万以上人口的大城市之一，甚至连清皇帝康熙、乾隆六下江南，也要必定到扬州一趟……如今，扬州并非没有大企业，不然GDP就达不到2113亿元；也不是没有名牌企业，在经济上他们是很“洋”的，或是叫很现代的，而且，尽人皆知，现在的世界是文化决定经济的成败，扬州园林文化，这谁能比得了？

从前，扬州是被人说过俗的，清人有句：青山也觉扬州俗，多少峰峦不过江。扬州俗吗？当我站在与北京颐和园、承德避暑山庄和苏州拙政园并称为中国四大园林之一的扬州个园里，叹服这不愧是私家园林中的压轴之作。嶙峋的山石，磅礴连绵的贴壁假山，把建筑群置于山麓池边，并因地势高低而点

缀厅楼、山亭，错落有致，蜿蜒逶迤，山水建筑，浑然一体。园中的花草树木，更是独具匠心，半月台旁的梅花、桂花、白皮松，北山麓的牡丹、芍药，南山的红枫，庭前的古槐、梧桐，建筑旁的芭蕉，等等，既有一年四季之布局，又有一日之中早晚的变化。特别是当我面对园内万根竹时，那个“俗”字便被这满眼的绿意一笔抹去。个园的主人盐商黄至筠是清嘉庆年间的两淮盐总，真可谓富甲一方。

江南的富人多好风雅，特别在建造家宅上十分讲究。就说这“个园”吧，“个”者，乃竹之半，字形如竹叶也。一根杆子挺着个人，劲直有节。黄至筠以“个园”作为自己的别号，人与园合一，俗雅同构，正是“个园”的立意。个园是扬州最负盛名的园景之一，它旨趣新颖，结构严密，尤以“四季假山”最为有名，营造出了“春山艳冶而如笑，夏山苍翠而如滴，秋山明净而如妆，冬山惨淡而如睡”的诗情画意。这座私家庄园，被誉为园林的孤例，可见其在中国园林中的尊贵地位了。原来扬州的雅，是靠好几百年发达盐业的“俗”烘焙出来的呀，这又是怎么一个雅字了得的。

扬州的园林，不像北京有皇家气势，也不似苏州呈富贵形态，它因人荟萃，多了几分书卷气，如闵园、徐园、治春园、贺园、罗园、熊园……过去的商贾巨富们，谁买地建个园子，就以自己的姓氏命名。被湖水串起来的这些园林，虽风格各异，各有千秋，却又“合而为一”，联络至山，气势俱贯，体现出了扬州集景式滨水园林之特色。这也表明扬州对自己的人文景观非常有自信，尤其是园林文化。难怪《扬州画舫录》的作者李斗曾引过刘大观的话：“杭州以湖山胜，苏州以市肆胜，扬州以园林胜，三者鼎峙，不可轩轾，洵至论也。”的确，当我漫步在扬州街头访古探胜，其意味不能不说是一种美的享受。

（二）

“天下西湖三十六，唯有最美在扬州。”为什么？因为这里有瘦西湖。瘦就是美，铁证如山。一样的湖光山色，但我瘦；一样的春来湖水如蓝，但我瘦；一样的白富美，但我瘦——作为胖子，真想打瘦西湖一顿。但瘦西湖，以其清秀婉丽的风姿，独异诸湖。窈窕曲折的湖道，宛如玉带，如飘如拂，时放时收，清瘦的神韵，串以长堤春柳，恰似一幅天然而成的国画长卷，而被文人墨客冠以“瘦西湖”。一个恰如其分的“瘦”字，更觉舒卷飘逸，正如散文大家郁达夫所说：“瘦西湖的好处，全在于水树的交映与游程的曲折。”

十里碧水，荷蒲熏风，石壁流淙，盈盈一握；兼之蜿蜒曲折，垂柳依依掩映，因而显之清瘦。瘦则秀，正应和了中国古典的审美情趣。清代时，有个叫汪沆的诗人写了首诗云：“垂柳不断接残芜，雁齿虹桥俨画图。也是销金一锅子，故应唤作瘦西湖。”在我看来，瘦西湖的名字，之所以得到人们的认可，妙就妙在“瘦”字。瘦西湖景色堪比西湖，规模比西湖要小，明显不承认输给西湖，巧妙地借用了一个“瘦”字。“瘦”既

有细、狭的意思，又有精、巧的意境。到了今天，还正好迎合了爱美女士追求苗条的时尚。这妙不可言的“瘦”，不正暗藏了扬州先人们的睿智和精明？

“小金山”是瘦西湖中最大的岛屿，登高极目，全湖景色，尽收眼底。有人取瘦西湖之“瘦”，小金山之“小”，点明扬州园林之妙在于巧“借”；借来西湖一角，堪夸其瘦；移来金山半点，何惜乎小。瘦乃苗条，小却精巧，单凭这点也借得有不落俗套之妙，令人为之倾倒。

游瘦西湖，二十四桥是核心部分。毛主席手书杜牧写“二十四桥明月夜”的诗，将有争议的“秋尽江南草木凋”中的“草木凋”写成是“草未凋”，也许依据的是元朝贺铸仿杜牧的“秋尽江南叶未凋”。瘦西湖美在水长桥多，如桥上有亭五座的五亭桥，词中唱“扬州好，第一是虹桥”的虹桥，等等，处处意境各异。沿湖走着，忽然傻想起来，莫非此西湖是为苦恋明月秀色而瘦？

这时，我忽然想到朱自清的《扬州的夏日》，问：“朱自清先生是扬州人，为什么不喜欢瘦西湖呢？”陪同我游湖的一位老先生也是个扬州人，反问我：“何以见得？”

我说：“这是他白纸黑字，写在文章里的。”

他说：“朱先生认为瘦西湖借用了西湖的名字，这个‘瘦’字，‘雅’得太‘俗’，并没有说他是不喜欢瘦西湖的呀！”

他的辩驳显然是有道理的。他又说：“朱自清先生过去是常到瘦西湖来乘船游玩的。那时的船上有遮阳的凉棚，还有供游人躺着休息的藤椅。船过北水关桥，经过岸边的治春地茶社，朱先生便会招呼茶社跑堂的送一壶茶，或者一两种点心，然后伴着船娘的曲儿，一边与朋友聊天，一边欣赏两岸的粉墙绿柳、亭台楼阁，待游船返回，他再将茶具和所需钱款一并交给茶社。要是不喜欢瘦西湖，朱先生能常来吗？”

如此一个瘦西湖，能不让人向往、牵挂？

（三）

午后游老街，颇具明清建筑风格的老街，看起来很古老，不知沉睡了多少年，才被唤醒。因旅游项目的开发，带来了成千上万的游客，所以两边住的大多是一些商家，还有民居、客栈，看上去比宾馆古朴。老街历史悠久，有很多老字号，给我留下很深印象的是“谢馥春”，这是扬州著名的老店，凡到扬州的女子，一般都会买一点带回去。“谢馥春”由“馥园”生产销售，“馥园”分好几个部分，包括序馆、粉黛楼和谢馥春三个部分，拥有牡丹厅、天香楼、生产示范区、谢氏老宅和香粉铺等。这是世界上第一家化妆品企业。据说，生产化妆品都是用自然原料做的，不仅可美容，还可食用，孰真孰假，我未考证，但愿这是真的。除了“馥园”，扬州老字号“三把刀”，因之前对此略有了解，引起我无限遐想。2011 年，上海东方卫视播放的电视剧《刀锋乱世情》，就是描写“三把刀”的历史传奇，且在扬州拍摄。片子播出后，影响很大，好评连连。

行走在扬州的大地上，名胜古迹真是比比皆是。古运河畔

的文峰塔、普哈丁墓；城中的文昌阁、古木兰院石塔、梅花岭史可法墓；市郊的唐城遗址、平山堂；加之那随处可见的几百年直至千年的银杏，大明寺平远楼中堪称“天下无双”的琼花，百花丛中与洛阳牡丹齐名的扬州芍药和自成一派的扬州盆景，以及颇具特色的扬州漆器、玉雕、剪纸等工艺美术和淮扬名菜、扬州酱菜，还有那字正腔圆、抑扬顿挫、声情并茂、令人拍案称绝的扬州评话，足以使天下人为扬州喝彩称美了，而其山水风物因文人留下太多的笔墨印痕，也越发显出扬州的精致。

扬州是迷人的！无论是缀满故事的文化遗迹，还是现代化建筑，都让我觉得无限合理。这里的人与自然，十分和谐，处处温馨。每一个扬州人，都热爱这座美丽的城市，这是我在其他城市所没有的享受。可惜的是，我未能看到明月夜五亭桥十五个桥洞含十五个月亮的胜景，也未能站在二十四桥上去听那玉人的箫声。傍晚，我离别扬州城，心中默诵扬州人张若虚创作的千古名篇《春江花月夜》，耳边掠过扬州那俗俗辣辣的《拔根芦柴花》，“……小小的郎儿嘞，月下芙蓉牡丹花儿开……”

悄悄是别离的笙箫，匆匆是遗憾的过客，唯遗憾是我未与扬州市花琼花及二分明月相晤。不过，留些悬念或许也好，引我慢慢地相思。

说不完，道不尽，看不够的扬州

瘦西湖、二十四桥……虽我行色匆匆，却足以流连难忘。

离别时，忍不住一次次回望扬州，心里默默地对自己说：“扬州，扬州，明年烟花三月，我还会再来看你！”

（2007年9月19日于风荷苑）

跋

晚晴时光，花甲之年，为了实现自己的梦想，迈开双腿，走出熟悉的地方，走向新的环境，走进大自然，观赏风光，踏足不少地方。晚晴行旅，不仅饱了眼福，且对我的体能也是个锻炼和考验，好在我扛得住，仍游历在山水之间。旅途中，有快乐，有美好，有清新，也有郁闷，甚至还有尴尬……起起伏伏，不能预知，变化莫测，珍珠般点点滴滴，记述下来，变成游记，串起旅游的过程和经历。因为，旅途中的美，是滋养我生命的养料，是诱惑我不断出发的梦境。旅途中的感动，也赋予我笔下的文字以永不枯竭的美的源泉。

旅游，是当今社会的一个热点，无论是节假日，还是平时，外出旅游成了最时髦的选择。旅游热，催发了旅游经济、景观建设及地方美食的发扬光大。赏山玩水，彼时彼地，业已成为一门营生，一种产业，一番事业，同时，也激发了游记文学的创作热情，因为游记文学越来越受人们的喜欢。

一个人有了梦想 ，就有了前进的方向，就能在心中产生

力量。别的不敢说，就凭我这些年来追求自己人生梦想这点韧劲来说，我觉得自己还能算得上是一个挺有思想、挺有品位、挺会生活的人。

我写游记文学已有三十多年了，寄情天地山水间的游记创作，是一个不断感悟的过程。因为我知道，在散文世界里，游记是一个源远流长的品种，古人喜欢留墨于此，作为今人的我们，依然喜欢在此留墨。不过，同样是写游记，我们较之古人，无疑面临着前所未有的难度。这种难度，固然来自现代音像传媒对自然和人文景观，几乎是密不透风的覆盖和裹挟，以及由此造成的观赏效果的解构与脱魅，但也与我们的心理结构和精神状态，息息相关，就是物质的壅塞、欲望的遮蔽、生存的挤压，以及历史与文化的重负，已无法像古人那样，保持一种物我双全、“天人合一”的浪漫境界，一种“我看青山多妩媚，青山见我应如是”的审美情怀。为了实现自己的梦想，我知难而进，坚持着游记散文的写作。

游记文学，在我国从古到今的文学园地是一大宝藏，林林总总，佳作如林。当然，真正成为游记的上乘之作，是不那么容易的，不仅需要作者的历史文化知识和描摹山水景物的本领，更需要字间行间体现作者的思想、感情和意境。至此，几乎在我国散文发展的历史阶段，出现了许多游记名篇，如吴均《与宋元思书》，陶弘景的《答谢中书书》，郦道元的《水经注》，柳宗元的《小石潭记》，欧阳修的《醉翁亭记》及徐霞客游记，等等，都是为人传颂的游记名篇，值得我们不断学习的

佳作。

况且，记述山水游踪的文学游记作品，写得好写得深写出特点，那是很难的，而难就难在写出景致以外的感悟。比如脍炙人口的《岳阳楼记》，你可以写出“气象万千”、“渔歌互答”，却不见得写出“不以物喜，不以己悲”、“先天下之忧而忧，后天下之乐而乐”——这种超越山水景致的人生智慧，以及千古流传、引人深思的佳句，正是这位北宋文学家范仲淹笔下的魂魄。

我是一向主张多读大自然这本书的。“太史公游名山大川，故其文颇有奇气”，这个“奇气”，是日月精华，是山川灵秀，是浑朴的大块文章，是通旷清逸的神韵。中国人讲究“读万卷书，行万里路”，其实，迈开双脚来认识祖国的大好河山，要比在课本上认识祖国广博得多，深刻得多。“纸上得来终觉浅，绝知此事要躬行。”在我眼里，行万里路有时比读万卷书更有益。凡尘里，背起行囊，我们出发，向着下一个目标，迎接新的思想和情感的又一次诞生。即使没有目标、漫无目的的行走，思想与情感也会在不经意间等着你。行而思，应是我们的一种姿态，一种生活方式。

一个地方，之所以成为旅游目的地，我想必有吸引人之所在。而那些地方去的人越多，越被客观化，那主观化的东西，也就越难进入。或是说，那些地方阅尽人间沧桑，态度是矜持的、冷静的，拒绝一切熙熙攘攘的集体观光，只是对那些孤独的行者，才悄悄地有些接纳。我呢，是深谙这一点的。退休之

前，我趁外出工作或开会之余，也看过不少地方，因有人陪同，心中不安，匆匆忙忙，不过是走马观花而已。直到退休之后，为了圆少时之梦，我取自费自助游之形式，兴之所至，心之所至，优哉游哉，开始了真正的旅游，透过景色，思考人生，陆续写下了300多篇游记散文，林林总总百多万字，《风荷忆旅》选用了其中的一些作品，并对作品进行了修改。我的游记，记录了我的经历和感受，也许有一天成为攻略，指导驴友……

我写的这些游记散文，也许没有跌宕起伏的故事情节，没有深奥扑朔的词语修饰，也没有哀婉悲壮的戏剧冲突，但在这里，有一个心在山水间、痴情于生活之人的孜孜以求和真挚的情感，也是为了圆遍游神州之梦。我是想以此书的出版为一个新的起点，在未来的游记散文创作中有新的长进，新的收获。

岁月如河，人生如梦，当走过一程又一程的时候，也许收获的是鲜花与掌声；当走过葱茏岁月时，也许心里装得最多的是回忆；当漫步街头的时候，被眼前的繁华迷了双眼；当浮生一梦明白时，回头望过去，那过去的一切都是寂静，背后给我带来了无尽的思索与感悟。因为有了行旅之经历，才能见所未见，知所未知，启所未启。因此，只要我走得动，仍要出去走走，看看，去那些未曾涉足的山水名胜，再写出一些游记散文，出版一部多卷本的游记散文集来。为了实现自己的梦想，我会努力去做。我会努力去谱写自己的“生命之歌”，我会为了这个梦想而去奋斗。

珍惜当下，快乐生活，实现梦想，少留遗憾……也许是对自己乃至亲友的最好嘉奖，也是对自己最好的问候与道别。老而不惑，老当益壮，足矣！世界很大，人生有限，别处风景，很美很美，想看看吗？就去旅游吧。在苍茫的旅途中，我们用眼睛和心灵去观察、阅读远方的世界。它给我们的不仅是一个过程，而且是一个又一个灵动的故事。